Geetanjali Shree

Mai

AF197410

Roman

Aus dem Hindi
von Reinhold Schein

Unionsverlag

Die Originalausgabe erschien 1993.
Die deutsche Erstausgabe erschien 2010 im Draupadi Verlag.

Im Internet
Aktuelle Informationen, Dokumente und Materialien
zu Geetanjali Shree und diesem Buch
www.unionsverlag.com

Unionsverlag Taschenbuch 974
© der deutschen Ausgabe by Draupadi Verlag, Heidelberg 2010
© der Hindi-Ausgabe by Geetanjali Shree, 1993
Diese Ausgabe erscheint mit freundlicher Genehmigung
des Draupadi Verlags, Heidelberg.
Originaltitel: Māī (1993)
© by Unionsverlag 2023
Neptunstrasse 20, CH-8032 Zürich
Telefon +41 44 283 20 00
mail@unionsverlag.ch
Alle Rechte vorbehalten
Der Verlag behält sich das Recht des Text- und Data-Minings an diesem Werk vor,
was hiermit Dritten ohne Zustimmung des Verlags untersagt ist.
Die erste Ausgabe dieses Werks im Unionsverlag erschien 2015
Reihengestaltung: Heinz Unternährer
Umschlagfoto: Caro Helm photography (Alamy Stock Foto)
Umschlaggestaltung: Sven Schrape
Satz: Fotosatz Amann, Memmingen
Druck und Bindung: CPI – Clausen & Bosse, Leck
www.unionsverlag.com/produktsicherheit
ISBN 978-3-293-20974-9
2. Auflage, August 2025

Der Unionsverlag wird vom Bundesamt für Kultur mit einem
Verlagsförderungs-Strukturbeitrag für die Jahre 2021–2025 unterstützt.

Auch als E-Book erhältlich

Geetanjali Shree

Mai

Zu diesem Buch

Während Sunaina mit ihrem Bruder durch den Guavenhain streift und auf Mangobäume klettert, ist ihre Mutter Mai stets zu Hause. Unter den Argusaugen ihrer Schwiegermutter stampft sie Linsen, röstet Papadam, backt Chapati. Still umsorgt sie die ganze Familie, fast unsichtbar hinter den Mauern des großen Anwesens. Als Sunaina und ihr Bruder älter werden, lehnen sie sich gegen die starren Regeln der Familie auf und setzen sich ein gemeinsames Ziel: Mai aus ihrer so eng scheinenden Welt zu befreien. Erst spät bemerken sie allerdings, dass Mais Welt eine ganz andere ist, als sie glauben. Die Booker-Preisträgerin Geetanjali Shree porträtiert drei Generationen einer indischen Familie und erzählt von der gewaltigen Herausforderung, einander wirklich zu verstehen.

»Shree zeigt: Es gibt verschiedene Formen von Freiheit – und: Das Andere muss mit anderen Augen betrachtet werden. Ein leiser, noch immer aktueller Roman.« *Litprom Weltempfänger Bestenliste*

Die Autorin

Geetanjali Shree (eigentlich Geetanjali Pandey), geboren 1957 in Mainpuri, Indien, studierte neuere indische Geschichte. Zunächst begann sie eine akademische Karriere als Historikerin und Sozialwissenschaftlerin, bevor sie sich dem Schreiben widmete. Ihr Autorenname Geetanjali Shree, unter dem sie ihre auf Hindi verfassten literarischen Texte publiziert, setzt sich aus ihrem eigenen Vornamen und dem Vornamen ihrer Mutter zusammen. 2022 wurde sie mit dem Booker International Prize ausgezeichnet. Sie lebt in Neu-Delhi.

Im Unionsverlag sind als E-Book außerdem lieferbar: *Unsere Stadt in jenem Jahr* und *Weißer Hibiskus.*

Der Übersetzer

Reinhold Schein, geboren 1948, studierte Germanistik und Geschichte. Er arbeitete viele Jahre als Deutsch-Lektor an indischen Hochschulen und ist als Übersetzer aus dem Englischen und dem Hindi tätig.

Mehr über die Autorin und ihr Werk auf *www.unionsverlag.com*

I

Dass unsere Mutter eine schwache Wirbelsäule hatte, wussten wir ja von Anfang an.

Später bestätigte uns der Doktor: Es ist das Schicksal derer, die sich ständig gebeugt halten. Durch die gekrümmte Haltung verschleißen die Bandscheiben, und stellenweise werden die Nerven eingeklemmt. Diese Leute haben schließlich immer Schmerzen, wenn sie sich beugen und auch, wenn sie sich aufrichten.

Mai hielt sich immer gekrümmt. Das wissen wir, wir hatten sie ja von Anfang an so gesehen. Schließlich fing ihr Leben mit unserem zusammen an. Von Anfang an war sie ein schweigender, gebeugter Schatten, überall zur Stelle, immer damit beschäftigt, alle zu versorgen, allen ihre Bedürfnisse zu erfüllen.

Und damals waren es eine Menge Leute, die irgendwelche Bedürfnisse hatten. Erst viel später wurden die Menschen in unserem feudalen Anwesen rar. Damals florierte das Haus mit seinen Bewohnern und Besuchern, Hausangestellten und Lohnarbeitern. Und mittendrin huschte Mai herum, hielt sämtliche Fäden in der Hand und behielt den Überblick.

Die Rede ist von unserer Kindheit. Unser Haus war sehr groß. Wir waren fest überzeugt, dass damals alle in solchen Häusern lebten, auf deren weiten Dachterrassen Languren herumsprangen und von wo die Kinder durch Oberlichter in die Zimmer hinunterspähten. Wo in aller Frühe die Pfauen riefen, von wo sie später auch in den Hof geflogen kamen und tanzten. Wir sammelten ihre Federn vom Boden und vom Dach auf. Bündelweise Pfauenfedern, für die wir uns immer neue Verwendungsmöglichkeiten ausdachten. Den ganzen Tag gab es im Haus ein ständiges Kommen und Gehen. Manche Besucher begrüßten wir freudig, vor anderen versteckten wir uns. Und in der Nacht der Lichtschein von Petroleumlampen.

Elektrischer Strom kam später. Später wurde auch die Wasserpumpe mit dem langen Schwengel zum Spielgerät für uns. Es gab Eimer aus Eisen und Messing, die Mai oder Hardeyi an der Pumpe füllten: für unsere Großmutter, für unseren Vater oder für uns. Dann war da der Messingzuber, den Bhondu für unseren Großvater täglich mit Wasser aus dem Brunnen füllte.

Großvater hatte eine separate Badestube mit Toilette, etwas abseits vom Haus, in der Nähe seines Wohnzimmers. Sie war überdacht, aber ich erinnere mich nicht, ob sie feste Wände hatte oder nur mit Wandschirmen abgetrennt war. Drinnen stand ein Schemel – nicht nur ein niedriges Bänkchen, um darauf zu hocken. Ein kleiner Messingkrug stand immer daneben, und der Zuber war randvoll mit Wasser. Hätte Großvater mit weniger Wasser für sein Bad auskommen müssen, dann hätte er wohl lieber ganz darauf verzichtet. Neben dem Schemel fürs Bad war das hölzerne Klosett, das der Latrinenreiniger täglich säuberte.

Eines Tages stürmten wir mitten im Spielen aus Versehen in die Badestube. Großvater saß mit gekreuzten Beinen auf dem Schemel und goss sich gerade mit dem Kännchen Wasser über den Kopf. An seiner heiligen Schnur hingen Tropfen. Er regte sich kein bisschen auf, sondern sagte nur streng und kurz angebunden: »Raus!« Und wir machten uns erschrocken davon.

Der Rest der Familie hatte Bad und Toilette im inneren Bereich des Hauses, auf der Seite der überdachten Veranda, wo Großmutter gewöhnlich saß, mit Zugang zum Innenhof. Von diesem Innenhof gelangte man in eine weitere Bade- und Wäschekammer, und auf der anderen Hofseite waren die Küche und eine Kammer für Brennholz und Kohle. Auch die Pumpe stand im Innenhof. Im Winter zündete Hardeyi neben ihr einen Ofen an, auf dem das Badewasser in großen Töpfen erhitzt wurde. Noch jetzt sehe ich Mai, wie sie die Töpfe mit dem Ende ihres Saris vom Feuer nahm und das Wasser in den Eimer goss.

Später ließ Vater eine Wand seines Schlafzimmers durchbrechen und ein neues WC und Bad anbauen, in dem es alles gab: Wasserspülung, Hähne, eine Dusche, einen Elektro-Geyser, auch einen Eimer und Kannen aus buntem Kunststoff.

Aber das war später. Später änderte sich überhaupt vieles. Zwar nahm Großmutter bis zum Schluss nur im Innenhof ihr Bad, an diesem Brauch hielt sie bis an ihr Lebensende eisern fest, ansonsten änderte sich allerhand im Haus.

Aber das alles geschah natürlich viel später.

Das Problem ist: Man kann nur aus dem Später heraus erzählen, und ich verzweifele an der unumstößlichen Tatsache, dass später nur noch die Erinnerung bleibt und dass die Erinnerung nur noch ein Abglanz ist, umgrenzt von den Gitterstangen der Imagination. Sie ist nicht die reine Wahrheit, nicht die ganze Wahrheit. Meine Sorge ist weniger, dass sich die Geschichte nur halb erzählen lässt, sondern auch und vor allem, dass sie nur so lange unbeschädigt bleibt, wie sie nicht in einen Rahmen gezwängt wird. Ist sie erst einmal eingefangen, nimmt sie unter meinen Händen eine neue Gestalt an, wird in eine feste Form gepresst und in dieser Form zu einem unveränderlichen Teil der Historie zementiert. Aber ich will nicht alle Facetten des Möglichen in Worte schnüren und die Wirklichkeit des Unausgesprochenen verscheuchen.

Noch schlimmer ist, dass ich keine Ruhe habe, solange ich die Geschichte nicht erzähle. An diesem Punkt hänge ich fest, und nur indem ich erzähle, kann ich wieder Bewegungsfreiheit gewinnen.

Ich will von Mai berichten, aber die Wegstrecke von der realen Mai zum Berichten ist so beschwerlich, so voller Widerstände, dass nicht abzusehen ist, was geschehen wird und wie weit ich auf diesem Weg komme.

Ich sehe vor mir eine unbezwingbare Festung, in die ich hineinmuss, um zu Mais Wesen vorzudringen. Eine Festung voll von Geheimtüren, verborgenen Nischen, Labyrinthen, Irrwegen. Man sieht Licht, will voranschreiten und kann doch sogleich mit einem Entsetzensschrei ins Leere stürzen. Vorsichtig, gebückt, gelangt man durch eine verborgene Tür in einen geheimen Gang, in der Hoffnung, an dessen Ende etwas zu finden, und stellt fest, dass man im Kreis gegangen und genau da angekommen ist, von wo man ausgegangen war. Man schreitet voran in der frohen Zuversicht, weiterzukommen, und in diesem Moment gießt ein versteckt stehender Feind irgendwo von oben einen Kessel siedendes Öl aus.

Wie komme ich an Mai heran? Wie soll ich sie, wenn ich zu ihr vorgedrungen bin, aus dieser Festung herausholen? Und wenn ich vielleicht irgendwie Bruchstücke von Mai herausbringe, ist das dann noch die wirkliche Mai? Werden nicht Erinnerung, Zeit und Interpretation ihr Bild durchlöchern wie ein Sieb? Irgendwo ist Mai, in ihrer unbeschädigten Ganzheit. Wenn ich sie packe, in Worte binde, zerstöre ich dann nicht ihre Ganzheit?

Ich weiß nicht, warum mich der unbändige Drang befallen hat, Mai wiederzubeleben. Es ist ein Verlangen, das mich erfüllt und umhüllt. Ich sauge es mit dem Atem ein, und wenn ich daran zu ersticken drohe, atme ich es notgedrungen aus. Dass Mai, so schwach sie doch von Anfang an war, derart viel Raum in mir ergreifen kann, hätte ich nie für möglich gehalten.

Später. Sehr viel später.

Alles begann – und irgendwann wurde selbst dieser Beginn der Geschichte zweifelhaft – zu einer Zeit vor diesem Später. Damals waren wir sehr klein, Großmutter war alt, Papa war selten zu Hause, Großvater war jähzornig und Mai sehr verängstigt. Diese Personen waren es, die mal einzeln, mal gemeinsam durch unsere unbekümmerte, blühende, luftballonleichte Kindheit schwebten.

Rund um das Haus erstreckten sich damals Felder, Mango- und Guavengärten. Die Leute, die darin arbeiteten, sahen wir nur von ferne. Wenn heute in der eigenen Stadt, im Basar nebenan Unruhen ausbrechen, dann erfahren wir spätestens am nächsten Morgen davon aus der Zeitung. Aber damals wusste nur Großvater etwas über die Angelegenheiten der Arbeiter, und wenn selbst Papa sich vor Großvater fürchtete, was konnten wir zwei Winzlinge dann schon erfahren?

Das heißt nicht, dass wir unterdrückt und verängstigt herumgesessen hätten. Alte Gebäude, offene Flächen, bieten ihre eigenen Freiräume, in denen wir nach Lust und Laune herumtollen konnten. Manchmal versteckten wir uns auf der Dachterrasse und dachten uns Geschichten aus, manchmal sahen wir zu, wie am Ziehbrunnen die Ochsen zur Bewässerung der Felder eine Runde nach der anderen drehten. Wir waren vielleicht nicht besonders geschickt darin, auf Bäume zu klettern, aber wir kannten einige Guavenbäume, an deren Ästen man schaukeln konnte. Auch auf den Feldern war immer irgendetwas zu ergattern, manchmal aßen wir frische Erbsen, manchmal kauten wir das Kraut von Kichererbsen, wir pflückten uns auch unreife Weizenkörner. Es gab reichlich Stellen, wo wir Großvaters Überwachung entzogen waren.

Ohnehin hatten wir recht wenig Kontakt mit ihm. Bis an sein Lebensende war er ständig mit diversen geselligen Zusammenkünften beschäftigt. Er hielt sich den ganzen Tag in seinem zur Straßenseite gelegenen Wohnzimmer auf, dorthin ließ er sich auch sein Essen kommen, dort schlief er, dort fanden sich täglich Besucher ein. Seine Stimme dröhnte allerdings in voller Lautstärke durchs ganze Haus – Gelächter, Wortwechsel, Rufe nach dem Hauspersonal und mitgesungene Lieder von Fayyaz Khan und Abdul Karim Khan:

Phulwan ki gaindan mainka na maro re
Ho re more mita piharva

Bewirf mich nicht mit Blumenbällen,
O mein berückender Geliebter.

Und ob wir gerade in einem entfernten Garten oder auf der Dachterrasse saßen, wir erschraken und eilten lachend los, um in sein Zimmer zu spähen.

Bis zu seinem letzten Tag ließ Großvater auch Platten mit achtundsiebzig Umdrehungen pro Minute auf seinem alten Grammophon laufen. Sein Bezug zu den übrigen Hausbewohnern beschränkte sich aufs Herumkommandieren: »He, ist da jemand? Schick Sherbet her!« (Später: »Ist da jemand? Lass Tee kommen«, auch wenn er selbst keinen Tee trank.) »Lass ein paar Kürbisblüten-Pakodas frittieren!« – »Herrgott, hört denn irgendeiner zu? Hier sind Methi-Laddus aus dem Dorf, lass dazu etwas salziges Knabberzeug kommen.« Großvater sagte nie »Mach das!«, sondern »Lass es machen!«. Das war sein Stil.

Großvater konnte zu jeder Tag- und Nachtstunde rufen, und die Adressatin war meist Mai, die seine Anordnungen unverzüglich ausführte. Wenn Großvaters Reich »draußen« war, der öffentliche Teil des Hauses, und Mais Reich »drinnen«, die privaten Räume, dann bildeten Bhondu und Hardeyi die Brücke zwischen ihnen. Die beiden waren ein Ehepaar, doch Bhondus

Welt war draußen, und Hardeyis Territorium war drinnen. An der Grenzlinie wurden Gegenstände und Nachrichten bis hin zu Rügen und Beschimpfungen ausgetauscht.

Außer ihnen war – abgesehen von uns beiden – Papa der Einzige, der ab und zu von drinnen nach draußen, von draußen nach drinnen wechselte. Nach drinnen zu Mai und Großmutter, nach draußen zu Großvater in dessen Wohnraum. Papa setzte sich zwar – verlockt von der Musik – gern zu Großvater, aber ihr Gespräch beschränkte sich auf einsilbige Mitteilungen wie »ja«, »stimmt«, »absolut«.

Alle hatten Angst vor Großvater. Auch Großmutter sahen wir nie mit ihm zusammen, so gut wie nie. Keine Ahnung, was für ein Ehepaar sie waren. Für Großmutter, mit der wir viel Tuchfühlung hatten, war es, als ob Großvater gar nicht existierte, oder jedenfalls außerhalb ihres Horizonts. Vielleicht konnte sie ihrer Zunge auch nur in seiner Abwesenheit in diesem Tempo und mit dieser Schärfe freien Lauf lassen, warum hätte sie sich also einen Tempobrecher herbeiwünschen sollen? Sie breitete auf einem großen Diwan auf der inneren Veranda ein weißes Tuch aus, lehnte sich an ein verwaschenes blaues Polsterkissen und verbrachte so in königlicher Majestät den ganzen Tag. Sie überblickte den Hof und die Küche mit allem, was dort vor sich ging. Alle wichtigeren Zimmer öffneten sich zur Veranda, daher sah und hörte sie alles, was dort ablief. Frisch gebadet, ihr weißes Haar lose herabhängend, setzte Großmutter sich die Brille auf die Nase und demonstrierte, wie sprachgewaltig die Zunge in ihrem zahnlosen Mund noch war. Mit wachsamem Blick wandte sie ihren Kopf flink hin und her. Sie registrierte alles, was um sie her geschah.

Damals, lange ist es her, durften wir uns überall im Haus frei bewegen, allerdings hatte Großvaters Zimmer für uns keinerlei Anziehungskraft. Wenn Großvater uns vorbeiflitzen sah, rief er uns mit laut befehlender Stimme zu sich: »He Subodh, he Sunaina!«, setzte uns auf seinen Schoß und umklammerte uns mit seinen Armen wie ein Python, sodass uns fast die Knochen brachen, kniff uns oder neckte uns mit Kinderreimen wie *»Ala bala garam masala«, »Akkar bakkar bambe bo«,* oder er streckte einfach seine Hand aus und sagte: »Hier, knackt mir die Finger!« Wir schrien »Au, au!« und versuchten, uns seinem Griff zu entwinden, aber weglaufen konnten wir erst, wenn er uns losließ. Wenn wir auch keinen Spaß an solchen Körperkontakten hatten, sahen wir es doch durchaus als eine Ehre an, von einer so Respekt gebietenden Persönlichkeit gedrückt zu werden.

Aber normalerweise waren wir meist mit den Frauen zusammen, selten mit den Männern. Weder mit Großvater noch mit Papa, noch mit sonst einem. Wir flohen nach drinnen auf Großmutters Schoß, liefen im Kreis um Mai und vergnügten uns draußen nach eigener Lust und Laune. Später wurden wir Großmutters Lieblinge, aber wir selbst hatten Mai am liebsten. So lieb, dass sich die ganze Energie unserer Kindheit auf ein einziges Ziel richtete: sie zu retten und von zu Hause wegzubringen.

Schon von früher Kindheit an schmerzte uns Mais Fügsamkeit. Allmählich begannen wir, sie vor allen anderen zu beschützen: vor Großmutter, vor Papa, vor Großvater. Nur vor ihr selbst konnten wir sie nicht beschützen. Als ihre Wirbelsäule sie im Stich ließ, gab sogar der Doktor auf. Von jetzt an würde sie immer Schmerzen haben. Wir hatten ja von Anfang an über ihre schwache Wirbelsäule Bescheid gewusst. Aber das war später …

2

Mai hielt sich ständig gebeugt, und sie sprach wenig.

Wenn wir aufwachten, hatte sie schon ihr Bad genommen, einen frischen Baumwollsari angezogen und briet in der Küche Parathas mit Erbsen, mit Kartoffeln, mit Blumenkohl, mit Rettich oder mit geröstetem Kichererbsenmehl. Die Großeltern frühstückten nicht, sie aßen gleich eine vollständige Mahlzeit. Von dem, was für sie zubereitet wurde, bekamen wir etwas als Pausenimbiss mit in die Schule. Papa dagegen nahm ein leichtes Frühstück, täglich eine Handvoll von fünf verschiedenen Sprossen: Weizen, Erdnüsse, Linsen, Kichererbsen und Mungbohnen – zusammen eingeweicht und zum Keimen gebracht. Mai servierte sie Papa mit Salz und ein paar Tropfen Zitronensaft, dazu ein großes Glas Buttermilch.

Frische Buttermilch gab es bei uns täglich. In einem großen Tonkrug ließ Mai den hölzernen Quirl kreisen. Sie setzte sich dazu im Innenhof auf einen niedrigen Schemel, klemmte den Topf zwischen ihre Fersen und wirbelte den mit Joghurt gesäuerten Rahm herum. Schließlich schwamm oben die Butter, und die Buttermilch wurde in große Gläser abgegossen.

Alle Arbeiten, die Mai ausführte, erledigte auch Hardeyi. Es ließ sich nicht klar abgrenzen, was ausschließlich Mais Sache war und was Hardeyis. Manchmal quirlte Mai die Butter, manchmal Hardeyi, manchmal zerstampfte Mai Chutney und Linsen, manchmal Hardeyi. Manchmal holte Mai das Brennholz und machte Feuer im Herd, manchmal Hardeyi. Eins aber stand fest: Mai selbst war dafür verantwortlich, dass das Essen pünktlich zubereitet war. Hardeyis Aufgabe war es, das Haus zu fegen und zu putzen. Wenn sie damit fertig war, kam Hardeyi kaum noch in die inneren Räume, sie blieb bei Mai und machte sich im Innenhof und auf der Veranda geräuschvoll zu schaffen.

Großvater mochte es nämlich überhaupt nicht, wenn das Dienstpersonal sich frei im Haus bewegte. Da war einmal die Sorge, sie könnten etwas stehlen. Außerdem: Wenn man ihnen solche Freiheiten ließ, würden sie womöglich noch aufmüpfig werden. Er wollte auch verhindern, dass Neuigkeiten aus dem Haus nach draußen gelangten. Interne Dinge sollten im Haus bleiben. Außerdem verbreitete »dieses Volk« Schmutz und Krankheiten. Zwar lebten auf dem Anwesen in der Nähe des Brunnens ein Wasserträger, ein Latrinenreiniger, ein Gärtner, ein Wachmann und sonstige Bedienstete, aber außer Hardeyi und Bhondu durfte keiner von ihnen ins Haus kommen, und auch diese beiden nur streng reglementiert. Bhondu besorgte die Arbeiten in Großvaters Wohnzimmer und auf der äußeren Veranda, und durch die Tür auf der Rückseite des Innenhofs tauschte er mit Hardeyi Aufträge oder Informationen aus. Wenn er zu Großvater ging, streifte er seine Sandalen ab und setzte eine Kappe auf. Auch seine Haare hielt er aus Respekt vor der Reinlichkeitsliebe des Hausherrn immer sehr kurz geschoren. Im Inneren des Hauses arbeitete Hardeyi. Zusammen mit Mai, die alle Arbeiten gebeugt verrichtete: waschen, mahlen, Teig ausrollen, backen.

Ich weiß nicht, warum bei uns um alle mit dem Essen verbundenen Tätigkeiten immer so ein Wirbel gemacht wurde. Die Großeltern verlangten heiße, frisch zubereitete Speisen, Papas Verdauungskraft war schwach, daher durfte Hardeyi mit ihren unsauberen Händen seinen Teller nicht berühren, nur Mai durfte das. Auch wir machten ihr mit unserer kindlichen

Lebhaftigkeit und unseren täglichen Sonderwünschen nicht weniger Mühe.

Mai kochte, vielleicht schon seit jeher, sehr abwechslungsreich. Gekochtes und Gebratenes für die Großeltern – Puris, Parathas (Großmutter aß am liebsten Puris, weil sie »leichtes« Essen mochte und Puris in der Frittierpfanne ganz leicht oben schwammen und sich mit heißer Luft aufbliesen!), gebratenes Gemüse, eingedickte gesüßte Milch, Milchreis mit zwei Tropfen Ghee. Für Papa und uns Dal oder Joghurt-Linsen-Suppe, heiße, frisch aufgeblasene Chapatis, Reis, Curry-Gemüse, Salat. Alle aßen als Beilage Papad, Chutney, Raita und scharf gewürzte Pickles. Und gelegentlich, zum Beispiel wenn jemand zu Besuch kam oder die Großeltern darauf drängten oder ohne besonderen Grund, wenn der Regen heftig prasselte, wurden die Teller mit Pakodas, Phulbadis, Linsenbratlingen und Halva vollgeladen. Papa war ein bescheidener Esser – von den »leichten« Puris und Phulbadis kostete er ein wenig, wenn er Appetit darauf hatte, aber hauptsächlich lebte er von Quark mit Honig, Buttermilch und gekeimten Hülsenfrüchten. Später kamen durch uns auch neuartige »englische« Sachen auf den Tisch, von denen Papa einige und Großmutter alle sehr gern aß: Suppe, Gemüsekoteletts, Sandwiches, Eiskrem, Kuchen, Kekse, Schokolade.

In unserem einen Haus gab es somit viele verschiedene Arten von Speisen. Unsere Küche umfasste das ganze Spektrum von der regionalen dörflichen Kost bis zum Londoner Menüplan. Damit wuchsen wir auf, so etwas vergisst man nicht. Wir haben sowohl Zuckerrohrmelasse als auch Kuchen im Blut. Vielleicht sind wir buntscheckige Mischwesen, seltsame exotische Blumen. Aber so sind wir eben, gerade so.

Wir wuchsen also von vielen schützenden Schatten behütet auf, vor allem war Mais Schutzschirm über uns aufgespannt. Aber wir ahnten nicht einmal, dass es diesen Schutzschirm gab.

Wann Mai aufstand, was sie aß, wie sie lebte, daran haben wir anfangs überhaupt nicht gedacht. Und als wir später zu denken anfingen, da haben wir sie geliebt und bemitleidet. Wir gaben unsere Sonderwünsche auf, wie zum Beispiel: »Mai, können wir heute Bati haben? Mach doch bitte Litti. Wie lange haben wir schon keine Gulgule mehr gegessen?« Wir mischten uns sogar ein, wenn sie für die anderen das Essen zubereitete. Subodh zog Mai aus der Küche heraus: »Also, Schluss jetzt! Es reicht! Geh jetzt sofort … komm heraus … *Ich* mache das jetzt!« Wir versuchten auch, ihr zur Hand zu gehen. Und wir ließen es nicht mehr zu, dass Mai uns bediente, während wir zusammen mit Großmutter schmausten. »Nein, wir warten, bis du auch kommst … Na und, lass es doch kalt werden!« Und als Studentin der Naturwissenschaften begann ich, Papa und Großmutter darüber zu belehren, wie man sich richtig ernährt, wie unser Körper funktioniert und was er braucht: »Iss keine frittierten Speisen, sie verursachen Bauchschmerzen. Gib die Süßigkeiten auf, sie ruinieren die Zähne.« Großvater zu belehren, getraute ich mich natürlich nicht, noch lange nicht.

Die Großeltern waren auf dem Höhepunkt ihrer Autorität – der eine thronte hoheitsvoll im äußeren Wohnzimmer, die andere majestätisch auf der inneren Veranda. Zu Großvaters Zeit kamen körbeweise Laddus und Süßigkeiten ins Haus – vom Dorf Laddus aus Zuckerrohrmelasse, Laddus mit Sesam, Methi oder Hirse, und aus dem Süßwarenladen Barfis und rötliche, leicht karamellisierte Pedas. Obst auf dem Markt zu kaufen, das kam bei uns erst später auf, als wir darauf drängten. Im Garten wuchsen ja reichlich Guaven, Papayas, Bananen, Rosenäpfel, Jujubefrüchte, Zimtäpfel, an denen sich alle gütlich taten: wir, die Bediensteten, die Vögel. Man sah die Früchte als nichts Besonderes an.

Aber eine Frucht gab es, die in ihrer Saison alle anderen überstrahlte: die Mango! Dann schwelgten wir alle in Mangos der köstlichen Sorten Langda, Dashehri, Chausa und den vor Ort gewachsenen Früchten zum Auslutschen.

Großvater hatte nichts gegen Mangos. Aber seine wahre Leidenschaft waren Süßigkeiten. Er aß unerschütterlich Frittiertes und Zuckerzeug, er ging nicht spazieren, und doch hatte er auch im Alter zwischen siebzig und achtzig erst einen Zahn verloren. »Schau dir meine Zähne an, schau, was für eine gute Verdauung ich habe, und behalte deine Wissenschaft für dich!«, ließ er mich einmal hören.

Einmal ging Großvater zusammen mit sieben oder acht anderen alten Herren spazieren. Einer hatte Bauchschmerzen, einer hatte Rückenschmerzen, einer hatte Verdauungsbeschwerden, einem taten die Gelenke weh, einer konnte nicht schlafen, alle waren kränklich oder leidend. Großvater fragte jeden Einzelnen dieser ehrwürdigen Herren: »Seit wann machen Sie täglich einen Morgenspaziergang, mein Lieber?« Einer antwortete: »Seit zwanzig Jahren«, einer: »Seit zehn Jahren«, ein Dritter arbeitete seit fünf Jahren an seiner Gesundheit. Darauf sagte mein Großvater: »Ich gehe jetzt. Auf Wiedersehen. Von morgen an werden Sie mich hier nicht mehr antreffen. Alles Gute zu Ihrem Morgenspaziergang!« Großvaters Spaziergänge beschränkten sich nun wieder auf den Weg von seinem Wohnzimmer zur äußeren Veranda, von der Veranda zum Wohnzimmer.

Großmutter war, was Essen und Trinken angeht, eine echte Genießerin. Falls es überhaupt Bindeglieder zwischen ihr und Großvater gab, dann war es diese gemeinsame Leidenschaft. Sie verlangte immer brühheiße, scharfe, mächtige Speisen. Als sie keine Zähne mehr hatte, zerstampfte sie, wenn nötig, das ganze Essen zu einem Brei.

Als wir ein paar Kenntnisse über gesunde Ernährungsweise aufgeschnappt hatten und Porridge essen wollten, musste Mai sich von Großmutter sagen lassen: »Ihnen *rohen* Haferbrei vorzusetzen! Als ob wir es uns nicht leisten könnten, das Zeug ein wenig zu rösten!«

Mai antwortete ganz ruhig, dass es nicht roh sei und dass die Kinder es nicht mit Ghee geröstet wollten.

Aber wann hätte Großmutter je auf das letzte Wort verzichtet? »Ach ja, die Kinder wollen es so? Eine tolle Ausrede, wenn man einfach nur faul ist.«

Wir waren damals schon halb erwachsen. Ärgerlich riefen wir: »Großmutter, überall im Westen isst man es so, ungeröstet und ohne Ghee!«

Großmutter wurde wütend: »Ihr alle werdet noch zu ›Engeländern‹. Geizt nur weiter so mit dem Essen, dann kriegt ihr bestimmt auch eine bleiche Haut!«

Subodh widersprach: »Warum fällst du Mai immer in den Rücken, warum kritisierst du sie immer? Sag doch uns selbst, was du zu sagen hast. Wir wollten es so essen.«

Großmutter traten die Augen aus den Höhlen: »Schau an, so gehts bei den ›Engeländern‹ zu. Kein Respekt vor irgendjemandem!«

Subodh explodierte jetzt: »Aber vor Mai habt ihr alle mächtig Respekt, nicht wahr?«

»Wunderbar«, erwiderte Großmutter sarkastisch. »Jetzt soll ich ihr wohl die Füße waschen und dann das Wasser trinken!«

Mai selbst bemühte sich ängstlich, uns zum Schweigen zu bringen: »Still, sch … sch … sch … Schluss jetzt!«

»Das ist deine ewige Predigt«, griff Subodh jetzt Mai an. »Wie du soll man immer schweigen und alles hinnehmen.«

Es passierte immer öfter, dass er die Beherrschung verlor.

Wir wollten nicht schweigen wie Mai, wollten nicht mit gesenktem Kopf und zur Erde gewandtem Blick auf andere hören und ausführen, was sie verlangten.

Dies war allerdings das Einzige an Mai, das selbst Großmutter anerkannte. Wenigstens diese eine Eigenschaft hatte Mai, um derentwillen sie ihr ab und zu alle ihre sonstigen Mängel verzieh – der ganze Tag konnte vergehen, ohne dass man Mais Stimme auch nur einmal gehört hätte. Auch wenn sie in den Club ging, bedeckte sie den Kopf mit dem Ende ihres Saris. Alle sagten zu Großmutter: »Mataji, aufgrund eurer guten Taten habt ihr eine so bescheidene, gutartige Schwiegertochter bekommen, die nie auch nur die Augen aufhebt.«

Und Großmutter belehrte uns: »Seht ihr, Kinder, das ist der echte Parda.«

Mai verbrachte den ganzen Tag in »Parda«, so viel Kraft entfalteten Großmutters gute Taten.

Wenn es Abend wurde und lange Schatten auf die Bäume fielen und wir vom Spielen nach Hause kamen, erwartete uns Mai mit Gläsern voll frischem Tomatensaft. Sie wusch uns die Hände und Füße, rieb sie mit Rosenwasser und Glyzerincreme ein, servierte allen anderen und uns das Essen und kam dann mit uns in unser Zimmer. Unser Zimmer und auch ihres.

Mai lebte damals in unserem, nicht in Papas Zimmer, wenngleich sie nachts zu ihm ging. Das wussten wir genau, weil wir es ihr nämlich sehr übel nahmen. Wir machten uns Sorgen um sie und riefen sie immer wieder, riefen sie zurück zu uns. Bei uns legte Mai ihren »wahren Parda« schließlich ab.

Wie wir drei zusammen lachten! Es war, als hätten in dem Zimmer drei gleichaltrige Kinder gelebt! Mai verbrachte viel Zeit damit, unsere Hausaufgaben zu überprüfen, auch wenn Papa einmal lachend zu jemandem im Club gesagt hatte, die Kinder sollten nicht sie wegen ihrer Hausaufgaben zurate ziehen, sondern einen gebildeten Menschen. Und als wir einmal Mai danach befragten, sagte sie, sie habe immerhin den Schulabschluss der zwölften Klasse. Wir drei unter uns waren weder ängstlich noch scheu. Wir kicherten in einem fort.

Etwa wenn Mai uns auf dem Bett Geschichten und Witze erzählte. Zum Beispiel: Der Herr fragt den Gärtner: »Warum hast du die Pflanzen nicht gegossen?« Darauf der Gärtner: »Aber Herr, es regnet doch!« Darauf schimpft der Herr: »Dann nimm doch einen Schirm!« Oder: Als der Fahrer den Wagen anhält, fragt der Herr: »Was ist los?« Der Fahrer antwortet: »Vor uns ist ein tiefes Loch.« Darauf befiehlt der Herr: »Dann hupe doch!«

In Mais Witzen waren die Herren immer blöd, und in ihren längeren Geschichten standen die scheinbar unbedarften armen Leute am Schluss als Sieger da.

In der Demut konnte eine siegreiche Kraft stecken, das spürten wir, dachten aber nicht weiter darüber nach.

3

Gedanken machten wir uns auch damals schon, aber über die eigenen Gedanken zu reflektieren, lernten wir erst später. Zunächst konnten deshalb einander widersprechende Ansichten in uns harmonisch koexistieren. Sie stellten sich weder gegenseitig infrage, noch suchten sie Bestätigung ineinander. Wir sahen ja selbst, dass Mai, sobald Papa nur aufblickte, in sich zusammenschrumpfte und sich wie ein Lamm hinter der Tür verkroch. Wir traten dann hervor, um »das arme Ding« zu beschützen. Im nächsten Moment konnte sie einem auf uns gerichteten aggressiven Blick mit einer so festen Haltung entgegentreten, dass Papa oder Großvater, wer immer es war, sich wortlos davonmachte und wir nun ohne Furcht hinter ihrem Sari-Ende Zuflucht nahmen.

Sobald wir über unsere Ansichten nachdachten, begannen uns einige Fragen auf den Nägeln zu brennen: Wer war hier »das arme Ding«? Wer beschützte wen? Jede Antwort provozierte eine neue Frage, stechend wie ein Skorpion. Wie es für Skorpionenstiche weder ein Heilmittel noch ein rasches Ende gibt, so auch für die schmerzhafte Benommenheit und Unruhe in unseren Köpfen, in denen alles um Mai ... Mai ... Mai ... kreiste.

Großmutter sagte oft, dass Mai nur ein Gutes habe: Sie wahrte ihren Parda. Wir aber weinten, wenn wir diesen Parda sahen. Was auch immer geschehen mochte, wir würden uns niemals, niemals diesem Zwang unterordnen. Auch Großmutter stellte mit bitterer Stimme fest: »Heute versteht man unter Parda nur noch einen Vorhang, ein Stück Stoff, das vor der Tür oder dem Fenster hängt.«

Das Überraschende lag für uns aber darin, dass wir genau wussten: Hinter den Vorhängen, die wir an Türen und Fenstern hängen sahen, lagen komplett möblierte und dekorierte Zimmer, ein Zuhause, in dem ein Menschenherz jeden einzelnen Gegenstand berührte und ordnete. Wenn wir an einem unbekannten Ort einen Vorhang hängen sahen, wollten wir auch wissen, was dahintersteckte. Wir dachten nie, es sei ein im leeren Raum schwebender Vorhang mit nichts dahinter und nichts davor, verheddert in seinem eigenen lautlosen Flattern.

Wenn wir Mais Parda sahen, merkten wir nicht, dass noch etwas dahintersteckte.

Dieser Vorhang aus Geduld und Sittsamkeit sicherte Mai ihren Frieden. Als ein reiner, selbstloser Schatten hörte sie auf alle, diente allen.

Sie diente auch Großmutter, die redete, als hätte es gutes Aussehen, Manieren, Talent, Klugheit und sogar Mutterliebe in ihrer Generation zum letzten Mal gegeben und sei dann nie wieder aufgetaucht.

Großmutter ertrug es nicht, hinter irgendjemandem zurückzustehen. Der Einzige, bei dem sie es geduldet hätte, hatte sich von ihr abgewandt. Hellhäutig, die Augen mit Kajal schwarz eingefasst, war sie bis an ihr Lebensende stolz auf ihr gutes Aussehen. Oft zeigte sie mit dem Finger auf Mai und sagte: »Eine junge Frau und schon so gealtert. Wenn sie mal so alt ist wie ich, ist ihr Lack völlig abgeblättert. Noch heute habe ich eine hellere Haut als sie.« Sie bekräftigte das mit einem weit ausholenden Winken der Arme. »Die schwärzliche Farbe hat Sunaina von ihr geerbt. Mein Sohn, mein liebes Prinzchen, ist nach mir geraten. Weiß wie ein ›Engeländer‹.«

Komisch war, dass Großmutter Subodh niemals als »schwärzlich« bezeichnete, und als ich mich in meiner Kindheit einmal darüber beklagte, kicherte sie auf ihre pfiffige Art mit ihrem zahnlosen Mund: »Hihi, er geht doch hinaus in die Sonne. Klar, dass seine Haut dunkler wird. Ein Junge bleibt schließlich ein Junge. Mein kleiner süßer Laddu aus Zucker und Ghee, hi, hi!«

Sie nahm oft meine Hände in ihre und sagte: »Sieh mal, wie deine Adern schon in jungen Jahren hervortreten. Meine Hände waren so zart und seidig. Wer sie berührte, wollte sie gar nicht mehr loslassen.«

Dann erzählte sie, wie in ihrer Jugend ein englischer Freund von Großvater gesagt hatte: »Deine Frau hat so schöne Hände und Füße. Ob es dir passt oder nicht: Eines Tages schüttele ich ihr bestimmt die Hand.« Als Großmutters erster Sohn geboren wurde – Großmutter hatte elf Kinder zur Welt gebracht, aber nur Papa und eine Tante von mir haben überlebt –, da beglückwünschte der Engländer Großmutter, ergriff schnell ihre cremig weichen Hände und hielt sie ein paar Augenblicke lang in den seinen.

Ich erinnere mich gut, dass Großmutters Benehmen auch in ihrem hohen Alter etwas Selbstgefälliges hatte. Wenn sie im Stehen etwas sagte, dann hielt sie ihre Hüfte kess auf einer Seite angehoben, beide Hände elegant hinter dem Kopf verschränkt, mit kokett wiegenden Schultern, den Kopf zu einer Seite geneigt, und schoss einen Blick wie einen Dolch ab.

Für uns war Großmutter eigentlich schon immer alt gewesen. Wenn sie über ihre Jugend sprach, war es, als redete sie von einem früheren Leben! Aber solange sie noch normal gehen konnte, war sie nicht ganz so alt; als sie zu hinken begann, war sie auf einmal wirklich alt.

Eines Tages war sie vom Sitzen aufgestanden und mit Gepolter zu Boden gestürzt. Ihr war der Fuß eingeschlafen, und trotzdem war sie gleich losgelaufen. Bei dem Sturz hatte sie sich einen Trümmerbruch des Hüftgelenks zugezogen. Im Alter waren ihre Knochen spröde geworden wie trockenes Holz.

Großmutter schrie und weinte. Großvater schob diesmal seinen ganzen Hass auf die Ärzte beiseite und schickte Papa in höchster Eile wie einen Wirbelwind zwischen Haus und Hospital hin und her.

Die Angelegenheit wurde immer komplizierter und weitete sich bis Lucknow aus. Papa und ein medizinischer Assistent hoben sie gemeinsam hoch, legten sie in ein Auto und fuhren sie zum Bahnhof, von wo sie geradewegs mit der Eisenbahn nach Lucknow und dort auf den Operationstisch des angesehensten Krankenhauses gebracht wurde.

Auch wir fuhren mit. Zum ersten Mal in der Eisenbahn, zum ersten Mal in einer Großstadt. Es war in den heißesten Sommertagen, und Großmutter packte sich unter ärgerlichem Schimpfen so gründlich in ein Laken ein, als könnte hier ein Diamant, dort eine Perle herausrutschen. Ein in England ausgebildeter Arzt holte die Knochentrümmer heraus, warf sie weg und fügte dann in Großmutters Hüfte ein importiertes, hochwertiges künstliches Gelenk ein. Seitdem hinkte sie mit einem pochenden Geräusch.

Meist saß sie auf der Veranda, an ihr blaues Polsterkissen gelehnt. Neben ihrem Sitz wurden an Winterabenden enorme Vorhänge aus schwerer Leinwand herabgelassen. An Sommernachmittagen wurden Bambusmatten aufgehängt, und Großmutter hielt ihr nachmittägliches Schläfchen, wobei sie ihren Körper züchtig bedeckte. Um mit ihr ein Schwätzchen zu halten, versammelten wir uns alle bei ihr. Außer Großvater, den sie nie zu sehen bekam.

Auch Mai kam, aber nicht, um ein Schwätzchen zu halten. Sie kam hin und wieder, um etwas zu fragen, um etwas zu tun, um einen Schlüssel zu holen, um Großmutters Füße zu massieren oder ihre Haare zu ölen. Sie tat alles, was Großmutter verlangte.

Großmutter war eine Schlemmerin, und was das Essen anging, war sie weder strikt traditionell noch orthodox. Sie ließ Mai Kachaudis frittieren: »Mach es so … mach es anders … füll sie so …!« Jeden Morgen ließ sie Bhondu von Hardeyi herbeirufen: »Hol frische, heiße Jalebis und Samosas.« Uns gab sie auch davon ab, und abends musste Bhondu losrennen, um kleine, scharf gewürzte Leckereien zu holen.

Großmutter liebte auch die kulinarischen Neuerungen, die wir im Haus einführten. Sie weichte zum Beispiel Brot in Kondensmilch ein und vertilgte es mit Genuss.

Der Unterschied war, dass wir einen Speiseplan durch einen anderen ersetzt hatten. Wir wollten nur eine Speise, zum Beispiel einen Eintopf, und das war dann unsere ganze Mahlzeit. Großmutter blieb dagegen ihren alten Gewohnheiten treu und nahm die neuen außerdem an. Das Essen von der ersten Art diente der Sättigung, das von der zweiten Art dem größeren Genuss für den Gaumen. Eine breite Palette machte schließlich den Reiz des Lebens aus. Obwohl wir Mai eigentlich das Leben hatten vereinfachen wollen, bereiteten wir ihr so noch zusätzliche Arbeit. Ständig war sie damit beschäftigt, irgendetwas zuzubereiten. Dank der lieben Großmutter wurden nicht nur Dinge, für die man Ghee brauchte, zum Beispiel Halwa, in Ghee geradezu getränkt, auch solche, die es überhaupt nicht brauchten, wie Reisflocken und Kichererbsen, wurden ebenfalls mit Ghee geröstet.

Ob ihr Magen es vertrug oder nicht, was das Essen betraf, duldete sie keinerlei Einschränkungen. Der Doktor warnte sie tausendmal, aber Großmutter blieb sich treu. Wenn andere zusahen, legte sie allerdings demonstrativ eine winzige Menge

Gemüse und einen kleinen Fetzen Roti auf ihren Teller und sagte: »Hier, jetzt sagt mir nur, ich würde nicht auf den Doktor hören. Schauen wir mal, ob das mein Leben rettet.«

Wenn Mai, um ein zweites Mal zu servieren, die Kelle hob und sagte: »Nehmen Sie doch noch etwas!«, bebte Großmutters zahnloser Mund in einer vollkommenen Unschuldsmiene: »Was soll ich denn essen? Mir ist doch alles verboten. Ich bin jetzt dazu verdammt, ohne Essen und Trinken herumzuliegen. Wie eine reife Mango, die jederzeit vom Baum fallen kann, wer weiß schon, wann?«

Und dann kam sie still und leise in die Küche gehinkt, um Rahm mit Zucker zu schlecken. Oder manchmal zerstampfte sie Nüsse und warf sie sich in den Mund.

Wie dem auch sei, Großmutter konnte uns gegenübersitzen und es sich hörbar schmecken lassen, aber wenn ihr danach zumute war, ihr tragisches Schicksal zu beweinen, sagte sie: »Seht doch selbst, ich habe kaum einen halben Mundvoll gegessen, aber dieser Doktor sitzt mir ja immer im Nacken: ›Essen Sie dies nicht, essen Sie das nicht, essen Sie weniger!‹ Also esse ich weniger, ihr seht es ja, und wo bleibt die Wunderwirkung?«

Wir jedenfalls gaben unsere Extrawünsche auf und wurden allmählich zu Advokaten einer weniger üppigen, dafür gesünderen Ernährungsweise. Großmutter hat das allerdings nie verstanden, es gefiel ihr auch nicht. Sie wiederholte nur immer: »Das ist nichts als Mais Faulheit.« Und sie wurde nie müde, die eigenen außerordentlichen Dienste an ihrer Schwiegermutter zu rühmen. Als ihre Schwiegermutter schon keine Zähne mehr hatte, hatte sie einmal gesagt: »Ach, Bahu, ich weiß, es ist unmöglich, aber möchte man in der Regenzeit nicht allzu gern Maiskolben essen?« Und Großmutter hatte geantwortet: »Du bekommst Maiskolben, Mutter.«

Dann war sie selbst aufs Feld gegangen, hatte einen zarten Maiskolben ausgesucht, ihn leicht geröstet, die Körner herausgelöst, sie liebevoll zerstampft und gewürzt und die Schwiegermutter damit eigenhändig gefüttert. Die sagte zutiefst gerührt: »Bahu, du hast mir tatsächlich Mais zu essen gegeben.«

»Wenn ich einen Entschluss fasse, dann kann ich ihn auch ausführen«, war Großmutters Devise. »Ich kann sogar Englisch lernen.«

Aber es kam selten vor, dass sie sich entschloss, etwas zu tun. Selbst wenn Mai Kopfschmerzen hatte, blieb alle Arbeit an ihr hängen. Später übernahm ich auch einiges, Subodh bemühte sich ebenfalls. Aber Großmutter! Die blieb immer das schöne, redselige Leckermaul.

Mai machte die ganze Arbeit, und Großmutter gab spöttische Kommentare von sich. Selten geradeheraus kritisch, oft aber indirekt und hintenherum.

»Nennt man so etwas heutzutage Khir?«

Wir: »Oh Mai, der Khir schmeckt wunderbar!«

Darauf Großmutter: »Ja, ja, auf seine Weise ist er schon lecker. Die Milch ist gut, der Reis ist gut. Auch für sich genommen würden sie gut schmecken. Zu meiner Zeit war es üblich, ihn so lange einzudicken, dass Milch und Reis völlig eins wurden. Aber wie viel Zeit und wie viel Milch sind dabei draufgegangen? Stundenlang hat man sich vor dem Herd das Gesicht verkohlt. Das war die Art von Khir, den meine Schwiegermutter zu essen bekommen hat.«

Subodh sagte: »Und deshalb ist Ihre Schwiegermutter so früh gestorben, Großmutter.«

Aber Großmutter ließ sich dadurch nicht von weiteren bissigen Bemerkungen abbringen. Wenn Papa dabei war, wurden sie noch etwas schärfer.

»Als du aufgewachsen bist, Junge, hast du begeistert Rabri

gegessen und dir danach die Finger abgeschleckt. Nun, wenn du dieses Portiönchen isst, dann leck dir die Finger und sei damit zufrieden.«

Oder: »Wirklich toll gemacht! Du hast den Flaschenkürbis nur halb gar gekocht und damit jede Menge Vitamine gerettet.«

Wir selbst hatten einmal kritisiert, zu langes Kochen würde den »Nährwert« einer Speise zerstören. Es war jetzt an Mai, darauf etwas zu erwidern, aber leider sagte sie, wie immer, nichts. Sie hätte Bhondu rufen und ihn erklären lassen sollen, dass die Flaschenkürbisse im Spalier auf der Dachterrasse vom Blattwerk ganz verdeckt waren, deswegen übersehen wurden und schon anfingen, hart zu werden. Erst heute Morgen hatte er sie zufällig entdeckt.

Großmutter schoss ihre Pfeile so ab, dass niemand sagen konnte, sie seien verletzend gemeint. Wenn der Reis etwas zu feucht war, rief sie: »Seht her, in unserem Teil der Welt kann man noch aus jedem Mangel einen Nutzen ziehen. Hier haben wir zugleich Reis und Eintopf.« Das kam so harmlos herüber, als sei es wie ein freundschaftlicher Scherz gemeint. Oder als stünde sie Mai zur Seite, bevor irgendjemand sie kritisieren konnte.

Einmal sagte sie: »Hast du den Grieß heute mit Wasser gekocht, Bahu? Das ist ein toller Trick! Er wird gar, man spart die Milch, du gießt ein kleines bisschen Milch obendrauf, und fertig ist die Sache. Nein, ich meine das wirklich. Wie ich es gemacht habe, da hat der Grieß die ganze Milch aufgesaugt. Natürlich hat er auch anders geschmeckt, aber wenn man ihn so nie gekostet hat, schmeckt dieser hier gar nicht übel.« Sie schaute uns herausfordernd an, als wollte sie sagen: »Nun sagt schon etwas. Tadele ich etwa eure Mutter, oder gebe ich vielmehr zu, dass sie mir etwas beigebracht hat?« Dann schaute sie Papa liebevoll lächelnd an. Dem entwich nur ein gekünsteltes Lachen aus dem Mund.

Sie liebte Papa abgöttisch. Unzählige Male erzählte sie mit

verdrehten Augen von ihrem Jungen, der schöner als Könige und Fürsten war, und wenn die Mädchen ihn sahen, so lagen sie vor ihm flach wie Fliegen und Mücken vor der Flit-Spraydose.

»Er hätte eine Fee haben können, aber ...« Sie seufzte tief. »Nicht immer ist das Schicksal fair.« Mai stand stumm daneben und war mit irgendetwas beschäftigt. »Wer kann Gottes Ratschlüsse verstehen? Manchen Leuten fällt alles einfach in den Schoß. Sie kommen mit leeren Händen und baden dann in Milch und Joghurt.«

Alle ein bis zwei Monate hatte Großmutter am ganzen Körper Schmerzen. Tagsüber schluckte sie dann das Pulver, das Großvater ihr schickte. Am Abend schob sie Mai vom Kopfende ihres Bettes weg, um Platz für Papa zu schaffen. Dann stöhnte sie, und stieß Arme und Beine unter Schmerzenslauten in die Luft. Weinend packte sie Papas Hand. Papa begann dann, sie zu massieren, den Kopf, die Taille, die Beine. Großmutter segnete ihn dann: »Möge jeder einen solchen Sohn haben!« Sie stieß ihren Kopf auf seinen Schoß, manchmal umklammerte sie ihn mit den Beinen. Sie litt solche Qualen, dass wir später, wenn wir im Film eine Frau in den Wehen sahen, immer sofort an Großmutter denken mussten. Papa massierte ihr die Beine von den Knöcheln bis an die Knie, und sie lag ausgestreckt da, weinte immerfort und sagte: »Drück noch ein wenig, fester, au, au, noch etwas höher.«

4

Papa stand in dem Ruf, wie der weise König Janaka in jeder Lage glücklich und auch in der ärgsten Not zufrieden zu sein. Er hatte nie davon geträumt, einen Mount Everest zu bezwingen, niemals trieb ihn ein Verlangen, den Ozean zu überqueren. Irgendwie hatte er ein Studium absolviert, war Diplomingenieur geworden und hatte durch Großvaters Beziehungen eine Stelle in einem angesehenen Industriebetrieb der Stadt bekommen. Täglich fuhr er mit dem Motorroller zur Arbeit, kam mit dem Roller zurück. Er fuhr am Morgen los und kam irgendwann am frühen Abend wieder. Eine Weile ruhte er sich dann in seinem Zimmer aus. Danach saß er eine Zeit lang bei Großmutter, manchmal ging er zu Großvater in dessen Wohnraum, und dann verließ er irgendwann das Haus. Oft kam er erst spät in der Nacht heim.

Hinter unserem Grundstück gab es einen sogenannten »Club«, in dem sich die Wohlhabenden und die höheren Beamten unseres Städtchens als »Sahibs« fühlen konnten. Der Club hatte ein Billardzimmer und bot weiteren Zeitvertreib. Papa ging in den Club, um Karten zu spielen. An Feiertagen und zu Neujahr gab es im Club ein Fest, und dann ging Mai auch mit. Sie ging zu Fuß, mit uns, quer durch unsere Felder und stieg dann über den Zaun des Grundstücks. Nach dem Tod der Großeltern ging Mai öfter mit in den Club, vorher war es nur Papa, der dort seine Zeit verbrachte.

Was Papa ins Wohnzimmer zog, war die Musik, und nicht etwa Großvaters liebenswerte Gesellschaft. Zum einen, weil es mit Großvater kein Gespräch, sondern nur dessen Monologe gab, zum anderen, weil Papa selbst nicht sehr gesprächig war. Sogar seine Stimme war kraftlos. Seine Aufträge an Mai waren kaum hörbar, dennoch führte Mai sie alle aus. Auch wenn er uns etwas mitteilen wollte, sagte er es mit derselben müden, verschlissenen Stimme zu Mai.

Später verstanden wir allerdings, dass es – wie es verschiedene Arten von Clubs gibt – auch verschiedene Arten von Tyrannei gibt: eine, die mit grimmigem Gesicht und furchterregender Rohheit daherkommt, eine andere, die sich sanft und unschuldig gibt.

Tatsächlich sprach Papa mit Mai immer in einem milden Ton und mit sparsam abgezählten Worten. Wenn es ein Fest oder eine besondere Veranstaltung gab, nahm er Mai mit. Und als er nach dem Tod der Großeltern das Regime über das Haus angetreten hatte, schaffte er alle Haushaltsgeräte an, die ihr das Leben leichter machen konnten. Er kaufte sie, ohne dass er darum gebeten worden wäre. Einen Gasherd, einen Dampfkochtopf, ein elektrisches Heizöfchen, einen Elektro-Geyser, sogar eine Waschmaschine. Der Kühlschrank war schon zu Großvaters Lebzeiten gekommen, weil Großvater aus irgendeinem Grunde nichts dagegen gehabt hatte. Auch brachte Papa ständig neue Sachen ins Haus. Wenn er von einer Dienstreise zurückkam, brachte er für Mai einen Sari oder Pullover, für uns Spielzeug und Kleidung mit.

Dennoch blieb immer ein Beigeschmack von Halbherzigkeit, von »und wennschon«. Vielleicht, weil er zu Großvaters Despotismus schwieg und Großmutter bei ihren spitzigen Sticheleien gegen Mai anlächelte. Oder weil er so wenig Interesse zeigte und sich im eigenen Inneren verschloss. Meistens wussten wir gar nicht, ob er zu Hause war oder nicht. Alle anderen hatten sich an Regeln zu halten oder waren wie Gefangene im Haus, von uns allen hüpfte nur Papa wie eine Taube hierhin oder dorthin, schwach wie eine Taube, frei wie eine Taube. Nur er brauchte sich dafür vor niemandem zu rechtfertigen.

Papa war ein frommer, gottergebener Mann. Er führte seine Puja nach allen Regeln aus. Mai reinigte schon frühmorgens das Pujazimmer und legte alles bereit: ein Öllämpchen, Räucherstäbchen, Blüten, einen Shivalingam aus feuchtem Ton. Wenn Papa kam, setzte er sich auf eine Matte auf den Boden, nur mit einem Dhoti bekleidet, mit nacktem Oberkörper, zündete das Lämpchen und die Räucherstäbchen mit Streichhölzern an und legte die Blüten einzeln den Göttern zu Füßen, sprenkelte mit einem Mangoblatt Gangeswasser auf jede Götterstatuette, tupfte jedem einen zinnoberroten Farbpunkt auf die Stirn, murmelte die mit »OM« beginnenden heiligen Verse, schwenkte ein Kampferlicht, kam dann aus dem Zimmer und sagte: »Nehmt von dem Prasad!« Wir rannten herbei, tupften uns ebenfalls einen Punkt auf die Stirn, nahmen ein Stück von den geweihten Süßigkeiten, hoben es an die Stirn und ließen es uns dann schmecken.

Im Winter wurde das Wasser für Papas Bad im Innenhof in die Sonne gestellt. Wenn er dort an der Handpumpe sein Bad nahm, zitterte seine heilige Schnur, während er fröstelnd und mit klappernden Zähnen zu jedem Guss Wasser sang:

nahaye shish mile Jagdish
nahaye kan mile Bhagavan
nahaye kanth mile Vaikunth
nahaye chhati mile Kashi …

Wasch dir den Kopf, du triffst deinen Gott.
Wasch dir die Ohren, du findest den Herrn.
Wasch dir den Hals, du erlangst das Paradies.
Wasch dir die Brust, du kommst in die heilige Stadt Kashi …

Kurzum, vom Kopf bis zu den Füßen war alles Gottes Wohnsitz.

An Festtagen fanden besondere Pujas und Rezitationen heiliger Texte statt. Auch mythische Erzählungen und erbauliche Geschichten wurden vorgetragen. Es gab häufige Fastentage, die Mai fast alle einhielt. Papa dagegen fastete zu Navaratri, und wenn er danach das Fasten brach, führte er die zugehörige Puja und Rezitation aus und aß die geweihten Speisen.

Papa suchte auch häufig Sadhus, Gurus und Astrologen auf. Er war äußerst abergläubisch. Wenn er zum Beispiel gerade zum Büro aufbrach und Subodh ihn bat: »Papa, wohin fährst du, bring heute bitte unbedingt die Bücher mit«, erwiderte er ärgerlich: »Verdammt, du hast mich aufgehalten!« Dann wendete er am Tor seinen Roller, kam zurück, ließ sich ein Glas Wasser bringen und fuhr danach erneut los. Auch wenn ihm unterwegs eine Katze über den Weg lief, wendete er den Roller und fuhr einen Umweg, oder er spuckte mehrmals auf die von der Katze überquerte Straße. Wenn er einmal niesen musste, ließ er seine Arbeit für eine Weile liegen. Dergleichen passierte ständig.

Später, als Papa Schüler von Turiyatit Baba geworden war, gab er Paan, Tabak, Alkohol, Schwarztee, Eier, Zwiebeln, Knoblauch und Essig auf. Wenn er am späten Abend von Babas Ashram zurückkam, hielt seine Riksha draußen auf dem Kiesweg knirschend an, und wir sahen Papa aussteigen.

Der Rikschafahrer begann dann, sich zu beschweren: »Sahib, Sie haben unrecht, es ist schon so spät, und selbst am Tag kostet es vom Bahnhof hierher fünf Rupien.«

Aber Papa ließ sich nie die Gelegenheit entgehen, um ein oder zwei Annas zu feilschen oder Rikschafahrer und dergleichen arme Schlucker zu beschimpfen: »Hau ab, du Kanaille, du willst mich wohl zum Narren halten. Am Tag kostet es nie mehr als zwei Rupien. Meinst du vielleicht, ich fahre zum ersten Mal? ... Sei still, du Betrüger, du weißt doch, dass hier in der Nähe die

Polizeiwache ist. Soll ich jemanden rufen, dass er dich dorthin bringt? Ich habe dir schon drei Rupien draufgelegt, nimm sie, wenn du willst, ansonsten troll dich.«

Leise vor sich hin schimpfend, kam Papa dann ins Haus. Er kam hinein und setzte sich gleich zu Großmutter. Mit Augen, die vor Ehrfurcht und Liebe strahlten, berichtete er dann von Babas charismatischer Persönlichkeit.

»Baba ist kein gewöhnlicher Mensch. Er ist Gott selbst, Ammaji …! Am ersten Tag sah ich ihn nur von Weitem. Am zweiten Tag wandte er sich um und schaute mich direkt an. Mir war, als wäre ich unter Strom gesetzt. Am dritten Tag kam er langsam an mir vorbei. Sobald ich seine Füße berührt hatte, durchfuhr es mich wie ein Blitz, Ammaji! Er hat solch eine Ausstrahlung, solch eine Kraft!«

Turiyatit Baba hatte viele Anhänger. Es gab zahllose Geschichten über seine außerordentlichen Fähigkeiten: Gelähmte fingen wieder an zu gehen, Tote wurden wieder lebendig, und dergleichen mehr. Die Leute schmückten ihre Pujazimmer mit Bildern des Baba. Auch Papa platzierte an seinem Roller, in seinem Zimmer, im Pujazimmer, in seinem Büro viele kleine und große Bilder von Baba. Er verteilte Tütchen mit heiliger Asche, die er aus Babas Ashram mitgebracht hatte.

Es hieß, im Hause eines besonders eifrigen Verehrers fände sich täglich unter dem Kissen diese heilige Asche. Bei einem anderen Verehrer zeigten sich auf dem frisch eingedickten Joghurt Aschespuren in Form der heiligen Silbe OM. Dann geschah es, dass auch bei uns, wenn man Babas Bild in den Händen hielt, ein schwärzliches Pulver herausrieselte. Papa war hocherfreut, und als Subodh das Bild aus dem Rahmen nahm und sagte: »Das ist Schimmel«, da war Mai die Einzige, die verstohlen lächelte.

Papa kannte sich gut in den heiligen Schriften des Hinduismus aus, und manchmal erzählte er Großmutter Geschichten daraus. Auch Großmutter zitierte bei jeder möglichen Gelegenheit einige Verse von Tulsidas oder sang ein Lied von Surdas oder Rahimdas. Auch klagte sie beharrlich darüber, dass Mai nie etwas Gutes las oder vorlas, und wie die Mutter, so würden leider auch die Kinder werden.

Papa glaubte, dass alle Weisheit des Universums, jede Lehre und Philosophie aus jedem Winkel der Welt ihren Ursprung in unserer Hindureligion habe. Die Sprache der Engländer sei erst später entstanden, schon vorher habe im Ramcharitmanas gestanden »near avan«, was bedeutet: »Komm her!« Unsere Göttin Girija sei früher da gewesen, das Girija-Ghar, das heißt die Kirche, sei später gekommen. Und auch das OM gebe es in der Bibel, und zwar, wo Gott sagt: »I om that I om«, woraus durch fehlerhafte Aussprache schließlich »I am that I am« geworden sei. Papa behauptete sogar, dass in der Bibel auch Turiyatit Baba erwähnt sei. Baba sei Jesus Christus selbst. Der Beweis dafür: Als Jesus sagte: »Ich werde wiederkommen«, blökte ein Schaf »Ba-ba«. »The sheep said Baba!«

Aber wenn Papa die Engländer auch in religiösen Dingen für unterlegen hielt, waren sie in Sachen der Alltagskultur seine Vorbilder. Nach dem Tod der Großeltern schaffte er einen Esstisch und Stühle an, ließ Servietten, Messer und Gabeln auflegen. Er war stolz auf Subodhs gute Englischkenntnisse. Von mir erwartete er, dass ich mich nach guter alter Sitte schamhaft und züchtig benahm, aber Jeans oder westliche Kleider sollte ich dabei tragen.

Wenn er mit Großvater die Liebe zur indischen Musik teilte, so gefielen ihm doch auch westliche Bands und Instrumente. Er selbst spielte kein Instrument, aber als Subodh aus dem Studentenheim zurückkam und mir zu westlichen Melodien den Twist beibrachte, hatte Papa nichts dagegen, vielmehr ging er selbst leicht in die Knie und tanzte ein bisschen mit. Aber wenn wir den Fehler machten, im Radio Volksmusik oder Filmsongs zu hören, und Papa das merkte, dann kam er und drehte wortlos das Radio ab, als wären wir überhaupt nicht da und das Radio liefe überflüssigerweise. Auch wir schwiegen und schalteten kurz darauf das Radio wieder ein, nachdem wir uns sorgfältig umgeblickt hatten. Sobald wir Papas Schritte hörten, schalteten wir es wieder aus.

Als auch ich ins Studentenheim zog, gab Papa diese Gewohnheit auf. Zu der Zeit war mein Appetit auf Filmsongs allerdings schon weitgehend gestillt.

Es war nie leicht, mit Papa zu streiten. Wozu sich mit jemandem anlegen, der einfach nichts sagte? Er hatte sich in sich selbst zurückgezogen, wo er seinen Frieden fand. Er ging zu Großmutter, und wenn sie Schmerzen hatte, massierte er ihr die Fußsohlen mit Öl; er verneigte sich ehrerbietig vor Großvater und saß eine Weile bei ihm, manchmal sagte er uns kleine Nettigkeiten, an die wir uns nur noch schwach erinnern, und die Dinge, die er für uns mitgebracht hatte, übergab er Mai. Auf seine Initiative backte Mai die Rotis nun nicht mehr auf dem Kohleöfchen, sondern auf dem Gasherd. Wir konnten uns lange nicht an deren Geschmack gewöhnen, undankbar, wie wir waren. Auch die in einem Dampftopf gekochten gelben Erbsen schmeckten nie so gut wie die aus einem Messingtopf. Aber für Mai wurde das Leben dank Papa ein wenig leichter.

Allerdings nur für Mai. Für Hardeyi gab es keine Erleichterungen. Auch als wir schon die Waschmaschine hatten, wusch Hardeyi wie früher den halben Wäscheberg, indem sie die Stücke immer wieder auf den Steinboden schlug. Mai selbst hatte vorgeschlagen, er solle eine hohe Spüle einbauen lassen, damit Hardeyi es beim Geschirrabwaschen leichter hätte, aber Papa vergaß das. Vielleicht, weil Mai selbst nur ganz selten einmal das Geschirr abwusch. Hardeyi saß immer auf einem niedrigen Schemel auf dem Boden und spülte das Geschirr im Strahl des

Wassers aus dem hoch oben angebrachten Hahn, an den sie ein Stück Stoff gebunden hatte.

So verlief Mais gemeinsames Leben mit Papa. Mai respektierte alle seine Regeln, seine abstinenzlerischen Essgewohnheiten, seine Bade- und Meditationsrituale. Sie pflegte ihn, als er später krank war. Wenn Papa nach Hause kam, stellte er sich auf den Teppich in seinem Zimmer, zog die Hose und Jacke aus, die er im Büro trug, und legte sie so sorgfältig hin, dass noch in den leeren Kleidern sein Leib zu stecken schien. Dann kam Mai, hob die Kleider hoch, schüttelte Papas Form aus ihnen heraus und hängte sie für den nächsten Tag auf oder nahm sie zum Waschen mit.

Es war einfach nicht möglich, mit Papa zu streiten. Wir wollten, dass Mai gegen ihn rebellierte, aber sosehr wir sie dazu drängten, tat sie es nie. Auch erwähnte Mai nie diese andere Frau, nach der zu fragen wir nicht den Mut hatten, über die wir aber eines Nachts im Flüsterton gehört hatten, dass Papa sie nach Lucknow mitgenommen hatte. Später hielt Subodh einmal seinen Roller im Schutz der Dunkelheit vor ihrem Haus an: »Die ist es.« Und selbst als ich den von Mai gestrickten Pullover erkannte, konnte ich es nicht glauben.

Vielleicht wollte ich es nicht glauben. Aber es konnte auch einen andern Grund haben. Ich war überzeugt, eine schlechte Frau müsse wie eine überreife Mango beinahe platzen, ihre feisten Schenkel schlabberten beim Gehen unter ihrem engen Sari, und aus ihrer knappen Bluse würden an ihrem Rücken Wülste von üppigem Fleisch hervorquellen.

Wie bei der Schulleiterin, die Großvater manchmal besuchte.

5

Glanz und Ansehen unseres Hauses beruhten auf Großvaters feudaler Gemütsart. Großvater war in der Tat Großgrundbesitzer gewesen, hatte jedoch, als er im Zuge der zivilen Widerstandsbewegung unter den Einfluss von Mahatma Gandhi gekommen war, freiwillig seinen Grundbesitz weggegeben. Später wurde er mit der Pension eines Unabhängigkeitskämpfers mehr als achtzig Jahre alt.

Er liebte Musik, gutes Essen und gute Bewirtung der Gäste, Dichtung und Poesie, Ausritte zu Pferd. Welche aristokratische Vorliebe hätte er nicht gehabt? Groß und stattlich gebaut, mit einer Stimme, die bis an den Himmel reichte, und einem gewaltigen Schnauzbart, an dem man hätte schaukeln können. Ein Dhoti mit bestickten Rändern, darüber ein gut sitzender Kurta aus handgewebtem Stoff und würdevoll über die Schulter gehängt ein gefalteter, bestickter Schal – das war seine Kleidung. Im Winter trug er gleichartige Kleider aus Rohseide.

Großvater war in der ganzen Stadt bekannt. Als er starb, wurde in der Zeitung darüber berichtet. »Unabhängigkeitskämpfer gestorben, hinterlässt einzigen Sohn und übrige Familie«. Ich wunderte mich, warum die einzige Tochter, meine Tante, in der »übrigen Familie« verschluckt worden war. Das war natürlich viel später. Bis dahin lebte er ein langes Leben und war eine beeindruckende, furchtlose Persönlichkeit, so hoheitsvoll, dass er sogar die Engländer in die Schranken weisen konnte. Er hatte einige englische Freunde gehabt, mit denen er ausgeritten und

auf die Jagd gegangen war, wobei er niemals hinter ihnen zu-
rückgestanden hatte.

Das alles aber war vor unserer Zeit und hatte für uns keine
Bedeutung. Wir sahen nur, dass Großvater seine geselligen
Zusammenkünfte im Wohnzimmer abhielt. Dort standen auf
Teppichen der alte niedrige Diwan und die Lehnsessel mit
ihren Polstern und den Schnitzereien am hölzernen Rahmen,
Spucknäpfe und der Podest mit dem mächtigen Rückenpolster,
auf dem Großvater thronte. Dort hingen auch zwei in Elfen-
bein gerahmte Bilder von Großvater selbst. Auf einem stand er
stramm und steif in Hose und Frack, in der Hand eine Pfeife,
und neben ihm ein Schäferhund. Auf dem anderen Bild saß er,
aber so stocksteif, dass es aussah, als sei er aus drei Teilen zusam-
mengeklebt: von den Füßen bis zu den Knien, von den Knien
bis zur Taille, von der Taille bis zum Kopf. Seine Hände lagen
exakt gleich weit ausgestreckt auf seinen Oberschenkeln, wie
Teller auf einem festlich gedeckten Tisch.

Außerdem waren im Wohnzimmer seine Platten und das
Grammophon. Und seine »Höflinge« fanden sich dort ein.

Großvater hatte keine Freunde. Er hatte Schmeichler und
Bewunderer. Deshalb waren immer nur Großvaters dröhnende
Monologe zu hören. Für ihr schweigendes, geduldiges Zuhören
wurden die Höflinge wiederholt mit Sherbet, kleinen Leckereien
und Tee entlohnt.

So ging es den ganzen Tag. Großvater rief Bhondu seine Aufträge zu, die dieser umgehend an der hinteren Tür zum Innenhof
an Hardeyi weitergab. Mai setzte die bestellten Erfrischungen
dann schnellstens auf ein Tablett, das sie Hardeyi überreichte.
Manchmal zog sich das bis elf Uhr nachts hin, vor allem die
Runden von Sherbet und Tee.

Großvater selbst mochte keinen Tee. Morgens und abends
trank er heiße Milch mit sieben darin gekochten Tulsi-Blättern.

Dann stachen ihn die Moskitos nicht, er brauchte sich keine Sorgen zu machen, an Malaria oder Filaria zu erkranken. Ansonsten trank er Sherbet aus Bel-Früchten, Grewia-Beeren oder Wassermelonen.

Es hatte den Anschein, als wüsste Großvater nicht, was im Haus vor sich ging, und als interessierte es ihn auch nicht. Aber er war das unumstrittene Familienoberhaupt, und wenn er wollte, war er sehr wohl interessiert und hörte sogar, was gar nicht ausgesprochen wurde. Unausdenkbar, dass irgendetwas gegen seinen Willen gegangen wäre. Oder dass seine Wünsche missachtet worden wären. Hätte er Ameisen als Löwen bezeichnet oder Fußtritte als Zärtlichkeiten, dann wäre das unwidersprochen geblieben. Wenn er etwas anordnete, dann musste manchmal das ganze Haus auf den Kopf gestellt werden. Wenn Großvater zum Beispiel in Gedanken versunken unaufmerksam sagte: »Heute esse ich Erbsencurry mit Reis«, dann stellte Mai das ganze bereits gekochte Essen zur Seite und fing von vorne an. Damals war noch nicht einmal ein Kühlschrank im Haus. Großvater hatte etwas gegen diese ausländischen Geräte und Apparate.

Zweitens hatte er etwas gegen Frauen. Es passte ihm nicht, wenn Frauen sich im vorderen Teil des Hauses blicken ließen. Ich erinnere mich, dass entlang des Kieswegs vom Tor zum Haus Grewia-Sträucher standen. Wir pflückten uns immer einige von den dunkelblauen, manchmal noch grünen, sauren Beeren ab. Wenn er hörte, dass das Tor aufging, sagte Großvater sofort, ohne auch nur festzustellen, wer gekommen war: »Sunaina, geh nach innen und sag Bescheid, dass Tee und ein Imbiss geschickt werden soll!« In solchen Momenten sah ich mich selbst als Frau.

Weder Großmutter noch Mai, Hardeyi oder überhaupt eine Frau trat ihm gegenüber. Wir fragten uns, ob Großvater überhaupt jemals eine Frau gesehen hatte.

Aber diese Schulleiterin war gekommen, und irgendjemand hatte uns nach innen gescheucht. Großmutter hatte sich hingelegt, Mai massierte sie, und Großmutter murmelte vor sich hin, dass die Frauen doch alle Halunken seien. Dass sie selbst eine Frau war, spielte keine Rolle. Dann begann sie, gegen Mai zu sticheln: »Eine falsche Münze haben sie uns angedreht, das haben sie. Ach, mein armes Prinzchen …« Mai entgegnete nichts, sie stand einfach auf, kam kurz darauf mit einer Flasche Öl zurück und machte sich daran, Großmutters Haar neuen Glanz zu geben.

Unter irgendeinem Vorwand durften wir nicht aufstehen und fortgehen. Aber sowenig wir auch verstanden, was eigentlich geschah, waren wir doch so gewitzt, uns bei der ersten Gelegenheit auf die Dachterrasse zu stehlen. Von dort oben sahen wir eine ölig glänzende Frau, dick wie eine Büffelkuh, die eine perlenbestickte Samthandtasche schlenkerte, wobei ihr ganzer fetter Körper schwabbelte. Sie marschierte voran, hinter ihr ein junger Mann, vielleicht ihr Sohn.

Zunächst verstanden wir überhaupt nichts. Später kamen wir in das Alter, wo wir manches zu verstehen glaubten, was es gar nicht gab. Und dann kamen wir in das Alter, wo wir es für anmaßend hielten, mehr als das unbedingt Nötige zu verstehen. All diese Phasen des Verstehens sind so durcheinandergeraten, dass sich jetzt überhaupt kein klares Bild mehr ergibt. Ist es nicht immer eine Anmaßung, »zu verstehen«? Ist es realistischer, nicht zu verstehen? – Wer kann es sagen? Nur taucht ab und zu der gesenkte Kopf dieses Jungen vor meinem Auge auf, wie er hinter der Frau hertrottete. Waren in seinem Gesicht die Züge einer vertrauten Person zu erkennen? Haftete ihm ein flüchtiger Schatten unserer Sippe an? Etwa die Nase, die Lippen oder sonst etwas von den Unseren?

Ist so etwas denn möglich? Kann jemand einfach namenlos, unbekannt bleiben und sich in nichts auflösen, ohne dass man je erfährt, ob auch hier ein nunmehr ausradierter Buchstabe geschrieben war? Wenn wir eine solche dunkle Episode verscharren, wird sie dann nicht, falls jemand zufällig daran rührt, mit einem Seufzer wieder zum Leben erwachen? Wird sie nicht, wenn jemand zufällig an dieser Stelle zu graben beginnt, ihre Geschichte ausplaudern?

Das ist beklemmend! Jemanden namenlos, unsichtbar ans andere Ufer des Todes zu schieben. Ihn in die Nichtexistenz zu entleeren.

Warum würde man ein leeres Zimmer mit einem Vorhang verhängen? Auch wir haben unseren Teil dazu beigetragen, dass so viele Geschichten unerzählt geblieben und still und heimlich begraben worden sind. Als hätte es sie nie gegeben.

Wir haben Mai oft vorwurfsvoll gefragt, warum sie sich alle diese Demütigungen von Großmutter gefallen ließ. Mai erzählte, dass die kahle Stelle auf Großmutters Kopf keine Alterserscheinung sei. Sie rührte daher, dass Großmutter sich oft in der Abstellkammer versteckt hatte, wenn Großvater betrunken war, und dass er sie an den Haaren dort herauszog. Mai sagte, sie selbst und Großmutter gehörten als Frauen sozusagen derselben Kaste an, und sie könne diese Zusammengehörigkeit nicht zerreißen. Ich fühle mich seltsam hilflos, wenn ich in mir selbst das Abbild dieser beiden wiedererkenne. Dann kann ich ihnen, deren Gesichtszüge und Körperformen so deutlich in meinen wiederzuerkennen sind, keine Vorwürfe machen.

Die Schulleiterin hatte Großvater in seinem Wohnzimmer besucht. Sie kam einige Male, irgendwann war sie verschwunden und ließ sich nie wieder blicken.

Das Leben im Haus ging wie gewohnt weiter. Großvater genoss weiterhin mit geschlossenen Augen und wonnetrunken mitschwingenden Händen seine Musik. Aber keiner von uns anderen durfte singen oder tanzen. Eines Tages, als Großvater vielleicht gerade im Badezimmer war, ging Mai etwas vor sich hin summend an seinem Zimmer vorbei. Sogleich kam er heraus, öffnete vom Wohnzimmer aus die innere Tür, woraufhin sich Mai sofort das Ende ihres Saris über den Kopf zog und stehen blieb.

»Wer hat hier gesungen? Hat hier jemand gesungen?«

Er fragte nur das und verschwand wieder in seinem Zimmer, ohne auf eine Antwort zu warten. Ich kann versichern, dass Mai daraufhin nie mehr summte.

Das Problem war, dass wir beide uns in den Kopf gesetzt hatten, singen und tanzen zu lernen. Subodh nahm in seiner Schule an einem Gitarrenkurs teil. In meiner Schule wurde so etwas nicht angeboten, außer den reinen Schulfächern gab es nur das Wahlfach Hauswirtschaft: kochen, nähen, stricken, woran ich kein Interesse hatte. Ich drängte Mai so lange, bis sie im Club mit der Schwester von Nagji Akka sprach und vereinbarte, dass der Gesangslehrer ihrer Tochter, Ustad Nanhe Khan, zu uns ins Haus kam. Er sollte hinten über den Gartenzaun klettern und durch den Innenhof kommen. Nachdem alles bestens in die Wege geleitet war, verdarb Nanhe Khan die Sache doch noch. Er hatte die Feinheiten des Arrangements nicht verstanden und dachte, es wäre doch viel einfacher, durchs Tor hinauszugehen und dort eine Rikscha zum Bazar zu nehmen. Großvater sah ihn, rief ihn herein, blies ihm den Marsch und warf ihn hinaus.

Mais sorgfältig ausgearbeiteter Plan war damit hinfällig. Ein einziger Anpfiff von Großvater hatte den Künstler für immer aus unserem Haus vertrieben.

Großvater ließ daraufhin den rückwärtigen Zaun verstärken. Mir trug er einen Sanskritspruch vor, dem zufolge eine Frau, die sang oder klingelnde Fußkettchen trug, eine schlechte Frau sei. Eine, deren Schneidezähne ein wenig vorstanden, sei dagegen verständig.

Aber dass wir Englisch lernten, damit war Großvater einverstanden. Großvater selbst hatte Subodh in der Hoffnung, er würde ein »englischer« Verwaltungsbeamter, in ein Internat geschickt, in dem tatsächlich einige Lehrer Engländer waren. Als Subodh von dort zum ersten Mal nach Hause kam, hatte er sein Hindi fast vergessen. Als es zum Essen Okra gab, erinnerte er sich nicht, dass sie Bhindi hießen, zeigte auf sie und stammelte nur: »Gib mir die … die … die da!« Mai fand das sehr komisch und lachte.

Auch mich hatte Großvater selbst auf der christlichen Missionsschule am Ort angemeldet, die ausgerechnet den Namen »Sunny Side Convent« führte, und das in unserem glühend heißen Land! Großvater wollte, dass ich eine englische Ausbildung bekam.

Aber er wollte nicht, dass ich Englisch sprach, Hindi auch nicht. Den Mund sollte ich überhaupt nicht aufmachen!

Auch als Großmutter sich die Hüfte brach, kam Großvater nicht zu ihr. Er rief uns zu sich und ließ sich den Stand der Dinge berichten, ansonsten erfragte er alles von Papa. Als wir zurückkamen, erzählten wir ihm, dass es Großmutter jetzt besser gehe, die Operation sei überstanden, sie sei bewusstlos gewesen, habe aber die Augen offen gehalten. Mehrmals sahen wir, dass Großvaters Lippen hinter seinem Schnurrbart von unterdrücktem Weinen zitterten.

Als Kinder hatten wir Angst vor Großvater. Auch viel später noch gingen wir ihm aus dem Weg. Als Subodh aus dem Internat zurückkam, trug er seine Haare lang und aufgebauscht im Stil eines Leinwandhelden. Er war damals vierzehn oder fünfzehn. Großvater runzelte die Stirn: »Was soll das sein?« Er ließ den Barbier kommen, der ihn regelmäßig massierte und ihm die Haare schnitt. »Er sieht völlig aus wie ein Christ!« Subodh wurde auf der Veranda auf einen Stuhl gesetzt, ein Tuch wurde ihm umgehängt, und die »Operation Haarschnitt« begann. Subodhs Gesicht war vor Wut und Tränen gerötet und von der Demütigung erstarrt.

Ich ging und berichtete es Mai. Sie sagte nichts, wusch von ihren Händen das Mehl ab, trocknete sie an ihrem Sari, bedeckte ihren Kopf mit dem freien Ende des Saris und sagte hinter dem Vorhang der Veranda laut: »Subodh, komm mal her!«

Großvater saß im Wohnzimmer. Mai trat auf die Veranda und sagte nachdrücklich zu dem Friseur: »Erledigt. Ja, es ist erledigt. Genug. Du kannst gehen.« Dann nahm sie Subodh das Tuch ab und zog ihn in die inneren Räume.

Die Haare waren zwar schon gestutzt, aber Großvater hatte einen Totalschnitt angeordnet, und dem war Subodh gerade noch entgangen.

6

Subodh war zwei Jahre jünger als ich. Er sah sehr gut aus, war hoch aufgeschossen, hatte einen dunklen Teint. Wir spielten viel miteinander. Anfangs wurde ich oft damit betraut, auf meinen kleinen Bruder aufzupassen. Später wies man ihn an: »Gib auf deine Schwester acht.«

Großmutter erzählte: »Als Subodh geboren wurde, hat dein Papa geweint.« Mich hielt er auf seinem Schoß fest und sagte: »Ich wusste es … ich wusste es. Baba ist mir im Traum erschienen und hat gesagt, dass es bestimmt ein Junge wird.« Auch Großvater war hocherfreut. Er war es, der den Namen Subodh auswählte. Papa hätte ihn wohl lieber Kaustubh genannt.

Großmutter zog oft ihren Sari hoch und legte Subodh auf ihre Knie. Sie rieb das Kind mit einer Paste aus in Milch gekochten und dann getrockneten Senfsamen ein, die mit Chiraunji-Nüssen und Mohnsamen zermahlen wurden. Deren aromatischer Duft weht mich von ferne aus einer verzauberten Kindheit an und steigt mir noch jetzt in die Nase. Sie massierte ihm diese Mischung ein, wischte die Reste ab, zog ihm ein leichtes Hemdchen an und ließ ihn dann im Innenhof plappernd zurück: »Sunaina, pass auf dein Brüderchen auf!«

Großmutter hatte noch einen anderen Zeitvertreib. Bis Subodh ein ziemlich großer Junge war, gab sie ihm Massagen und kitzelte ihn zwischen den Beinen: »Oh mein süßer Knirps, mein kleiner Mann … Sei kein Teufelchen, mach Großmutter nicht mit deinem Gangeswasser nass!«

Auf diese Weise, unter Liebkosungen und Scherzen, brachte sie Subodh auch ins Bett: »Schau, wie ein kleiner Prinz liegt er da, und schon ein Mann, hihi, genau wie sein Vater.«

Mai sagte, Großmutter habe Subodh großgezogen, sie selbst sei bloß seine Amme gewesen. Ihre einzige Aufgabe war, ihn zu stillen. Subodh war süchtig danach, auch als er schon laufen konnte, rannte er zu Mai, sobald er sie sah, und steckte sein Gesicht unter ihren Sari-Zipfel. Wenn Mai ihn einmal zurückwies, wurde Großmutter sogleich böse: »Ach du Jammer, dass man so etwas ansehen muss! Eine Mutter, der ihr eigenes Wohlbefinden wichtiger ist als das des Kindes!«

Mai presste manchmal vor Schmerzen die Lippen zusammen. »Ammaji, er beißt. Er sollte jetzt abgestillt werden …«, woraufhin Großmutter zurückschnaubte: »*Hare Ram! Hare Ram!* Bei so einer Pflege geht seine Gesundheit sicher vor die Hunde.« Worauf sie sogar ein, zwei Tränen aus den Augen drückte.

Es ging noch weiter: Wenn Subodh aus irgendeinem Grund weinte und nicht zu beruhigen war, befahlen Großvater, Großmutter, Papa, jeder auf seine Weise: »He, ruft Mai, was ist denn das! Warum weint das Kind denn so?« Mai eilte dann schamrot herbei und gab Subodh schuldbewusst unter ihrem Sari die Brust. Zu jeder Tages- oder Nachtzeit.

Einmal hatte mir Mai sogar ihre von Subodhs ständigem Saugen geröteten, wund gebissenen Brüste gezeigt.

Einmal gab sie sogar mir die Brust und sagte: »Nun sieh selbst, ob es da etwas gibt, womit sich dieser Junge den Mund vollstopft!« Ich weiß nicht mehr, ob die Milch bitter war oder süß. Es fühlte sich sanft und zart an, ich trank sehr, sehr vorsichtig ein paar Tropfen Milch.

Wenn Subodh zu weinen anfing, versuchte auch ich, ihn irgendwie abzulenken, bevor die Rufe nach Mai durchs ganze Haus tönten. Sobald mein Bruder Mai sah und in seinen Augen das spezielle Verlangen nach ihrer Brust aufblitzte, rannte ich los und kam ihm zuvor, indem ich ihm ein Plätzchen oder dergleichen in den Mund steckte.

Trotzdem verstanden wir uns bestens, Subodh und ich. Tagaus, tagein waren wir auf den Feldern, auf den Bäumen, unter den Bäumen, auf dem Dach, spielten, naschten etwas, schwätzten, spazierten herum. Wenn es nichts anderes gab, taten wir uns an getrockneter Melasse aus Rohrzucker, an Sirup, an Kandis- oder pulverfein gemahlenem Rohrzucker gütlich. Wenn man das Pulver in den Mund nahm und »phu-pha« sagte, flog es wie eine Staubwolke auf, worüber wir uns kaputtlachten. Wenn der erste Monsunregen fiel, rannten wir in dem Regenguss herum, bis wir patschnass waren. Wir lachten über die Riesentropfen, die so groß waren wie kleine Steinchen. Wenn sie auf die Hand fielen, kitzelte es maßlos, und wir schrien »au! au!«. Wir ließen Papierschiffchen auf den Regenwasserbächen schwimmen, wir hielten den Atem an und stellten uns unter den Wasserschwall aus der Regenrinne. Mit lautem Platschen sprangen wir im Wasser herum, auch unser Lachen war ausgelassen wie eine sprudelnde Fontäne.

Die ganze Kindheit hindurch blieben wir beide einfach »wir«. Nach einer so langen Zeit des Wir war später die Trennung nicht leicht.

Das Später selbst war nicht leicht.

Subodh schlief zwischen Mai und mir. Ich war es, die nachts aufstand, um ihn zuzudecken. Wenn er austreten musste, war ich es, die er aufweckte. Wenn er Fieber hatte, dann streckte ich im Dunkeln immer wieder die Hand nach ihm aus und fühlte seine Temperatur.

Ich ging schon zur Schule, und wenn Papa mich auf Englisch ansprach, schlug ich verlegen die Augen nieder und gab keine Antwort.

»Nun sag schon etwas, dummes Ding!«, schimpfte Großmutter. »Sonst kriegst du in der heutigen Zeit nie einen Mann.«

Dieser Moment war schon längst vorbei, alle hatten ihn vergessen, aber Subodh war nachdenklich geworden, und einige Zeit später sagte er: »Großmutter, das macht nichts, ich heirate Suni.«

Subodh wich praktisch nie von meiner Seite. Auch als er nicht mehr zu Hause lebte, stand er mir immer bei. Sein ständiger Spruch war, dass er auch mich von hier fortbringen wolle. Er besprach das mit mir, brachte Bücher und Kleider, alles, was ich brauchte, um diesen Ort zu verlassen. Sein einziger Gedanke war: mich von hier wegzubringen!

Wir beide waren von einer gemeinsamen Idee besessen: Mai von hier wegzubringen. Ich weiß nicht, wann wir uns in den Kopf gesetzt hatten, dass wir für Mais Leben, besonders ihre Zukunft, verantwortlich seien. Papa kam darin nicht vor, oder wenn doch, dann höchstens als ein Anhängsel von Mai. Wirklich zusammen gehörten wir drei: Mai, Subodh und ich, deren wahres Leben außerhalb dieses Hauses lag. Und die jetzt nur zeitweilig in diesem Haus logierten.

Die Abende verbrachten wir drei, Mai, Subodh und ich, miteinander in einem Zimmer. Dann erzählte Mai uns Geschichten, und wir beide zankten, balgten uns und schwätzten. Kein anderer betrat dieses Zimmer. Wir konnten tun, was wir wollten, und es war nicht festgelegt, wer was zu tun hatte. Einer holte Wasser, einer spannte das Moskitonetz auf, einer schloss die Tür, einer räumte die Bücher weg.

Subodh und ich hatten unsere eigenen Spiele. Damals waren Spielsachen noch nicht an jeder Ecke zu kaufen. Es gab keinen Haufen von Spielzeug, der teils Subodh gehörte und teils mir. Es war auch nicht so, dass er mit dem Gewehr und den Autos gespielt hätte, ich dagegen mit den Puppen und der Miniatur-

Küche. Es gab wohl Spielzeug für Jungen und Spielzeug für Mädchen, aber sie waren keineswegs strikt voneinander getrennt.

Oder wurden diese Unterschiede dadurch verwischt, dass wir immer zusammen spielten? Papa hatte Früchte und Gemüse aus Ton gebracht, die aber vollkommen echt aussahen, er hatte Töpfe und Pfannen aus Holz gekauft, und Mai nähte für uns wattegestopfte Puppen mit Haaren aus Wolle. Vom Dashehra-Jahrmarkt kamen Pfeil und Bogen, vom Diwalimarkt Vögel und Katzen aus Ton. Trommeln, Flöten, Drachen, Laternen kamen zusammen – ein ganzes Sammelsurium.

Falls es dabei überhaupt eine männliche oder weibliche Färbung gab, dann war sie jedenfalls kaum spürbar.

Gemeinsam spielten wir die häuslichen Tätigkeiten nach, wir bauten einen Lehmofen, zündeten echtes Feuer an und kochten Tee für Bhondu. Wir spielten Einkaufsladen, wir waren Doktor und Patient. Ich weiß auch nicht mehr, wie die Theaterspiele quasi von selbst entstanden. Bis spät sagten wir einen Dialog nach dem anderen auf, flochten Handlungen zusammen. Manchmal verzichteten wir auf Sprache und sagten Worte, die irgendwie mit Gefühlsstimmungen beladen, aber an sich sinnlos waren, einfach Klänge, die Wörtern ähnelten: »Gauchi pauchi, ayam ke phun, parandol kanmish vyura!«

Mal waren wir Gärtner, mal Köche, mal Enkel und Enkelin, mal Nachbarn. Unser Laden war mit Steinchen, Hölzchen, Grashalmen als Waren bestückt. Blätter dienten als Geld, aus feuchtem Lehm entstand eine ganze Welt. Wenn noch etwas fehlte, ergänzten wir es mit Jasminblüten, die wir pflückten und zu kleinen Girlanden auf einen Faden reihten. Sie waren zu klein, um über den Kopf gestreift zu werden, zu groß fürs Handgelenk, aber sie übernahmen die Rolle des einen oder anderen fehlenden Artikels, heute waren sie die Medikamente des ayurvedischen Arztes, morgen die Beute eines Diebes. Man kann sagen, dass jedes Ding im Haus für uns wie ein Joker im Kartenspiel war – es brachte Spaß und ließ sich in jedes beliebige Objekt verwandeln.

Unsere Kindheit verlief in untrennbarer Gemeinschaft. Bis zur vierten Klasse gingen wir auch in dieselbe Schule, aber ab der fünften Klasse nahm der Sunny Side Convent nur Mädchen auf. Dann wurde Subodh ins Internat in der großen Stadt gesteckt, um englischen Schliff zu bekommen.

Ich war wohl noch ziemlich klein. Ich hatte gehört, Subodh würde nach langer Abwesenheit nach Hause kommen. Warum mich das verlegen machte, weiß ich nicht. Jedenfalls lief ich davon und versteckte mich auf dem Dach, von wo ich das Tor im Auge behielt. Als Subodh kam, war er größer geworden, er schien mir verändert, fast erwachsen. Er trug eine lange Hose, einen Schlips, Schuhe und Socken. Dasselbe Gesicht, und doch ganz anders. Sofort schoss mir die Frage durch den Kopf: »Wie kann ich wissen, ob das wirklich mein Bruder ist?« Irgendwann legte sich diese Fremdheit, und es schien mir ganz normal, dass er heute kam, morgen ging. Wenn er kam, war es, als sei er immer bei mir daheim gewesen, wenn er ging, als seien wir schon immer voneinander getrennt.

Aber dadurch, dass er fortgegangen war, hatte sich Subodhs Prestige in unserem Haus verhundertfacht. Großvater und Papa ließen bei jeder Gelegenheit ihr Englisch aus dem Sack. Mai konnte allerdings kein Englisch. Und Großmutter sprach nicht einmal korrektes Hindi. So tönten die diversen Sprachen durch alle Winkel des Hauses.

Subodh erzählte von seiner Schule. Dort schwamm er, ritt, spielte Fußball, Hockey und Cricket. Er zeigte Fotos von dem jährlichen gemeinsamen Fest mit der Mädchenschule, von einer Tanzveranstaltung. Dort hatte er auch Gesellschaftstänze gelernt. Er legte mir eine Hand um die Hüfte, nahm die andere in seine Hand, hob sie hoch und tanzte mit mir zu einer Melodie vom

Plattenspieler. »So gehts!« Auf einem der Fotos sah man, wie ein Mädchen die Augen bedeckte und offenbar heftig dagegen protestierte, fotografiert zu werden. Wenn ihre Eltern davon Wind bekämen, was dann …?

In seiner Schule gab es auch Schläge mit dem Stock. Wer etwas Unerlaubtes tat, musste sich vor aller Augen bücken, die Hose herunterlassen und die Prügelstrafe über sich ergehen lassen, erzählte Subodh stolz. Wenn jemandem außerhalb des Hindi-Unterrichts ein Wort in Hindi entschlüpfte, dann war ein Stockhieb fällig. Subodh sprach schon fließend Englisch. Er sagte sogar »Hi Mom«, »Bye Mom«. Papa gab zu: »Er spricht besser Englisch als ich. Na klar, wenn die Lehrer selbst Engländer sind …«

Subodh versprach mir: »Ich bringe dir gutes Englisch bei, mit der richtigen Aussprache, ich werde dich hier herausholen …«

Selbst Großmutter war immer darauf erpicht, etwas aus dem Schatz seiner Erlebnisse zu hören. Was war, als er zum Bahnhof kam? Wie war es im Zug? Wohin ging der Schulausflug? Wie war das Festprogramm am »Gründungstag« der Schule? Sie wollte alle Neuigkeiten wissen.

Schließlich musste Subodh wieder abreisen. Er sagte dann zu Mai: »Nach deinen Laddus aus Kichererbsenmehl sind alle ganz verrückt. Bitte pack mir die Proviantbüchse damit voll.«

Der Hof war erfüllt vom Duft des in Ghee röstenden Kichererbsenmehls, und in dem Kessel begann der Spatel sein Werk – Eisen auf Eisen in einem rhythmischen Konzert. Dann wischte sich Mai ihr erhitztes Gesicht mit dem Ende des Saris ab, brachte ein großes Tablett voll von der frisch gerösteten Paste zu Großmutter, die daraus hingebungsvoll Kugeln formte, von denen sie auch uns einige, ganz frisch und ganz warm, zu essen gab.

7

Wenn Subodh in sein Internat fuhr, blieb ich allein zurück. Natürlich hatte auch ich meine Schule, meine Schulkameradinnen, aber der Kontakt mit ihnen blieb auf die Schulstunden beschränkt. Nur die wenigen, deren Eltern Bekannte von Großvater oder Papa waren, besuchte ich zu Holi und Diwali, oder sie kamen zu uns. Zufällig waren das gerade die Mädchen, die ich in der Schule nicht übermäßig mochte und als meine weniger guten Freundinnen einstufte. Wenn sich dann herausstellte, dass eine von ihnen einen dreizehn oder vierzehnjährigen oder noch älteren Bruder hatte, erklärte Großvater unmissverständlich, es sei nicht nötig, dass wir sie alle gemeinsam besuchten.

Nach der Schule streifte ich in unserem großen Anwesen herum. Manchmal im Guavenhain, manchmal auf der Dachterrasse unter den weit ausladenden Ästen eines Mangobaums, bisweilen ging ich neugierig spähend an den Hütten der Bediensteten vorbei, bisweilen spazierte ich an den kleinen Bewässerungsgräben entlang, durch die das von einem Büffelgespann aus dem Brunnen geschöpfte Wasser auf die Felder floss. Wenn Großvater mich sah, stoppte er mich: »Geh zu deiner Mutter!« Auch Papa sagte zu Mai: »Sieh zu, dass sie bei dir bleibt. Dem ganzen Gesinde kann man nicht vertrauen.« Großmutter sagte: »Das Mädchen ist jetzt in dem gewissen Alter.« Mir klang das, als sei ein unheilvolles Alter gemeint. Dieses rätselhafte Unheil ging mir nicht aus dem Sinn. Immer wieder versuchte ich, es zu ergründen. Wer hätte mich in einem so großen Anwesen daran hindern können, überall hinzugehen, wer hätte mich ständig überwachen können?

Mai verbot niemals etwas. Ich dachte, dass sie einfach nicht darauf achtete, was ich tat. Aber wenn ich zum Essen gerufen werden musste, schickte sie Hardeyi direkt dahin, wo ich gerade war, zu den Hütten, ins Zimmer, zu den Bäumen oder hinauf auf die Dachterrasse.

Mai schimpfte auch nie. Es gab Dinge, bei denen ich zitterte: Wenn ich erwischt würde, wäre das furchtbar. Auf jeden Fall würde ich eine Lüge erfinden müssen. Aber Mai schien nichts zu bemerken, und ich brauchte nicht zu lügen.

Eines Tages begann ich, Geld zu stehlen. In die Schule kam zur großen Pause ein Mann, der rosa, orangene und andere bunte Sorten Eiskrem verkaufte. Am leckersten und beliebtesten war das Eis für fünf Paise, eine einzigartige Mischung aus Wasser und Zucker. Ich ließ dafür heimlich hier und da Kleingeld mitgehen. Bhondu gab, wenn er Einkäufe gemacht hatte, Hardeyi das Wechselgeld zurück, die gab es Mai, und Mai legte es in eine Nische oder sonst irgendwohin oder trug mir auf, es wegzulegen, und ich erprobte daran meine Fingerfertigkeit. Einmal sah ich, wie Mai Zehn-Rupien-Scheine in eine Truhe legte, wovon später drei oder vier fehlten.

Mai fragte, ob ich wüsste, wo dieses Geld sei.

Weil sie sonst nie gefragt hatte, war mein Verstand diesmal sofort außer Gefecht gesetzt. Ich stammelte: »Ja … ja … Ich habe es vielleicht gesehen … in einem Umschlag … zwischen meinen Büchern.«

Ich holte das Corpus Delicti aus meiner Schultasche und gab es Mai. Damit war die Sache erledigt.

Heute frage ich mich, wie ich auf die Idee kommen konnte, Mai hätte nichts gemerkt. Und wenn sie die Sache durchschaut hat, warum hat sie dann nichts gesagt?

Es war, als würde Mai überhaupt nicht nachdenken. Sie hörte nur das, was man ihr sagte, weiter bohrte sie nie. Einmal fand ich in Papas Zimmer ein Buch mit höchst bizarren, anrüchigen Illustrationen. Ich verkroch mich und begann, darin zu lesen. Da kam Mai und fragte ganz ruhig: »Liest du gerade ein Buch von Papa? Ist es interessant?« – »Es ist unanständig, Mai, sieh nur«, sagte ich, ermutigt von ihrer Gelassenheit, und reichte ihr das Buch. »Hmm, ja, wirklich seltsam. Solche Sachen verkaufen sich im Nu, auch wenn man daraus überhaupt nichts lernen kann.« Mai blieb weder stehen, noch nahm sie mir das Buch weg. Ich blätterte es ohne Eile durch und ließ mir Mais Worte in aller Ruhe durch den Kopf gehen. Zu lernen musste es demnach in anderen Büchern etwas geben, die sich nicht so gut verkauften. Wenn ich mich also auf dieses beschränkte, wie sollte ich dann etwas lernen?

Es kam oft vor, dass Mai uns ganz uns selbst überließ. Sie wäre nie darauf gekommen, an uns zu zweifeln, uns zu verdächtigen. Es gab Diebstahl, und es gab schlechte Bücher, weit entfernt davon gab es Subodh und mich. Wir waren anders, wir waren gut. Ihr großes Vertrauen beflügelte uns.

Allerdings ängstigte uns dieses Vertrauen auch, es bürdete uns eine schwere Verantwortung auf.

Wir sahen Mai selbst als eine Bürde an. Soweit ich zurückdenken kann, wollten wir sie aufrichten, lieben, beschützen. Wir wuchsen mit dem ständigen Herzenswunsch auf, sie zu retten. Diese Bürde erdrückte uns. Andere benutzten Mai als Mittel, uns zu unterdrücken. Sie alle – Großvater, Großmutter, Papa – schoben Mai vor, quasi als eine Geisel, und feuerten ihre Wünsche und Befehle auf uns ab.

Wir verstanden nicht, dass Mais extremes Vertrauen zu uns eine Kraftquelle war. Ihre Hilflosigkeit brachte uns einfach zum Weinen. Papa sagte ihr, sie sei ein rückgratloses Wesen, das sich von jedem manipulieren lasse. Von den Kindern lasse sie sich zum Narren halten. Statt uns klarzumachen, was er entschieden habe, höre sie auf uns, sage selbst gar nichts mehr, und wir würden dann unseren eigenen Willen nur noch unverschämter durchsetzen.

Papa meinte natürlich, dass wir ihn nie hinters Licht führten, ob es nun darum ging, einen Film oder ein Theaterstück zu sehen, eine Freundin zu besuchen, die einen Bruder hatte, oder darum, sich nicht für Geistes-, sondern Naturwissenschaften als Hauptfächer zu entscheiden. Mai begleitete uns zur Hintertür und ließ Papa in dem Glauben, wir spielten irgendwo auf dem Anwesen, seien auf dem Dach, pflückten Guaven oder lutschten Zuckerrohrstangen aus. Mai unterschrieb mir auch das Formular, mit dem ich Biologie als Hauptfach für die letzten Schulklassen wählte.

Später ließ Mai sich noch mehr um den Finger wickeln, wie Papa sich ausdrückte. Sie hieß Subodhs ausländische und daher »unreine« Verlobte freundlich willkommen und nahm meinen Freund Vikram im Haus auf, als wäre das sein natürliches Anrecht. Im Gegensatz zu Papa stellte Mai Subodhs Verlobte Judith niemals als verrucht hin, nur weil sie rauchte und Wein trank. Sie lehnte es aus tiefster Überzeugung ab, aufgrund eines bloßen äußeren Anscheins Urteile zu fällen. Vielleicht urteilte Mai überhaupt nicht. Sie gab ihrem Gegenüber die Chance, sein inneres Wesen nach und nach aufzuschließen. Wenn ihr etwas davon gefiel, so schätzte und respektierte sie die Person, und wenn jemand an ihr Herz rührte, begann ihre Liebe, frei zu strömen. Mais felsenfestes Vertrauen machte es uns einfach unmöglich, ein falsches Spiel zu spielen.

Durch dieses Vertrauen floss ein wenig Ernst in meine impulsive Sprunghaftigkeit ein.

Großmutters Zurechtweisungen konnten das nicht bewirken.

Ihr missfiel meine quirlige Unruhe. Jede Spontaneität schien ihr anstößig, machte sie wütend.

»Sitz anständig! Du sitzt da mit gespreizten Beinen wie ein schamloses Weib!«

Wenn ich mich auf dem Bett ausstreckte, deckte Großmutter mich sofort mit ihrem Bettlaken zu: »Kapier doch, du Schaf, dass Männer Augen wie Geier haben. Du darfst dich nicht so entblößen.«

Wenn ich das Wort »Liebesheirat« nur in den Mund nahm, geriet Großmutter sofort in Rage: »Da habt ihr es: Schickt sie bloß noch auf eine englische Schule!«

So war sie, unsere Großmutter. Einmal wurde die Frau des Latrinenreinigers von einer Schlange gebissen. Jemand kam herbeigelaufen und rief Mai zu: »Bahu-ji, Bahu-ji! Eine Schlange hat Champi gebissen!« Subodh war auch da. Er sprang auf und rannte hinaus. Als ich auch aufsprang, schimpfte Großmutter los: »Sei ruhig und setz dich! Es gehört sich nicht, überall herumzuspringen!«

Ich setzte mich verschüchtert wieder hin, es war offenbar schamlos, Neugier oder Anteilnahme zu zeigen.

Papa ermahnte Mai: »Behalte sie im Auge!« Wenn Subodh zu Hause war, spielten wir im Club mit dem Sohn und der Tochter eines Freundes von Papa Carrom. Ich war darauf versessen, zu gewinnen. Einmal war ich dem Sieg so nahe, dass ich es nicht über mich brachte, vom Spiel aufzustehen, obwohl ich zur Toilette musste. Mir kam eine Idee, wie ich Newton mit seinem Gesetz der Schwerkraft matt setzen konnte: Warum es nicht heimlich hier an Ort und Stelle tun? Schließlich würde nur mein Höschen nass. Woran ich nicht dachte – ich hoffe, ich war damals noch sehr klein –, war das Geräusch, das sofort Aufmerksamkeit erregte. Was war das? Subodh lugte unter den Tisch. »He Suni! Du warst das!« Und er war schließlich zwei Jahre jünger als ich! »Nein, nein! Ich war das nicht!«, behauptete ich steif und fest. Auch dem Geräusch wollte ich trotzen, aber es gibt Dinge, die, einmal begonnen, nicht mehr zu stoppen sind. »Doch, doch!«, trotzte auch Subodh: »Sieh doch! Unter deinem Stuhl.« Zum Glück schauten die Kinder des Freundes nicht unter den Stuhl.

Papa fragte Mai: »Warum hat sie überhaupt mit seinem Sohn Freundschaft geschlossen, wenn dessen Schwester doch auch da ist?«

Alle waren ständig besorgt. Nur Mai schien es nicht zu kümmern, was ich tat und wo ich war. Alle waren darauf aus, mich hinter dem »echten Parda« festzuhalten, nur Mai schob wie aus Versehen den Vorhang beiseite, bevor er gänzlich zugezogen werden konnte.

Sie war allerdings in der Minderheit, wenn sie den Vorhang ein wenig lüftete; die Mehrheit hielt den »Parda« so energisch fest, dass er sich nicht vollständig öffnen ließ. Ich war vielleicht zur Hälfte dahinter, zur Hälfte davor, gerade im Begriff, mich mit dem Leben hinter dem »echten Parda« abzufinden. Ich fing schon an, die Augen zu senken, die Stimme zu dämpfen, die Schultern einzuziehen.

Aber dann wurde die Glut, die hinter dem Parda glomm, gerade dadurch, dass das ständige Schwenken des Vorhangs ihm Luft zufächelte, voll entfacht und ließ ihn selbst in Flammen aufgehen.

»Dieses Feuer hat Mai entfacht«, sagte Großmutter. »Subodh ist daran schuld«, sagte Großvater. Und Papa massierte sich fortwährend die Brust, um nur keinen Herzanfall zu bekommen.

Und Mai?

Sie sagte gar nichts. Sie hielt ihre Gedanken und Gefühle wirklich hinter einem Schleier versteckt. Falls hinter ihrem Parda ein Flämmchen glomm, so ließ sie davon nichts nach außen dringen. Sie muss es in sich verborgen haben.

Das war ein weiterer Unterschied zwischen Mai und mir. Ihr Feuer hatte sich nach innen zurückgezogen, meines war nach außen durchgebrochen. Aber gebrannt haben wir wohl beide ...

8

In meiner Kindheit spielte das Feuer allerdings keine Rolle. Und für Mais Feuer gab es erst recht keinen Platz. Weder in ihrer Kindheit noch in ihrer Jugend, noch in ihrem Alter hat irgendjemand ihr Feuer bemerkt. Sie muss es in ihr Inneres gezogen und so gut geheim gehalten haben, dass in der nach außen dringenden Kühle nicht der geringste Hauch einer Glut zu erkennen war. Wir konnten ihr Feuer allenfalls ahnen, es höchstens vermuten.

Und auch das erst, als wir über unsere eigenen Ansichten zu reflektieren begonnen hatten. Als es für unsere einander widersprechenden Ideen schwierig geworden war, friedlich zu koexistieren. Als Mai, gefangen im Netz ihrer Unterdrücker und zu einem Schatten verstummt, uns dazu brachte, über die Bedeutung dieser Stummheit nachzudenken. Wir hatten uns ja immer als ihre Beschützer gesehen und mit dem Rest der Welt gekämpft. Dass wir selbst unter ihrem Schutz gestanden hätten, darauf wären wir damals nicht im Traum gekommen. Oder wenn doch, konnten wir diesen Gedanken nicht gelten lassen.

Wir haben Mai nie als getrennt von uns gesehen. Ihr Leben selbst, so meinten wir, habe erst mit uns begonnen.

Erst später sahen wir die erkalteten Reste jener Glut in ihren Augen. Auf wie vielen Dingen fanden sich dann Spuren dieser Asche!

Wir wussten nur, dass wir in Mai existierten, und Mai für uns. Es machte uns wild vor Wut, dass sie zur Marionette wurde, um allen anderen ihren Willen zu erfüllen und sich dann mit deren spärlichen Essensresten zu begnügen. Wenn Großvater der Sinn nach gefüllten Parathas oder knusprigen Gemüsebratlingen mit Joghurtsoße stand, bekam er sie umgehend, wenn niemand sie mehr wollte, blieben sie für Mai übrig. Wenn Großmutter gierig auf frittierte Reis- und Linsenbällchen war, bekam sie welche, wurden sie alt und fade, blieben sie für Mai. Was immer Papa übrig ließ, blieb für Mai. Wenn wir etwas mochten, tat Mai so, als schmeckte es ihr nicht. Unsere Großeltern aßen überhaupt nichts, was aus dem Kühlschrank kam. »Vom Abkühlen wird das Essen schal und wertlos«, sagte Großmutter. Also blieb es für Mai. Wenn gelegentlich am Abend etwas noch einmal aufgetischt wurde, legte Großmutter los: »Ihr jungen Leute könnt ja machen, was ihr wollt, aber backe für uns Alte wenigstens zwei frische Rotis. Und wenn du das wirklich nicht kannst, sag es mir nur, ich werde es schon irgendwie selbst schaffen. Durch Gottes Gnade bin ich noch nicht ganz gebrechlich, meine Hände und Füße tun es noch.«

Seit wir im Studentenheim wohnten, waren wir aufmerksamer geworden. Wenn wir nach Hause kamen, kritisierten wir Mai für ihre Haltung. »Du hast überhaupt keine eigenen Wünsche, du lässt alles mit dir machen«, warfen wir ihr vor. Wir ließen es nicht mehr zu, dass sie immer als Letzte an der Reihe war und nur das bekam, was wir und die anderen übrig ließen. Großmutter grummelte, dass Mai im Gegensatz zu ihrer gespielten Bescheidenheit in Wahrheit alles beherrschen wolle. Wir schimpften zwar, aber unser Ziel war, in Mai einen unabhängigen Willen zu wecken.

Einmal überlisteten wir sie. Wir hatten Obst mitgebracht. Es war Winter, und es gab Aprikosen, Äpfel, Pfirsiche im Überfluss. Wunderschöne rote, reife Pfirsiche. Ich biss einen an: »Der Pfirsich schmeckt nach nichts!« Subodh probierte einen: »Er schmeckt wie Stroh! Ich halte mich an die Äpfel.« Und wir sahen, wie Mai, ohne etwas zu sagen, zwei Tage lang kein anderes Obst als Pfirsiche aß. Später schimpften wir Mai heftig aus und drängten sie zugleich, auch von den anderen Früchten zu essen.

Wir waren entschlossen, Mai auf keinen Fall der Leere zu überlassen, deswegen wollten wir sie mit allem Möglichen anfüllen. Wen hatte sie denn schließlich, außer uns?

Einmal logierten bei uns Leute, die, wie wir hörten, entfernte Verwandte von Mai waren. So etwas kam praktisch nie vor, und wenn es doch geschah, trat es uns kaum ins Bewusstsein. Jedenfalls nahmen wir die Sache nicht wichtig.

Die Verwandten blieben zwei Tage. Sobald sie abgereist waren, dröhnten Großvaters Tiraden durchs ganze Haus. Als diese Leute gekommen waren und Großvaters Füße berührt hatten, hatte er sie gefragt: »Wer sind Sie?« Auch wir hatten sie nicht erkannt. Als sie abfuhren, saß Großvater gerade in seinem Wohnzimmer und las die Zeitung. Sie berührten wieder seine Füße, aber Großvater schien das nicht zu bemerken, er blickte nicht einmal von seiner Zeitung auf.

Sobald sie draußen waren, hatte er die Zeitung schon ausgelesen. »Wie konnten diese Leute überhaupt hierherkommen? Nach all den Wahrheiten, die sie über sich zu hören bekommen haben, ist es schon erstaunlich, dass sie ihren Kopf noch hochhalten und den Fuß in dieses Haus setzen konnten.«

Sobald er Papa sah, wurde Großvater noch lauter: »Schau dir diese Unverschämtheit an! Wenn ich aus Höflichkeit geschwiegen habe, so werden sie mir das bestimmt als Feigheit auslegen!«

Dann sagte er, wie nebenbei: »Bahu wird doch keinen Brief oder dergleichen geschrieben und sie eingeladen haben? Überprüfe das mal! Woher sollten sie sonst die Courage besessen haben, hier aufzukreuzen? Auch früher hat sie doch schon heimlich geschrieben und sich sogar mit ihnen getroffen, ohne etwas zu sagen. Ich will es ihr ja nicht sagen, aber diese Leute ... dieser Purohit und sein verwöhntes Söhnchen ...«

Als Papa zu Großmutter ins Zimmer kam, sagte Mai, sogar mit einigem Nachdruck: »Sag dem Schwiegervater bitte, ich wusste nicht, dass Bittan vorhatte, uns zu besuchen. Ich wollte selbst nicht, dass jemand von meiner Verwandtschaft kommt und hier beleidigt wird.«

Papa ließ mit seiner schwächlichen Stimme einigen Ärger erkennen: »Warum sollten wir irgendjemanden beleidigen? Tun wir das etwa? Dieses Söhnchen von deinem Purohit ...«

Mai erwiderte: »Warum müssen wir den nun wieder ins Spiel bringen?«

Da blitzten Flammen in Großmutters Augen auf. »Ach ja, wenn dein Herz so rein ist wie das Wasser der Ganga, warum regst du dich dann so auf? Zuerst machst du einen Fehler, und dann willst du noch den Älteren auf dem Kopf herumtanzen.«

Mai senkte den Kopf.

Obwohl wir noch Kinder waren, brach bei uns der starke Wunsch durch, Mai zu beschützen: »Sag lieber nichts, Mai!« Und sie sagte nichts mehr.

Wenn ich mich heute an Mais Stimme erinnere, scheint sie mir voller Feuer und Autorität, während Großmutter sich geschlagen, erschöpft und leer anhörte.

Wir waren immer darauf aus, Mai zu beschützen. Wir hielten sie für schwach, für eine Marionette, die außer uns niemanden hatte. So schwach, dass sie gerade dann, wenn wir für sie kämpften, irgendwohin abtauchte. Unsere Kriegsrufe verpufften dann ins Leere. Eines Tages zum Beispiel hatte Subodh Karten fürs Theater gekauft. Mai hatte sich einen Seidensari angezogen. Als wir gerade im Aufbruch waren, kam Papa heraus und sagte nur: »Du auch? Muss das sein?« Sofort blieb Mai stehen. Subodh war wütend, aber Mai zog sich um und ging wieder in die Küche.

Das alles ist mir gut in Erinnerung. Wir haben es schon damals klar gesehen. Es gab andere Dinge, die wir kaum wahrnahmen. Als Subodh einmal darauf bestand, dass ich in einem Studentenheim angemeldet werden solle, erhob Großvater schon seine Hand, um ihn zu schlagen. Im selben Moment trat Mai ins Wohnzimmer und schaute Großvater vielleicht das einzige Mal in ihrem Leben gerade ins Gesicht. Auch wenn wir bis heute viel einstecken mussten, diese Ohrfeige fiel jedenfalls nicht. Großvater ließ seine Hand sinken, Mai zog Subodh in die inneren Räume. Subodh schaffte es schließlich, mich ins Studentenheim zu bringen.

Und einmal sahen wir auf ihrem Arm blaue Flecken. Was passiert war, weiß ich nicht mehr, vielleicht wussten wir es auch damals nicht. Jedenfalls rannten wir durch das hohe Weizenfeld zum Club, wo Papa war, ich weiß nicht, wer sonst noch, und diese Frau. »Papa, Mai verlässt uns!« Papa kam zurück. Mai streifte ihre Uhr ab und warf sie Papa ins Gesicht: »Geh doch und gib ihr das auch!« In dieser Nacht hielten wir Mais Hand fest, während wir schliefen. Einmal fragten wir Mai, wohin sie denn hatte gehen wollen. Sie antwortete: »Nirgendwohin, ich gehe doch nirgendwohin und lasse euch hier.«

Ohne uns gab es Mai schließlich überhaupt nicht.

9

Ein Opfer zu bringen, um dafür im Gegenzug etwas zu bekommen, ist bei uns ein uralter Brauch. Wenn Mai allerdings auf etwas verzichtete und ein Opfer brachte, dann profitierten andere davon. Es gab eine lange Liste von Tagen, an denen sie fastete: zu Ahoyi, Teej, Lalhichhat, donnerstags (für Brihaspati), montags (für Shiva), zu Shivaratri, Ganesh Chaturthi, Jyutiya. Einige dieser Fastengelübde dienten dem Wohl des Ehegatten, andere dem des Sohnes, manche dem aller Nachkommen.

Zum Karva Chauth, am neunten Tag nach Dashehra, fastete Mai für das Glück ihres Gatten und sein langes Leben. Und zwar den ganzen Tag, ohne etwas zu trinken. Wie oft tauschte sie am Abend mit Großmutter oder Bua Karvas aus, Tontöpfe mit einer Tülle. In ihren Topf warf Mai einige Halme Sarkanda-Gras und weihte ihn in der Puja, wozu sie ihren kostbaren Hochzeitssari anzog. Später wurden die Karvas getauscht, und Mai schickte einem Brahmanen Geschenke und Speisen. Dann las sie die Legende zu diesem Fastentag vor, wozu wir sehr gern kamen und zuhörten. Es war die Geschichte einer liebevollen Schwester und ihrer sieben Brüder, die es nicht ertragen konnten, sie hungern und dürsten zu sehen, weshalb sie auf einen Baum kletterten, hinter den Blättern verborgen ein Öllämpchen anzündeten und sagten: »Schwester, der Mond ist aufgegangen, du kannst jetzt dein Fasten brechen.« Das tat sie, und später kam von ihren Schwiegereltern die Nachricht, dass ihr Mann gestorben sei. Sogleich empfand sie tiefe Reue, woraufhin ihr die Göttin erschien, die ihr erklärte, was sie zu tun habe: Ein ganzes Jahr unterzog sich die Schwester neben ihrem toten Gatten strengen Bußübungen, und als sie das Fasten zum Karva Chauth beendet hatte, war auch ihr Gatte wiederauferstanden.

Es war immer dieselbe Geschichte, die Mai vorlas, bevor sie hinausging, um zu schauen, ob der Mond schon aufgegangen sei. Wir gingen mit oder eilten ihr voraus, aber nach dieser Geschichte konnten wir ihr natürlich keinen falschen Mond zeigen. Die zarte Sichel der vierten Nacht nach Neumond glich dem Bruchstück eines gläsernen Armrings. In dieser Nacht kam er nicht vor acht oder neun Uhr zum Vorschein. Als er schließlich aufging, ehrte Mai den Mond, tauschte siebenmal ihren Karva und goss dabei jedes Mal ein wenig Wasser aus, hob die Arati-Flamme kreisend dem Mond entgegen, nahm ihren Segen auf, indem sie die Hände dreimal über der Flamme schwenkte, dann erst aß sie die Mahlzeit aus Puris und Gemüse, die sie selbst zubereitet hatte.

Mai hielt für Papa auch das Teej-Fasten ein. Teej war am dritten Tag nach Neumond im Monat Bhadon (August/September), auch dies ein Fastentag, an dem nicht einmal Wasser getrunken wurde. Sie ließ Lehm aus dem Flussbett der Ganga bringen und formte daraus das göttliche Paar Shiva und Parvati, schmückte den Puja-Platz mit Bananenblättern und reichte die Opfergaben dar: Früchte, süße und ungesüßte Puris, rotes Sindur-Pulver, Bindi, Armreifen, einen Spiegel, einen Kamm, leuchtend rote Alta-Paste für die Fußsohlen, einen Sari und so weiter als Symbole des Glück verheißenden Ehestandes. Später schickte sie das alles unserer Tante. Nachdem sie am nächsten Morgen ihr Bad genommen und die tägliche Puja ausgeführt hatte, trug sie das Sindur von der Stirn der Parvati-Figur auf ihren eigenen Scheitel auf. Die Götterfiguren aus Lehm, die Blüten, sie alle wurden später in der Ganga versenkt. Ein Brahmane wurde beköstigt und bekam die Puja-Überreste. Dann erst, gegen zehn Uhr, brach sie ihr Fasten mit einer Süßigkeit.

Außerdem fastete sie montags, donnerstags, und Gott weiß, wann sonst noch. Diese Fasten- und Feiertage waren in unserer Kindheit besondere Feste. Für uns bedeuteten sie, umhüllt vom Duft der Räucherstäbchen mit der schön herausgeputzten Mai im Pujazimmer zu sitzen und danach ausgesucht köstliche Speisen zu essen. Später fragten wir uns, wer denn je zum Wohl der Ehefrau fastete. Bis heute weiß ich darauf keine Antwort.

Allerdings hielt auch Papa ein Fastengelübde ein: zu Navaratri, den neun Nächten der Göttin. Alle neun Tage hielt er sich an strikte Regeln. Am Morgen verharrte er bis zu seinem Bad in Schweigen. Die Bediensteten, Mai und uns rief er dann durch Händeklatschen herbei und deutete in einer Zeichensprache an, was er wollte – die Zeitung, Badewasser, sein Rasierzeug. Mai sagte schon im Vorhinein: »Nimm das, bring das, gleich wird danach in die Hände geklatscht.« Und wirklich kam sogleich das Klatschen! Wenn wir darüber manchmal staunten, sagte sie: »Was mache ich denn ständig? So viele Jahre leben wir schon zusammen, da werde ich wohl wissen, was er will.«

Papa aß tagsüber nichts und trank auch kein Wasser. In der Hingabe an Gott liegt eine große Kraft. Papa hielt sich an sein Gelübde, als bereite ihm das nicht die geringste Schwierigkeit. Er war nicht hungrig, durstig oder müde. Wie sonst immer arbeitete er, nahm sein Bad, meditierte. Sein Gesicht war nicht blasser, sein Schritt nicht weniger kraftvoll.

Am Abend vor Sonnenuntergang reinigte Mai die Küche, nahm selbst ein Bad und ging dann barfuß hinein, um das Festessen zu kochen. In dieser Zeit durften wir alle Mai nicht nahe kommen und die Küche nicht betreten. Mai kochte eine Mahlzeit ausschließlich aus besonders reinen Zutaten: Rotis aus Wasserkastanienmehl, ein Kartoffelgericht mit Steinsalz, grünes

Gemüse, Raita, Halwa, Milchreis, Rabri, die eine oder andere süße, mit Mandeln, Wasserlilienkernen, Rosinen oder Chiraunji-Nüssen garnierte Leckerei.

Sobald die Sonne untergegangen war, stand Papa auf, ganz gleich, wo er gerade war. Er nahm ein Bad, wickelte sich einen gelben Seidendhoti um die Hüften und setzte sich zur Puja nieder. Auf seinem nackten Oberkörper prangte die heilige Schnur. Er zündete ein Öllicht an, las einen heiligen Text vor, der Duft der Räucherstäbchen wehte bis in den Hof, und Mai war sofort im Bilde. Sie stand auf, füllte die Speisen in kleine Schalen auf den Thalis, die sie ins Pujazimmer brachte. Das Essen wurde geweiht, das Arati-Licht im Kreise geschwenkt, dann ließ Papa das Öllämpchen mit seiner flackernden Flamme auf einem Thali als Untersatz zurück, ging hinaus und setzte sich in sein Zimmer. Von dort rief er laut: »Kommt zum Essen, Kinder.« Mai setzte ihm dann den Thali mit den Speisen vor, und sobald er eine der Schalen darauf geleert hatte, füllte sie sie gleich wieder neu.

Danach waren wir mit dem Essen an der Reihe.

Am meisten Freude hatten wir am Ende des Festes. Am neunten Tag gab es eine ganz besondere Puja, und das war mein Ehrentag. Manchmal fuhr Papa nach Vindhyachal oder Kashi, um die letzte Puja dort auszuführen. Aber wenn er zu Hause war, wurden sieben oder neun Mädchen besonders geehrt und mit einem Festmahl bewirtet. Ich war eins dieser Mädchen. Für Subodh war es kein besonderer Tag, da konnte Großmutter machen, was sie wollte.

Mai ließ uns in einer Reihe sitzen. Kleine Brahmanenmädchen aus der Nachbarschaft wurden eingeladen. Dann wurden uns, einer nach der anderen, die Füße gewaschen, und man servierte uns auf großen Blättern Halwa, Puris, Gemüse und Kichererbsen. Der absolute Höhepunkt war, wenn Mai nach der Mahlzeit uns Mädchen einer nach der anderen den roten

Punkt auf die Stirn auftrug und dann ehrerbietig unsere Füße berührte. Ja, wirklich: Sie verneigte sich, berührte unsere Füße und grüßte uns mit aneinandergelegten Händen. Und sie gab jeder von uns etwas Geld in die Hand.

Dass sie uns die Füße berührte, belustigte uns grenzenlos, wir genierten uns, kicherten und wälzten uns schließlich vor Lachen auf dem Boden. Es war eine Art Komödie. Wenn ich an der Reihe war, platzte ich heraus vor Lachen.

Einmal war auch meine Tante zu Navaratri gekommen. Und als man uns Mädchen in einer Reihe hatte sitzen lassen, gab es plötzlich große Aufregung: Ein Mädchen fehlte. Mai schickte Bhondu los, er sollte schnellstmöglich mit dem Fahrrad irgendeine andere bringen.

Subodh und ich zählten die Mädchen durch: Die Zahl stimmte. Hatten sich die Erwachsenen geirrt? »Wir sind doch vollzählig, Mai! Sieh nur, eins, zwei, drei …« Ich zählte bis neun.

»Ach, du Dummchen«, lachte die Tante. »Zählst du dich selbst mit? Aber du bist doch keine Kanya mehr, kein reines junges Mädchen. Du kannst nicht zu den Devis gezählt werden, um Gottes willen!«

Großmutter brach auf ihrem Thron in ein krächzendes Gelächter aus: »Komm her, Prinzesschen, meine kleine alte Königin, du hältst dich wohl für äußerst rein und heilig!«

Alle lachten lauthals auf.

Ich verstand nur halb, was sie meinte, aber das Blut war mir ins Gesicht geschossen. Konfrontiert mit all den Leuten, schlug ich die Augen nieder.

Dann sagte Mai zur Tante: »Was machst du denn, Bibi-ji? Lass doch das Kind noch Kind sein.« Mir gab sie einen leichten Schubs und sagte: »Du bist doch das erste der segensreichen jungen Mädchen. Natürlich isst du mit. Los, streck deine Füße ein wenig aus!«

Mit anderen Worten, Mai konnte mich nicht davor bewahren, ins Loch zu fallen, aber sie stellte sogleich eine Leiter für mich auf.

Das bedeutete auch, dass meine Kindheit beendet war, dass Mai sie aber gewaltsam wieder einfing und mir zurückgab.

Kurz davor hatte ich Hardeyi ausgeschimpft: »Wie bügelst du denn? Sieh hier, du hast in mein Kleid einen rotbraunen Flecken gebügelt!« Hardeyi war damit zu Mai gegangen, und Mai erklärte mir, dass ich jetzt auch Mutter werden könne.

Wenn man also Mutter werden konnte, was sollte daran unrein sein? Mai rettete mich von der Demütigung.

Deshalb sagte Mai mir niemals an bestimmten Tagen: »Komm heute nicht in die Küche, geh nicht ins Pujazimmer, iss nicht mit den anderen.«

So verlief meine Kindheit. Tausendmal fiel ich ins Loch, und tausendmal kletterte ich wieder heraus. Die Kindheit eines Mädchens hört hierzulande üblicherweise sehr plötzlich auf. Auch meine Kindheit hörte natürlich auf, aber vielleicht nicht ganz so plötzlich, nicht ganz so brutal.

Auf der Leiter konnte meine abgestürzte Kindheit immer wieder hinaufklettern. Deshalb spielt die Leiter für meine Kindheit eine außerordentliche Rolle. Die Leiter und das Loch.

Das Loch, in das zu fallen Mai mich nicht hindern konnte. Schließlich waren so viele Leute um uns herum, die mich hineinstoßen wollten, aber von hinten kam Mai und ließ sogleich eine Leiter herunter, auf der ich – noch taumelnd – wieder herausklettern konnte.

10

Großvater, der Großgrundbesitzer gewesen war und dem Papa stets mit ehrerbietigem Gruß die Füße berührte und danach, so gut er konnte, aus dem Weg ging; Großmutter, die Mais Schwiegermutter war und immer die Schwiegertochter ihrer eigenen Schwiegermutter geblieben war; Papa, der Prinz und Augapfel seiner Mutter, den sie mehr vergötterte, als eine Geliebte es je tun könnte; und Mai, ohne Bildung und ohne Stimme, »ein Wesen ohne Standpunkt«, da sie sich ihre Meinungen nicht aufgrund vorgefasster Urteile bildete, sondern aufgrund der Tatsachen, die ihr unmittelbar vor Augen traten – dies waren die Hauptpersonen unserer Kindheit, die uns formten und beschützten.

Das beherrschende, mit großen Lettern eingravierte Thema dieser Kindheit war, dass Subodh und ich zusammenstanden, dass wir Mai beschützten, dass wir selbst dieses Haus verlassen und Mai aus ihm herausbringen mussten. Gemeinsam mit Mai fütterten wir die Pfauen, die in den Hof kamen, mit Körnern. Wir baten sie um etwas vom Backen der Rotis übriggebliebenes Mehl, streuten es auf die Ameisennester und staunten dann über das Gewimmel ihrer zahllosen Bewohner. Wenn die anderen über Mai spotteten, sagten wir ihnen unmissverständlich die Meinung. Nur Mai wusste, dass wir das Haus durch die Hintertür verließen, um Freundinnen von mir, die einen Bruder hatten, und mehr oder weniger interessante Veranstaltungen zu besuchen. Wir drei lebten in einem Zimmer, und wir teilten alles.

Aber in unserer Schule wurden Jungen nur bis zur vierten Klasse unterrichtet. Subodh lebte danach in einer anderen Stadt, und ich fuhr nun jeden Tag ohne ihn in einer roten Rikscha zum Sunny Side Convent. Die Lehrerinnen an unserer Schule waren Nonnen aus Südindien und aus Irland, Letztere mit roten Gesichtern. In der Schule sangen wir Weihnachtslieder, wobei uns Mutter Maria, die Direktorin, am Klavier begleitete.

Silent night, holy night
All is calm, all is bright …

Und

The first Noel
The angels did sing …

Die erste Schulstunde war jeden Tag »Ethik und Moral«. Auch in diesem Fach gab es eine Prüfung, die aber für die Gesamtnote im Zeugnis nicht zählte. In dieser Stunde hörten wir Geschichten vom Herrn Jesus und von den großen Heiligen des Westens. Diese Einstimmung sollte uns für den ganzen Tag zu höflichem Benehmen und freundschaftlichen Gefühlen animieren.

Ab und zu kam der Gemeindepriester und hielt uns einen Vortrag. Dann versammelte sich die ganze Schule in einem großen Saal, und wir waren froh, dass heute zwei oder drei Stunden Unterricht ausfielen.

Der Pastor sagte: »Ihr Mädchen, der Herr hat euch erschaffen, so schön wie Äpfel, rot, rund, glänzend. Aber denkt immer daran: Wenn ihr eure Schönheit bewahren wollt, erlaubt niemandem, euch zu berühren. Ein angebissener Apfel ist nicht mehr schön!«

Das hieß, wir waren nur zum Anschauen da.

Anscheinend hatte niemand ihm erklärt, dass ein Apfel nicht zum Anschauen, sondern zum Essen da ist. Dass er süß schmeckt. Und dass er, wenn man ihn bloß aufbewahrt, vertrocknet, mürbe wird und ihn innen die Würmer zerfressen.

Das hieß demnach im Gegenschluss, dass wir zum Essen da waren.

So lernten wir von Kindheit an, dass wir Äpfel waren: »Seid Äpfel, seid schön, seid immer auf der Hut, schützt euch, rettet euch vor den Apfelpflückern, passt gut auf!«

Dass es uns allen bestimmt war, eines Tages gepflückt zu werden, davor hing ein großes Schloss des Schweigens.

Die Schule hatte auch eine Bibliothek, in der ausschließlich englische Bücher standen. Zuerst lasen wir Enid Blyton, später Liebesromane. Die für die Bibliothek verantwortliche Nonne beriet uns gern: »Lies das! Oh, dieser Roman von Barbara Cartland ist wunderschön.« Die Heldin dieser Geschichten war ein siebzehn- oder achtzehnjähriges Mädchen, das nach seiner Ausbildung in einer Klosterschule gerade die ersten zitternden Schritte ins Leben tat. Der Held war ein gutes Stück älter, ein vornehmer Graf, Baron oder Herzog. Ein erfahrener Frauengenießer, der schon einige Schläge des Lebens hatte einstecken müssen und darüber zum ungläubigen Skeptiker geworden war. Er hatte skrupellose Frauen kennengelernt, er war beschwindelt und geprellt worden, hatte sich in den Netzen von Eigennutz und Unrecht aller Art verfangen, er war vertraut mit jeder Falschheit aus jedem Winkel dieser Welt. Darüber war er ein abgebrühter, hartherziger Casanova geworden, dem nichts als sein Vergnügen wichtig war, der niemandem vertraute, der für die Menschen nur ein galliges Lächeln und ätzenden Sarkasmus übrig hatte. Zahllose Schönheiten hatte er geküsst und abgeschleckt, überall hatte er sich herumgetrieben. Und dann – tschingbumm – tritt auf die

Szene, unerfahren wie ein Kind, zart wie eine Blume, ahnungslos vom Lauf der Welt, geradeheraus, ehrlich, ein bisschen einfältig: unsere liebreizende Heldin, die vor den harschen Attacken des Helden schluchzend zusammenbricht und sich als ein gebranntes Kind verschreckt zurückzieht. Dann nimmt er sie in seine Arme und küsst sie drei oder vier Seiten lang. Im Zugriff des Helden empfindet die Heldin ihren weiblich anschmiegsamen Körper, der sich an die stählerne Männlichkeit des Helden klammert. Ihr wird schwindlig, und als der Held seine Umklammerung lockert, sinkt sie wie eine zarte Schlingpflanze ohne Halt zu Boden, aber nun fällt ihr der Held selbst zu Füßen, hebt den Saum ihres bodenlangen Rocks an seine Lippen, heftet seinen tränenumflorten Blick auf sie und sagt mit belegter Stimme: »I love you, only you. Du hast meinem Leben wieder einen Lichtblick gegeben. Kannst du diesen Sünder akzeptieren?« Und die Stimme der Heldin zittert vor Erregung: »Oh, I love you!«, flüstert sie halb ohnmächtig, und beide verlieren sich ineinander in grenzenloser spiritueller Liebe.

Das war die Literatur, die auch die Nonnen unserer Schule vorzugsweise lasen.

In Subodhs Schulbibliothek standen dagegen die Klassiker der englischen Literatur: Dickens, die Schwestern Brontë, Thomas Hardy und George Eliot. Subodh brachte mir solche Bücher regelmäßig zum Lesen mit. Durch diese Lektüre bekam ich schon als Kind eine Vorstellung von den Dörfern, Bergen und Wiesen, die Jahre später real wurden, als ich erstmals meinen Fuß auf englischen Boden setzte. Meine Augen glänzten, ich atmete beglückt auf, mein Herz pochte vor Entzücken: Hier waren die Heide, die Wiese, das Heidekraut, der Farn, das Efeu und die Narzissen, die ich seit meiner Kindheit kannte. Es war, als hätten all diese Erinnerungsbilder Gestalt angenommen.

Auch die bei uns im Teich blühenden Lotosblumen und die aus dem Sand hochrankenden Melonen und Gurken hatten mich fasziniert, aber ihnen haftete nichts Romantisches an. Zu England empfand ich eine alte spirituelle Verbindung. In meiner Kindheit hatte ich die Essenz dieser Romantik sozusagen mit der Muttermilch eingesogen.

Jetzt frage ich mich allerdings, was ich wirklich kannte, die Heide und die Wiesen oder die Lotosblumen und Melonen? Oder überhaupt irgendetwas? Aber damals wusste ich genau, wie nahe mir alles stand, was in Englands Erde wächst und gedeiht, wie untrennbar es zu mir gehörte. Und in diese ganze Welt hatte mich Subodh eingeführt.

Immer wenn Subodh kam, war Mai sehr glücklich. »Erzähl das deiner Schwester, sie will auch alles wissen«, sagte sie.

Subodh hatte viele Kenntnisse erworben. Sogar Großvaters Gäste riefen Subodh, um sich von ihm informieren zu lassen. Er diskutierte mit ihnen. Über die westliche Kultur, über das Leben in der Großstadt, über Politik, über seine eigenen Erlebnisse, er nahm an allen möglichen Debatten teil.

Auch Papa war von Subhods Wissen, besonders von seinen Englischkenntnissen, sehr beeindruckt. »Hilf auch Sunaina, ihr Englisch zu verbessern!« Er wünschte, dass auch ich diese Sprache fließend beherrschte. Sofern es überhaupt nötig war, dass ich etwas sagte. Auch Subodh machte es Spaß, mich zu unterrichten.

Ich gebe zu, dass ich in einem Wettbewerb für sprachlichen Mischmasch den Meistertitel gewonnen hätte. Ich konnte keinen Satz vollenden, ohne die Sprachen zu vermengen. Eine war die Sprache der »Heidelandschaft«, die andere die der »Melone« – Englisch und Hindi. Ein ganzer Satz konnte Englisch sein, aber mindestens ein Hindi-Wort musste hinein: »I was saying *ki* ...« Und wenn ich Hindi sprach, war es umgekehrt genauso: »Voh *before* a gayi thi to main taiyar …« – »*Before* sie ankam, war ich schon fertig.« Subodh fing bald an, diese bizarre Mixtur zu kritisieren.

Es war eine faszinierende Zeit, als er sich darum bemühte, dass ich unbedingt gut Englisch sprach, ganz gleich, ob ich gut Hindi konnte oder nicht. »Die Welt draußen, außerhalb dieses Hauses, hat große Fortschritte gemacht«, sagte er. »Zieh mit! Sei auf der Höhe der Zeit!«

Wenn wir beim Essen saßen und ich den Mund aufmachte, um auf Hindi zu sagen: »Reich mir mal den Dal«, dann unterbrach er mich gleich: »And what language, madam?« Oft sagte ich dann dasselbe noch einmal auf Englisch, aber manchmal schwieg ich auch trotzig.

Wenn er sich bei Mai beschwerte: »Du sagst doch, ich soll es ihr beibringen, aber …«, dann überredete mich Mai: »Nun sag ein wenig. Er tut es doch nur zu deinem Besten.« Und ich wurde wütend, weil niemand, nicht einmal ich selbst, daran dachte, dass ich schließlich zwei Jahre älter war als Subodh. Wer war er denn überhaupt, mir etwas beizubringen?

Subodh war wieder abgereist in die große Stadt, er wurde von englischen Lehrern unterrichtet, er hatte tausenderlei Dinge gesehen, er hatte einiges vom freizügigen westlichen Lebensstil kennengelernt, zum Beispiel Tanzpartys. Er hatte mir Fotos von solchen Partys gezeigt. Außer mir hatte nur Mai sie zu sehen bekommen. Im Haus war sein Ansehen mächtig gestiegen, über die künstlichen Altersbarrieren hinaus. Er konnte sich nun mit Großvater und Papa auf gleicher Augenhöhe unterhalten.

Alle setzten große Hoffnungen auf ihn, alle hatten großes Vertrauen zu ihm. Subodh hatte etwas in sich, das ihn unter der Last all dieser Erwartungen nicht niedersinken ließ, sondern ihm auch selbst das gleiche Vertrauen, die gleichen Hoffnungen einflößte, auf deren Schwingen es ihn immer höher trug, immer weiter, es war bewundernswert. Jedes Jahr gehörte er zu den besten Schülern, er gewann Preise im Sport und in den Mannschaftsspielen, und eines Tages erhielt er ein Stipendium, um sein Studium in England fortzusetzen.

II

Seitdem Subodh in der Schule Bestnoten bekam, wussten wir alle, dass es sein Wunschtraum war, in England zu studieren. Er unterbrach einen Ferienaufenthalt und fuhr ins College zurück, um zusammen mit seinen Lehrern den Antrag zu stellen und die übrigen Formalitäten zu erledigen. Auch zu Hause hatte er stundenlang Großvaters Berichten von seinen Erlebnissen im Unabhängigkeitskampf zugehört und dazu Notizen in seinem Tagebuch gemacht.

Er fuhr an einen Ort, um die schriftliche Prüfung abzulegen, an einen anderen, um sich einem Auswahlgespräch zu stellen. Für seinen Erfolg ließ Papa heilige Texte rezitieren, und während Subodh in den folgenden Tagen ungeduldig auf die Post mit dem Resultat wartete, aß ich keinen Bissen, bis der Briefträger kam.

So kam es, dass auch ich ein »Fastengelübde« ablegte. Wenn ich Subodh sah, wurde ich so ungeduldig wie er selbst und dachte nur immerfort: »Bitte, bitte, lass ihn durchkommen! Lieber Gott, lass Subodh bitte das Stipendium bekommen!« Eines Morgens, während ich dieses Gebet innerlich vielmals wiederholte, wollte ich gerade eine Kleinigkeit essen. Aber da stoppte mich der Gedanke: »Wenn ich dem Hunger widerstehe, dann bekommt er das Stipendium.« So begann mein Fasten, und ich hielt es durch, bis mit der Post die Erfolgsnachricht kam. Mais Drängen, doch nicht den ganzen Vormittag mit leerem Magen zu verbringen, wischte ich mit der Behauptung beiseite, ich würde eine Diät einhalten. Ich könne so viel, wie ich äße, gar nicht verdauen und würde einige Tage nur zu Mittag essen.

Früher, wir waren noch Kinder, hatte Papa einmal etwas Unfreundliches zu Mai gesagt. Wir hatten nicht darauf geachtet, was genau, und Mai hatte sich nichts anmerken lassen. Die Alltagsroutine nahm ihren unveränderten Lauf, aber wir hatten etwas mitbekommen und machten uns Sorgen. Eines Nachts hörten wir im Halbschlaf Mais Stimme in Papas Zimmer, sie klang uns aufgeregt und bekümmert. Wir weckten uns gegenseitig vollends auf und riefen abwechselnd: »Mai, ich kann nicht einschlafen.« Papa sagte, wir sollten ruhig sein und schlafen, Mai würde gleich kommen, sie würde ihm nur den Kopf massieren. Aber wir konnten wirklich nicht schlafen. Wir riefen weiter nach Mai, fest entschlossen, sie vor Papa zu retten.

Als ich eines Nachts um diese Zeit die Augen öffnete, sah ich Mai am Tisch sitzen und im Schein der Lampe etwas schreiben. Wir stießen einander mit den Ellbogen an und schauten ihr heimlich zu. »Sie wird sich das Leben nehmen … Sie plant wegzulaufen …« Solche wilden Fantasien gingen uns durch den Kopf. Wieder riefen wir sie.

Und dann eines Tages, als Mai für ihre Puja ein Lämpchen angezündet hatte, kam es mir in den närrischen Sinn: »Bringe ein Opfer! Halte es aus, auf einem Bein zu stehen, bis die Flamme erlischt, und alles wird für Mai gut werden!« Ich balancierte auf einem Bein. Wenn ich im Pujazimmer so stehen blieb, würde das auffallen, deshalb begann ich, auf einem Bein von Zimmer zu Zimmer zu hüpfen. Wenn ich eine Runde beendet hatte, spähte ich: Brannte das Lämpchen noch? War die Frist für das Opfer beendet?

Auch Subodh erklärte ich nichts. Er lachte verständnislos: »Was machst du da, Suni?« Ich sagte: »Ich probiere bloß aus, wie lange ich auf einem Bein stehen kann.« Das interessierte ihn nicht weiter, er war wohl mit etwas anderem beschäftigt und ging hinaus, ohne sich weiter um mich zu kümmern. Schließlich war er ja jünger als ich, also musste er wohl auch ein wenig dümmer sein.

Meine »Opferhandlung« wird nur einige Minuten gedauert haben, die mir aber wie Stunden vorkamen. Als ich es nicht mehr aushielt, drückte ich den Docht des Lämpchens in das flüssige Ghee. Aber nun quälte mich das Gewissen, und ich zündete das Lämpchen wieder an. Zu guter Letzt durfte ich wieder beide Füße auf den Boden stellen. Im Vorbeigehen sah ich dann, wie Papa seinen Arm um Mais Schulter legte, als die ihm etwas reichte. Da war ich überzeugt: Mein »Opfer« hatte gewirkt.

Eine Wirkung hatte es tatsächlich, und zwar auf mich! Die Wirkung des Mütterlichen. Die Kontinuität aller Generationen von Müttern, die sich für andere aufgeopfert und ihnen zu Erfolg verholfen hatten und das als ihren eigenen Erfolg ansahen. Die Luft, die ich atmete, war geschwängert vom Nachhall ihrer aufopferungsvollen Seufzer. Der Seufzer, die ich immer wieder mit meinem Atem von mir fortstoßen wollte und doch mit jedem Atemzug von Neuem in mich einsog.

Mai, die alles Gebende, war auch in mir. Aber hatte ich nicht darum gekämpft, eine Nehmende zu sein?

Wie Mai kann ich niemals werden. Diese Spezies ist in unserem Jahrhundert im Aussterben begriffen. Selbst wenn ich eine Mai werden könnte, möchte ich nicht sein wie sie. Ich will es nicht! Ich werde mit allen Kräften darum kämpfen, nicht wie Mai zu werden. Ich will Mai mit einem Ruck aus mir herausreißen. Ich will diese ganze Aufopferungsgesinnung loswerden und weit von mir werfen. Sie ist durch und durch falsch, ich muss ihr ein Ende setzen.

Und doch neige ich mein Haupt vor Mai, die nicht mein

Vorbild ist, die das verkörpert, wogegen ich kämpfe, die etwas ist, was ich nie werden will.

In meiner Lebensgier flatterte ich mit den Flügeln wie ein Vogel im Käfig: Bloß nicht wie Mai werden, bloß keine Gefangene sein, bloß nicht so ein zusammengeschrumpftes Leben führen!

Mai hatte mir einmal am Himmel einen Vogel gezeigt, der heftig mit seinen Flügeln schlug, um in der Luft stehen zu bleiben: »Sieh mal dort!« Im grenzenlosen Himmel flatterte der Vogel, ohne sich von der Stelle zu rühren. Der ganze Himmel stand ihm offen. Aber was machte er mit seiner Freiheit? Was nützte ihm der weite, grenzenlose Himmel?

Ganz unwillkürlich verneige ich mich vor Mai, vor ihrer »bodenlosen Schwäche«, die mich, die »Starke«, beschützte. Die mir die Fesseln löste, die mein Feuer entfachte, die mir Schwung versetzte. Gerade ihre bodenlose Schwäche flößte mir die Kraft zum Widerstand ein.

Eine Kraft, die im grenzenlosen Himmel sinnlos verpufft, ist zu nichts nutze, aber dass gerade aus einer ebenso grenzenlosen Schwäche Kraft entstehen kann, was wusste ich schon davon?

Erst als ich heraustrat in die freie Luft und in ihren heftigen Windstößen Atem holen musste, erkannte ich, wie auch die Freiheit einem den Atem nehmen konnte.

Aber auch das war später.

Zuerst kamen meine Fastenübungen, die Papa dazu brachten, Mai wieder zu lieben, und die Subodh die Nachricht von seinem Erfolg mit der Post zukommen ließen. Dass Selbstquälerei eine Kraftquelle ist, dass man durch Opfer ein ersehntes Ziel erreichen kann, solche Überzeugungen gewannen in meinem Denken in leisen Schritten unauffällig Raum.

Subodh war in England angekommen. Zwischen unserem Haus und London war jetzt ein Faden gespannt. Der Wunsch, mich selbst an diesem Faden herauszuhangeln und auch Mai herauszubringen, wurde nun noch dringlicher.

Wie viele Kämpfe gab es um das Ausbrechen von zu Hause! Und diese Kämpfe wurden oft nicht mit offenen Bandagen ausgetragen.

Als ich in die neunte oder zehnte Klasse ging, hatten Subodh und ich uns darauf versteift, dass auch ich unbedingt in einer guten Schule in einer größeren Stadt weiterlernen müsste. Darüber machten beide Großeltern eine Menge Lärm. Diesmal war Papa entsetzt, wogegen Mai nur fragte: »Wozu soll das nötig sein? Was fehlt dir denn hier?«

»Warum hast du Subodh dann geschickt?« Dass sie sich nicht auf meine Seite stellte, machte mir weiche Knie.

»Ich hätte ihn nie geschickt. Das haben dein Vater und Großvater beschlossen. Auch in der besten Schule ist es nie so gut wie zu Hause. Das Essen ist auf keinen Fall dasselbe. Sieh ihn dir doch an. Da kannst du sämtliche Rippen zählen.«

Ich verstand noch nicht, dass ich ohne Mai auf meiner Seite entwaffnet war.

Subodh hatte für mich mit der Post den Aufnahmeantrag für eine ausgezeichnete, von Nonnen geleitete Schule in den Bergen kommen lassen.

»Mai, unterschreib das bitte, lass uns ihre Aufnahme beantragen, ob sie dann geht oder nicht, sehen wir später.«

Mai warf uns einen schmerzlichen Blick zu, dann beugte sie sich, um zu unterschreiben.

Großvater und Großmutter machten einen großen Aufstand: »So soll es jetzt also zugehen in diesem Haus?« Papa herrschte Mai an: »Du musst die Kinder im Zaum halten. Verbiete es ihr.« Subodh gab wütend Widerworte. Mai schwieg. Und ich hing irgendwo auf halber Höhe der Leiter, weder stürzte ich in ein Loch, noch stand ich sicher auf festem Boden.

Damals ließ Papa für unser aller Glück und Erfolg im Namen von Turiyatit Baba heilige Texte rezitieren. Im Hof wurde eine Stelle mit einem reinigenden Gemisch aus Lehm und Kuhdung bestrichen. Darauf wurde ein Glück verheißendes Muster aus Weizenmehl gestreut, in die Mitte ein kupfernes Wassergefäß gestellt und dieses mit einer Girlande von Mangoblättern bekränzt. Auf das Gefäß wurde eine Schale mit Reis platziert, und ganz oben, auf der Schale, ein Lichtchen angezündet. Mai backte Plätzchen aus Weizenvollkornmehl mit einer Füllung aus fünferlei Trockenfrüchten, sie mischte den Panchamrit, ein Getränk aus ungekochter Kuhmilch, Joghurt, Zucker, Basilikumblättern, den fünf Trockenfrüchten, Honig und Gangeswasser. Dann wurde das Opferfeuer entzündet. Der Pandit ließ für diverse Zwecke Geld spenden, wir alle drehten uns nach Osten und hörten der Rezitation zu, um die Wahrheit und die rechte Ordnung zu stärken.

Und so geschah es!

Ich konnte nicht fahren. Die Einladung zum Prüfungsgespräch kam erst, als der Termin schon abgelaufen war. Ich hatte keine Gelegenheit, in der Arena mein Können zu demonstrieren. Swaha!

Um nichts in der Welt nehme ich je wieder an einem solchen Ritual teil!

Auch so entsteht blinder Glaube!

12

Großmutter liebte uns zwar abgöttisch, aber unsere immer neuen »närrischen Ideen« gingen ihr allmählich auf die Nerven. Dass Subodh sich herausnahm, ihr Widerworte zu geben, dass ich ständig umherflatterte und davon träumte, auszubrechen. Sie beschuldigte Mai, uns heimlich aufzuhetzen, und herrschte sogar Subodh an, als er Großvater einmal schlagfertig widersprach.

Subodh hatte zu Großvater gesagt, dass Leute wie er, die immer predigten, alles müsse unter uns bleiben und Außenstehende dürften keinen Einblick in unsere Angelegenheiten bekommen, in Wahrheit dieselben seien, die anderen neugierig über ihre Türschwelle spähten.

In der Tat war Großvater besonders erpicht auf anderer Leute Privatangelegenheiten. Das bekamen wir alle dank seiner dröhnenden Stimme mit. Wie klatschsüchtige Frauen, die derlei Tratsch begierig aufgreifen: Wegen welcher Affäre der Vater meiner Schulkameradin vor Gericht zu erscheinen hatte. Über den lockeren Lebenswandel einer Lehrerin Subodhs und dergleichen triviale Themen.

Wenn Papa zu Hause war, dann kamen Mai oder das verzogene Söhnchen eines gewissen Purohit auf die Anklagebank. Großvater machte keine direkten Vorwürfe, aber in seinem Tonfall schwangen so viele geheime Andeutungen mit, dass wir die Köpfe hoben und Mai anblickten.

Auch über Kastenzugehörigkeit und Abstammungslinien machte Großvater seine Bemerkungen: »Der ist eben so. Na ja, kein Wunder, er ist eben ein Kayastha.« – »Der ist halt so. Typisch Panjabi!« Selbst wenn er ein Lob aussprach, ließ er Kaste und Religionsgemeinschaft nicht weg: »Er ist zwar ein Muslim, aber sehr loyal.« Oder: »Könnt ihr euch vorstellen, dass er ein Baniya ist. So einen wie ihn findet ihr in seiner Kaste kein zweites Mal.«

Auch über Namen machte er gern seine Witze: »Ein Gupta ist ein *kutta* (Hund); ein Srivastava ist in Wahrheit *(vastava)* verschroben *(sidi)*. Ein Khanna ist nichts als *pakhanna* (Scheiße). Ein Saxena ist eine komplette Armee *(sena)* von Argwohn *(shak)*. Bei einem Pandit steht das P für *pakhandi* (Scheinheiligkeit), der Rest für *adambar* (Protzerei).« In dieser Tirade kamen dann auch der »lüsterne« Purohit und sein Sohn wieder aufs Tapet.

Einmal machte ich den Fehler, Großmutter zu fragen, warum sie nicht wie Mai Fastenzeiten einhielt und religiöse Rituale ausführte.

»Meine Liebe, wozu brauche ich das alles? Wenn mein Gott doch gerade vor mir steht, wozu brauche ich dann eine Steinfigur zu verehren? Ich habe das Glück, dass ich meinem Herrn dienen kann.« Dann sagte sie, auf Mai zielend: »Es gibt natürlich auch eine Art des Dienens, von der sich sogar Gott abwendet!« Und mit einem wiederholten Wiegen des Kopfes und großen, aus den Höhlen tretenden Augen sagte sie zu mir: »Da muss der Fehler wohl bei mir liegen, wenn mein Gott sich von mir abwendet und sich von jemand anderem verehren lässt.«

Auch wir hatten sie ja gesehen, die von Mai gestrickte Jacke …

Wir haben allerdings nie gesehen, dass Papa Mai gegenüber grob geworden wäre. Überhaupt sprach er sehr wenig mit ihr. Auch wenn Mai mit uns zusammen ausgehen wollte, stoppte er sie mit zwei leisen Worten, nicht mit einem klaren Befehl. Wie kann man ihm überhaupt etwas vorwerfen, wenn Mai sich selbst sofort verkroch, sobald er nur die Augen hob und sie ansah? Wenn Papa selbst einen Auftrag für sie hatte, etwa einen

Knopf anzunähen oder einen Riss zu flicken, dann sagte er nur: »Er ist abgegangen«, oder: »Da ist ein Riss.«

Tatsächlich mischte sich Papa in häusliche Angelegenheiten nicht ein. Überhaupt war er selten zu Hause. Man sah ihn kurz, wenn er sich mit Großmutter unterhielt. Ansonsten wussten wir nicht, wo er war. Wir hatten keine Ahnung, ob er im Haus oder ausgegangen war. Er war ja nicht so lautstark präsent wie Großvater. Wenn es Essenszeit war, sagte Mai: »Schaut nach, ob Papa da ist.« Dann suchten wir ihn. Wenn Papa manchmal spät in der Nacht zurückkam, stand Mai auf und machte ihm das Essen warm. Manchmal sagte Papa auch, er habe schon gegessen.

Nein, wir haben Papa nie schreien, schlagen oder drohen gesehen. Er war immer sehr beschäftigt. Als Mais Rücken zu schmerzen begann und sie manchmal für ein, zwei Minuten den Rücken strecken musste, fragte er: »Was ist los?«, und ging hinaus, ohne auf eine Antwort zu warten. Vielleicht konnte er sich einfach nicht vorstellen, dass mit Mai etwas nicht in Ordnung war. Wenn jemand eitrige Geschwüre hat, die den Leib wie mit Aussatz überziehen, dann weiß man: Er ist krank. Mais »Krankheit« aber drückte sich nicht durch Fieber, nicht einmal durch lautes Niesen oder Husten aus. Sie hatte manchmal stechende Leibschmerzen, die zu benennen und zu diagnostizieren man nicht geneigt war.

Eine Krankheit konnte auch sein wie bei Großmutter, die schrie und vor Schmerz mit Händen und Füßen um sich stieß, bis Papa ihr schließlich eine Massage gab.

Später – dieser Knoten aus früher und später bleibt für mich unentwirrbar – war Mais Rücken immer krumm. Aber das lag am Alter, das an sich eine Krankheit ist.

Papa schaffte nach und nach immer neue Haushaltsgeräte für Mai an. Selbst Großvater und Großmutter wurden geradezu süchtig nach Eiswürfeln aus dem Kühlschrank. Trotzdem machten

Mai nur die Arbeiten Spaß, bei denen sie sich bücken musste. Wenn es in der ganztägigen Zubereitung von Tee und Essen, von Sherbet und Snacks mal eine Pause gab, dann rollte sie Papads, legte Plätzchen aus Linsenmehl zum Trocknen aus, marinierte Pickles und zerstampfte die Gewürze. Sie machte eine Konfitüre aus Rosenblättern oder kochte Amlabeeren ein. Bei den Kochnachmittagen der Damen im Club wurden auch Marmeladen, Gelees und Soßen zubereitet und hermetisch in Gläsern versiegelt. Man konnte sich wirklich fragen: Gab es denn nichts anderes im Leben zu tun als immer nur kochen, kochen, kochen?

Wir fragten tatsächlich, worauf selbst Mai gereizt reagierte: »Warum versteht ihr das nicht? Mir macht die Arbeit im Haus Spaß, und allen gefällt es so. Wenn ich das nicht mache, was soll ich dann tun? Etwa in die Schule oder aufs College gehen?«

Wenn Mai »das« nicht machte, dann saß sie im Hof und wickelte um ihre Knie gespannte Wollfäden zu Knäueln auf, später wusch sie die Wolle und strickte etwas daraus. Und auch das immer in gekrümmter Haltung.

Großmutter passte es gar nicht, dass wir uns um Mai Sorgen machten. Sie hat wohl gemeint, nur sie selbst sei alt, liebenswert, bedauernswert. Stattdessen achteten wir immer nur auf Mai und stellten uns in jedem Streit auf ihre Seite.

Großmutter muss wohl noch zänkischer geworden sein. Ich wollte unbedingt Biologie studieren und Ärztin werden, und Mai hatte das Formular unterschrieben. Ich hatte die Highschool auf dem naturwissenschaftlichen Zweig beendet.

Großmutters Kommentar: »Da geht sie los und will eine große Doktorin werden, und das mit gerade mal durchschnittlichen Noten! Alle sagen, dass man heute in Naturwisschaft leicht die Bestnote erreichen kann, aber wer hört schon auf mich? Ich bin nur noch eine klapprige Alte. Wenn die Mutter schon selbst das Mädchen ins Unglück stoßen will ...«

Und sie nörgelte weiter: »Ich kenne sie, die Doktorinnen. Die zu uns kommt, ist bis jetzt nicht verheiratet. Was kriegen sie stattdessen? Fragt mich nicht, was ich darüber denke, solange das Mädchen dabei ist! Die Mutter will, dass die Tochter in ihre Fußstapfen tritt. Klar, wenn sie auf die Ratschläge von diesem Purohit hört. Ach mein Gott, erlöse mich von dieser Hölle …«

Wir hatten eine Tante, unsere Bua, der ich ihr Benehmen damals an Navaratri nie verziehen hatte. Bua war immer mit Großmutter einer Meinung. Einmal zählten wir die Namen berühmter Frauen auf, Madame Curie, Sarojini Naidu, Virginia Woolf – da lachte sie auf: »Jaja, gewiss, wir werden mit stolzgeschwellter Brust herumlaufen, weil unsere Kleine so berühmt geworden ist. Aber willst du vielleicht eine Madame Curie werden, indem du den ganzen Tag im Garten einherspazierst?«

Bua wurde auch nie müde zu sagen: »Was man werden will, das kann man auch zwischen Küchenherd, Brennholz und Weizenmehl werden. Es ist doch eine Ausrede, dass man deswegen nicht weiterkäme.«

Subodh erzählte einmal, wie der dicke Ganpat Rao von der Menge mit Jubel empfangen wurde. Ich fragte: »Wer ist das?«

»He Suni, weißt du wirklich nicht, wie der Ministerpräsident deines Bundeslandes heißt?«

Großmutter lachte krächzend: »Muss man das wissen, um Doktorin zu werden?«

Dann legte Bua los: »Denkst du, nur du hast große Pläne? Auch ich wollte viel lernen, aber diese Träume sind im Küchenherd in Rauch aufgegangen. Welche Frau kann schon dem Herd entkommen, und wenn sie noch so studiert ist.«

Ich fragte sie nicht nach ihrem großspurigen Spruch, dass man überall werden kann, was man werden will. Ich weiß noch, dass ich aus Scham schwieg. Die Verzweiflung über den Küchendienst und die Unwissenheit über den Ministerpräsidenten des eigenen Landes waren zwei Seiten ein und derselben Medaille. Nach diesem Auftritt hatte Großmutter einen neuen Lieblingsspruch: »Are Bhai, wer hat dir die Zeitung weggenommen?«

Aber Bua war im Herzen nicht böse. Sie mochte uns auch sehr gern. Für mich bestickte sie Saris, für Subodh nähte sie Kurta-Pajamas. Wenn sie kam, backte sie für uns Korianderplätzchen, eine absolute Leckerei!

Wenn sie uns besuchte, unterhielten sich Mai und Papa bis spät in die Nacht mit ihr. Papa organisierte dann für uns alle Rikschafahrten, zum Basar, zu den Tempeln, zum Fluss oder zum Club. Bua war sehr fröhlich, sie lachte bei jeder Gelegenheit laut auf. Auch dann, wenn Großmutter sich über eine abwegige Idee von mir mokierte.

Phuphaji, ihr Mann, wirkte neben Bua körperlich und geistig unscheinbar. Bua war die Geschichtenerzählerin. Wenn Phuphaji etwas sagen wollte, fiel sie ihm ins Wort und putzte ihn noch dazu herunter. Kaum hatte der bedauernswerte Onkel mal wieder einen Satz angefangen, sprang Bua ein und führte die Geschichte zu Ende. Dann und wann ergänzte er Buas Erzählungen, wie mit Punkten oder Kommas, mit kleinen Zusätzen: »Es ist so, dass …« Ab hier übernahm Bua. »Eigentlich …«, und schon sprach Bua weiter. »Stellt euch vor, man sagt …«, und wieder war Bua eingesprungen. Wenn es ihm trotzdem einmal gelang, einen Satz zu Ende zu sprechen, lenkte Bua sogleich wieder auf ihr Thema zurück und rüffelte ihn dazu.

Wenn Phupha zum Beispiel über jemanden etwas sagte, ereiferte sich Bua: »Über diesen Kerl kann ich euch etwas erzählen. Dem sieht man kein bisschen von den Sorgen an, die er hat. Und was für Probleme er hat: Ein Sohn sitzt im Gefängnis, der zweite ist schon im Jenseits, dazu hat ihn seine Frau verlassen. Aber ihn sieht man immer mit lächelnder Miene, als wollte er sagen: ›Seht nur, mir geht es blendend!‹ Immer wortkarg.

Immer voll Mitgefühl mit anderen in ihren Freuden und Leiden. Solange seine Mutter noch lebte, hatte er jemanden an seiner Seite, auch wenn sie nur noch ein bettlägeriges Bündel war, aber zumindest konnte er zweimal am Tag ›Ammaji, Ammaji‹ sagen. Die ist jetzt auch hinüber, muss ihm da in seinem leeren Haus nicht die Decke auf den Kopf fallen? Klar, dass ihm da die Zunge am Gaumen festklebt. Wenn er jemanden hätte, dem er sich mit seinen Sorgen anvertrauen könnte …«

Zwischendurch platzierte Phuphaji seine Interpunktionen: »Stellt euch vor!« – »Sehr gut!« – »Was soll man dazu sagen?« – »Ganz recht!« – »Genau!«

Dann wechselte Bua plötzlich das Thema: »Und hier ist er, der beim kleinsten Problem alles in die ganze Stadt hinausposaunt. Ich sage immer, lass Privatangelegenheiten privat bleiben. Das ganze Viertel lacht darüber, und keiner steht einem im Unglück bei, aber er …« Und sie ließ sich dann weiter über Phuphas Charakter aus.

Phuphaji war auf solche plötzlichen Sprünge nicht vorbereitet. Er wurde verwirrt, sein Kopf nickte einige Male zustimmend wie von selbst, dann lächelte er betreten und ging mit einer Verlegenheitsgeste aus dem Zimmer.

So groß war Buas Übergewicht über ihn. Einmal hatte er gesagt: »Soll doch lachen, wer will. Ich weiß genau, dass alle Männer, mögen sie auch schwindeln und prahlen, mehr oder weniger Sklaven ihrer Frauen sind, und sie sind in dem Maße glücklich, wie sie sich unterwerfen.« Er ordnete alle Männer auf einer Punkteskala danach ein, in welchem Maß sie Sklaven und demnach verliebt und glücklich seien. Sich selbst gab er die volle Punktzahl.

Trotzdem bekamen wir mit, dass es auch bei ihnen manchmal zu Streitereien kam. Zum einen darum, dass Bua gern öfter ihren Bruder – meinen Vater – besuchen wollte, aber Phupha nicht bereit war, auch nur einen Tag mit den Bediensteten allein zu Hause zu bleiben. Daher konnte Bua nur kommen, wenn er Urlaub hatte. Zum anderen konnte sie sich darüber ereifern, dass Phupha ihre Söhne gegen ihren Willen in ein Internat gesteckt hatte.

Am meisten ärgerte sich Bua aber, soviel wir mitbekamen, über Geldangelegenheiten. Phupha hielt sein Portemonnaie immer bei sich, ignorierte alle Klagen über Inflation und gab ihr immer noch denselben Betrag an Haushaltsgeld, den er ihr schon seit zwanzig Jahren gab. Auch wir sahen, dass Phuphas Portemonnaie vor Geldscheinen überquoll. Wenn er für ein, zwei Minuten zur Toilette ging, oder wenn Großvater ihn unerwartet zu sich rief und er seine Börse vergaß, stieß Bua wie ein Raubvogel darauf nieder und schob sich zehn oder zwanzig Rupien in die Bluse. Phupha konnte sich vielleicht nicht vorstellen, dass selbst Großmutter in solchen Momenten schweigen würde. Uns hätte es nicht erstaunt, wenn Bua von ihr hin und wieder dabei ertappt worden wäre. Wie auch immer, wenn Phupha uns Geld für Eiscreme oder Schokolade schenkte, gaben wir Bua den Rest zurück. Nicht, dass sie uns je darum gebeten hätte. Sie kam eben irgendwie an Geld, indem sie darum kämpfte oder es sogar stibitzte, und so viel ist gewiss: Sie gab das Geld nur für den Haushalt aus, nicht, um sich irgendwelchen Flitterkram zu kaufen.

Bua sagte, dass sie zwar gern ihren B.-A.-Abschluss gemacht hätte, aber nach der Hochzeit sei das nicht mehr möglich gewesen. Vielleicht lächelte sie deshalb, als sie meine Ambitionen ins Wasser fallen sah, und verzog spöttisch das Gesicht, als ich sagte, ich würde gern fortgehen. Trotzdem liebte sie mich, sogar sehr. Sie nähte mir viele Kleidungsstücke.

Mit der Kleidung verbunden ist auch ein Gefühl von Nacktheit, das irgendwann in meiner Kindheit aufkam. Auch Bua mochte keine Dekolletés, keine entblößten Arme oder Beine.

Wenn wir einen Tempel betraten, legte sie mir ihr eigenes Schultertuch über den Pullover mit V-Ausschnitt: »Mit bloßer Brust in den Tempel!« Als sie mich einmal zu ihrer Schwiegermutter mitnahm, holte sie mich noch einmal ins Haus zurück, nahm aus dem Schrank einen Salvar, den ich unter meinem Kleid anziehen musste. Ein grünes geblümtes Kleid und ein blauer karierter Salvar. Ich war wütend über diese Geschmacksverirrung, und als mich Mai nach meiner Rückkehr danach fragte, brach ich in Tränen aus.

Wenn wir irgendwo unterwegs waren, zog mir Bua ständig das Kleid zurecht, knöpfte mir die Bluse noch höher zu oder rollte einen hochgekrempelten Ärmel herunter.

Wenn Bua dabei war, kam ich mir vor, als sei ich ein Körper.

Wenn Bua dabei war, hatte ich schon als Kind das Gefühl, ich müsste mich von Kopf bis Fuß in eine Burkha hüllen.

13

Kleidung war bei uns zu Hause ein großes Thema. Großvater mochte meine Kleider, Hosen und Shirts nicht, diese ganze verwestlichte Mode. Papa dagegen mochte sie. So kam es, dass ich Kleidung jeden Stils tragen konnte. Später brachte mir Subodh Schlaghosen, Maxi- und Midi-Röcke und allerhand anderes modisches Zeug mit. Wenn ich aus dem Haus ging, hüllte ich zu westlicher Hose und Bluse meine Schultern züchtig in einen indischen Dupatta, aber sobald ich aus dem Tor war, stopfte ich den Dupatta in meine Tasche.

Auch Mai brachten wir einmal dazu, einen Sari mit dem Ende über der linken Schulter zu tragen, wie es heute üblich ist. Papa schaute sie nur missbilligend an, und Mai hängte das Ende gleich wieder über die rechte Schulter.

Innerlich protestierte ich heftig. Mai hatte so gut ausgesehen, so attraktiv mit ihrem gut geformten Körper. Wenn das Ende über der rechten Schulter hängt, sind die Körperformen überhaupt nicht erkennbar, und man steckt wie in einem Sack, verhüllt bis zum Kopf. Verborgen war auch Mais hübsch bestickte Bluse mit den Puffärmeln.

Aber bei mir mochte es Papa nicht, wenn ich Saris trug, auch als ich schon College-Studentin war. Er sagte: »Darin siehst du so erwachsen aus.« Bestimmt machten sich meine Eltern deswegen Sorgen. Hätte ich auch dann noch ein schulmädchenhaftes Kleid getragen, wäre Papa sicher nicht dagegen gewesen, vorausgesetzt, es wäre lang genug gewesen.

Dass kein bisschen Haut – Mädchenhaut, weibliche Haut – hindurchschimmern durfte, darin waren sich alle einig.

Schließlich war der Körper die Schwelle zum Unheil.

Sofern sie nicht gerade krank war, zog sich Großmutter selbst vor Papa das Ende ihres Saris sofort wieder hoch, falls es einmal herunterrutschte. Sie trug zu ihrer Bluse immer einen fein gewebten Baumwollsari, unter dem manchmal ihr eleganter Spitzenunterrock durchlugte.

Wenn aber nur ich anwesend war, ließ sie fast alles herunterrutschen: »Mir juckt der Rücken. Kratz mich ein bisschen!«

Papa muss für Großmutter die Verkörperung ihrer höchsten Hoffnungen gewesen sein, dermaßen vernarrt war sie in ihn. Großvater war für sie vollkommen unerreichbar, Papa nahm immerhin im Vorbeigehen mal auf ihrem Bettrand Platz. Mindestens einmal täglich gewährte er Großmutter huldvoll seinen Anblick. Wahrscheinlich führte all das dazu, dass Papa für Großmutter zu einer Art Gott wurde. Immer wenn ich einen wahnsinnig Verliebten sehe, weht mich – ich weiß nicht, warum – genau dieser besondere Duft an. Sehe ich da etwas falsch, oder ist es eine fundamentale Wahrheit, dass Gefühlsbande ganz verschiedener Art, wenn man sie ganz aus der Nähe betrachtet, ihre Unterschiede verlieren?

Sobald Papa erschien, zwitscherte Großmutter wie ein Vögelchen: »Komm, mein Raja, setz dich zu mir. Wohin ist deine Frau verschwunden? Will sie meinem armen, müden Jungen nichts zu essen und zu trinken geben?«

»Iss noch etwas, mein Sohn, nimm dir noch etwas«, drängte sie.

Wenn Papa einmal etwas allzu fettig Gebratenes oder Süßes ablehnte, widersprach sie heftig: »Wie willst du deinen Körper zusammenhalten? Ein Mensch, der arbeitet, braucht Ghee und

Zucker, um Kraft zu bekommen. Du verausgabst dich doch völlig bei so viel Arbeit.«

Wenn Papa vor ihr stand, sah er für sie arm und müde aus. War er außer Sicht, wurde er zu ihrem Jungen, der stark war wie ein »Engeländer«.

»Nimm das, mein Junge, es ist mit hausgemachtem Ghee gebacken. Davon hat noch nie jemand Verdauungsprobleme bekommen.«

Ah, dieses hausgemachte Ghee! Gelbes Ghee und gelbe Butter aus reiner Kuhmilch. Lange Zeit wurde in unserem Haus alles aus diesen echten Zutaten hergestellt. Die Gujhias und Malpuas zu Holi, die Gulgule und Barfi zu Diwali. Margarine als pflanzlicher Ghee-Ersatz kam nur ins Haus, wenn vor den Festtagen Süßigkeiten zum Verteilen an das Dienstpersonal hergestellt wurden.

Wie unsere Großmutter Papa zum Essen animierte und mit welch inniger Liebe sie ihn dabei anschaute!

Auch wenn sie mit jemand anderem sprach, konnte sie dabei ihre Augen nicht von Papa abwenden. Über Mai ließ sie sich Papa gegenüber natürlich mit Leidenschaft aus, aber auch wenn wir beispielsweise zum Essen oder Trinken gerufen werden sollten, sagte sie zu Papa: »Du, sag deinen Kindern, sie sollen auch zum Essen kommen. Ruf sie her!«

Sie konnte einfach nicht still sein, sie wollte ununterbrochen mit Papa reden, auch wenn es nichts zu sagen gab. »Oben an der Tür sind Termiten aufgetaucht.« – »Dieser Hund hört nicht auf zu bellen!« – »Mir gluckerte der Magen, deshalb habe ich ein bisschen Liebstöckel genommen.«

Und wenn Papa etwas sagte, etwa uns in gespielter Strenge mit übertrieben britisch-englischem Akzent anredete: »Hello, Mister Subaudh Tewary and you, Madam Sunaina Tewary«, dann brach Großmutter in helles Lachen aus, als wäre sie ein kleines Mädchen oder als hätte ein Verehrer ihr süße Worte zugeflüstert, der Madam Dadi Tewary.

Zu »Tiwari« gibt es auch eine Geschichte. Babajis Rezitation hatte für einige Jahre einen Bann auf meinen erhofften Auszug ins Internat gelegt, aber ich war nun gewarnt und nahm nie wieder an irgendeiner Rezitation oder Opferhandlung von Papa teil. Zum M.-A.-Studium zog ich dann ins Studentenheim.

Und Papa ging mit mir zur Bank, eröffnete für mich zum ersten Mal ein Konto, damit Geld von zu Hause sicher und ohne Extrakosten überwiesen werden konnte. Ich konnte es dann je nach Bedarf abheben. Ich war inzwischen erwachsen, aber dies war so neu für mich, dass ich wieder zum Kind wurde. Der Stolz darauf, in einer so wichtigen Sache meine Unterschrift zu leisten, inspirierte mich, eine besonders lange, kunstvolle Unterschrift zu zeichnen. Aber Papa stoppte mich schon nach meinem Vornamen und sagte: »Das genügt.«

Sogleich überkam mich ein Hauch von Enttäuschung, nicht meinem Alter gemäß ernst genommen zu werden. Als ich mit Mai darüber sprach, erklärte sie: »Wenn sich dein Name später doch ändert, wozu ihn dann jetzt ausschreiben?« Mir war, als ob ich jetzt gar nicht existierte, oder wenn es eine Sunaina Tiwari gab, dann nur, um eines Tages ausgelöscht zu werden. Und dann würde sie, falls überhaupt, als eine andere Person existieren.

Vielleicht hatte der Parda wieder geflattert. Vielleicht hatte ein Windstoß das Feuer wieder angefacht. »Tiwari« war in diesem Moment zu Asche verbrannt. Diesen Namen würde es nicht mehr geben, niemand würde ihn ändern oder seine Stelle einnehmen. Es gab nur Sunaina, und Sunaina würde bleiben. Sonst nichts.

Selbst in diesem Moment kam mir nicht der Gedanke, dass es auch andere gab, deren Namen ausgelöscht wurden.

Wir hatten angefangen, mit Mai zu streiten: »Warum sagst

du nie etwas? Hast du keinen eigenen Willen? Denkst du überhaupt nicht? Warum hast du Angst? Warum bist du so schwach?«

Wir dagegen waren immer stark. Wir hatten keine Angst. Subodh widersprach Großvater ohne Furcht vor dessen Schimpfkanonaden. Ich war so kühn geworden, vor dem Haus herumzuspazieren. Wenn jemand durchs Tor kam und Großvater mir zurief: »Komm herein!«, dann kam ich natürlich, aber demonstrativ langsam, mit erhobenem Haupt und selbstbewusstem Blick den Ankömmling musternd.

Ich war erfüllt von einem fieberhaften Verlangen, das Haus zu verlassen. Einem eigenartigen Drang hinaus ins Offene, an die Luft.

Nach dem Abschluss der zwölften Klasse nahm ich den Kampf ums Hinauskommen wieder auf. Papa brachte das Aufnahmeformular des örtlichen Colleges für das Bachelor-Studium mit. Mai sagte traurig: »Du hast es so eilig, von zu Hause wegzukommen.« Ich schwieg, ich war besiegt und gab klein bei.

Ohne Mais Unterstützung brachte ich überhaupt nichts fertig.

Papa schlug vor, ich solle Englisch studieren. Ich sagte: »Ich will Ärztin werden. Ich wähle Biologie.« Großvater runzelte die Stirn. Großmutter lachte: »Hihi«, und rollte ihre Augen sarkastisch in Bewunderung meines Zeugnisses mit nur fünfundfünfzig Prozent der erreichbaren Punkte. Mai wiederholte Papas Argument: »Mädchen haben in den naturwissenschaftlichen Fächern keine Zukunft.« Ich kriegte Mai dann doch mit dem alten Trick herum: »Was haben Mädchen überhaupt für eine Zukunft? Ob in der Medizin oder sonst irgendwo?«

Da unterschrieb Mai den Immatrikulationsantrag. Ich ging, ohne irgendjemanden anzuschauen, leise zur Hintertür hinaus, sprang über den Zaun und wartete auf Subodh. Der fuhr mit seinem Roller zum Haupttor heraus, holte mich dann auf der

Rückseite ab, und wir fuhren zusammen zum College, um meinen Antrag einzureichen.

Ein gerade mal mittelmäßiges Zeugnis. Mai sei schuld am Ruin ihrer Kinder. Der Wind blies Mai im ganzen Haus entgegen. Aber ich war nun jedenfalls B.-A.-Studentin der Naturwissenschaft.

Die Mädchen in meinem College waren besessen von der Idee, ihren Körper unter dem Dupatta verschwinden zu lassen und eben durch diese Verhüllung den Körper gerade zu präsentieren. Wenn sie sich am Eingangstor zum College mit Jungen unterhielten, dann lachten sie und zogen sich sittsam den Dupatta vors Gesicht. Jungen gab es viele, mit denen man reden konnte: die Brüder einer Mitstudentin, Jungen, die am Collegetor standen, andere, die auf ihren Rädern neben den Rikschas der Studentinnen entlangfuhren. Ich verließ das Haus immer durch die Hintertür, und Mai kümmerte sich darum, dass ich nicht mit Papa oder Großmutter zusammenstieß.

Wenn Subodh nach Hause kam, brachte er manchmal Freunde mit. Damals spielte ich im Club Badminton, ich ging auch ins Theater, ins Kino, zu Tanzaufführungen und Konzerten. Wir wollten Mai überreden, mit uns zu kommen. Manchmal gelang uns das, manchmal weigerte sie sich.

Papa forderte Mai immer auf, mit uns zu gehen und uns im Auge zu behalten, aber Mai begleitete uns selten, um uns zu beobachten. Manchmal kam sie mit, um *mit uns* ein Theaterstück oder einen Film zu sehen.

Selbst wenn jemand es versucht hätte, hätte man uns denn überall ständig überwachen können, hätte man uns verbieten können, ins College, in die Bibliothek, überhaupt irgendwohin zu gehen? Mai ließ ja sogar die Hintertür offen. Weder war es für Subodh schwierig, sich in Mais Beisein mit meinen Freundinnen zu unterhalten, noch scheute ich mich, mit seinen Freunden ein Schwätzchen zu halten. Wenn Papa allerdings hereinkam, verhedderte sich meine Zunge wie von selbst. Auch wenn er nur im Nebenzimmer saß, wanderten meine Augen ständig in seine Richtung, meine Lippen verstummten, und unser munteres Lärmen kam zwar nicht ganz zum Erliegen, nahm aber drastisch ab.

Nachdem Subodh wieder in sein Studentenheim gefahren war, kam einer seiner Freunde weiterhin, um Bücher zu bringen und abzuholen. Wenn er Papa antraf, sprachen sie ein wenig über Subodh, und dann ging er wieder. Wenn Papa aber nicht zu Hause war, kam er durch den Hintereingang herein, lachte und schwätzte ein wenig mit Großmutter und ging weiter zu Mai. Ich kam dann ebenfalls dazu.

Einmal brachte er ein Buch. Papa fragte ihn: »Was ist das?« – »Sunaina wollte es lesen«, antwortete er. »Gib es mir mal«, sagte Papa. Er nahm ihm das Buch aus der Hand, und der Junge versuchte vergeblich, ein Blatt Papier herauszunehmen. Das Buch war schon in Papas Hand. Er entfaltete das Papier, einen langen Brief, faltete es wieder zusammen und sagte: »Ich gebe es ihr später. Sunaina ist im Moment nicht zu Hause.« Seine Standard-Lüge.

Mir trieb die Bestürzung, ertappt zu sein, flammende Röte ins Gesicht. Papa zeigte mir das Buch nicht einmal, er ging gleich damit zu Mai und sagte: »Das war Ramesh. Was für ein Buch ist das?« Es war *Wem die Stunde schlägt* von Hemingway. Dann gab er ihr das Blatt Papier. »Schau mal. Was ist das?«

Mai sah auf dem Papier meinen Namen und gab es mir. »Es ist für dich.« Ihre Stimme klang unbeteiligt.

Ich faltete das Blatt auf und las ein in jugendlichem Gefühlsüberschwang geschriebenes Liebesgedicht. Ich war überzeugt, mir wäre jetzt etwas ganz Wichtiges, Hochdramatisches zugestoßen, als hielte ich den Faden zu jemandes Leben oder Tod in meiner Hand. Sehr ernst sagte ich: »Was soll ich sagen, Mai, alles ist so schwer, irgendwann erzähle ich es dir.«

Mai fragte nicht weiter. Ich ging ins Zimmer, ließ mich aufs Bett fallen und weinte. »Oh no, no, no, he loves me so.« Ich hatte volles Mitgefühl mit dem Liebesschmerz dieses Ärmsten. Aber ich will mich jetzt nicht aufhalten. Ich kann dir nichts geben. Ich werde schon sehr bald rauschend davonfliegen.

Auch Großvater sah ihn einmal und dröhnte: »Wer bist du? Wen willst du sprechen?«

»Hier … Sunainas Buch …«, stammelte er.

»Sunaina!«, brüllte Großvater.

Ich kam dazu.

»Wer ist das?«

Die Zunge versagte mir fast den Dienst.

»Ich weiß es nicht.«

Ich verzieh es Großvater nie, dass er mich zu einer Lüge gezwungen hatte.

Aber Ramesh verzieh mir. Bevor ich zum M.-A.-Studium ins Studentenheim zog, hatten wir begonnen, uns im Club, im Company-Garten, und sonst noch hier und da zu treffen. Bevor ich ins Heim übersiedelte, fühlten wir uns sehr zueinander hingezogen. Der erste zitternde Kuss, an der Schwelle der Jugend …

14

Subodh wusste einiges von meinen Abenteuern. Da unser Altersunterschied nur zwei Jahre betrug, machten wir in etwa die gleichen bittersüßen Erfahrungen. Wir schritten gemeinsam voran. Obwohl Papa zu Mai sagte: »Halte sie im Auge!«, obwohl Großvater uns befahl: »Kommt hinein!«, obwohl Großmutter mir einschärfte: »Bedecke deine Beine!«, trieb unser jugendlicher Schwung uns inner- und außerhalb des Hauses an. Ohnehin lässt sich das Leben nicht in einen geschlossenen Raum einsperren, und die Jugend ist wie ein gasgefüllter Ballon, der munter herumhüpft, auch wenn man ihn an der Schnur festhält. Aber wenn der Faden reißt – und irgendwann reißt er bestimmt –, dann setzt er an zum Höhenflug, bis hinauf in die Wolken.

Wir hatten einander immer viel zu erzählen, Subodh und ich. Und was nicht alles! Wir stiegen aufs Dach und tauschten sehr ernst unsere Ansichten zum Thema »Sex« aus. War Sex etwas Schmutziges oder etwas Heiliges? Wie konnte man miteinander so etwas machen? Stand Zärtlichkeit oder bloßer Trieb dahinter? War Liebe nur ohne Sex echte Liebe, oder wie …? Oder was …? Es ist nur natürlich, dass man manchmal ernst ist. Wir stürzten uns in die Erörterung unserer großen Fragen und vergaßen darüber alles andere. Während wir den Dingen auf den tiefsten Grund gingen, überzog eine seltsame Anspannung unsere Gesichter. Wenn sich ein Lächeln auf die Lippen stehlen wollte, so schämten wir uns dafür und unterdrückten es so lange, bis irgendetwas ganz Banales unseren ganzen Ernst schlagartig verpuffen ließ wie die Luft aus einem platzenden Ballon, zum Beispiel, wenn wir niesen mussten, oder wenn hinten auf der Straße ein Rikschafahrer rief: »He Bhaiya, mach ein bisschen Platz!« Dann brachen wir in schallendes Gelächter aus, als wäre etwas äußerst Komisches passiert.

Wir schnappten auch ein paar dumme Witze auf, die gerade in unserem Freundeskreis kursierten. Wie der von den Moskitos, die auf einem Schiff alle Leute stechen. Da lüftet ein junges Mädchen ihre Bluse und fragt: »Haltet ihr das auch für Moskitostiche?«

Als Mai uns einmal eine Kleinigkeit zu essen aufs Dach brachte, während wir einander gerade solche Witze zum Besten gaben, erzählten wir ihr diesen auch. Sie lächelte, aber sagte, besonders witzig sei das nicht. Ein Tabuthema anzusprechen allein, bringt noch nicht zum Lachen. Dann erzählte sie uns einen Witz darüber, wie einmal Erdbewohner mit Außerirdischen zusammentreffen. Die Außerirdischen demonstrierten ihre Gebräuche: »Seht, so ist es bei uns. Dies machen wir so, das machen wir so. Auf diese Weise bringen wir in zweieinhalb Minuten ein Kind zur Welt.« Da sagten die Erdbewohner: »Bei uns ist es anders. Wir machen das so und so. Und nach neun Monaten ist ein Kind da.« Da staunten die Außerirdischen: »Wenn das neun Monate dauert, wozu dann am Anfang diese Eile?«

Darüber lachten wir uns kaputt. Mai hatte den Witz irgendwann gehört, als sie mit Papa im Club war. Wir lachten vor allem, weil es Mai war, die den Witz erzählte. Das brachte uns schlagartig zu der frohen Erkenntnis, dass wir drei ein festes Team waren.

Dennoch, nicht einmal vor sich selbst legt man Rechenschaft über jeden einzelnen Augenblick ab, geschweige denn spricht man mit anderen darüber. Wir erzählten weder Mai noch uns gegenseitig ausnahmslos alles. Dass Subodh Geheimnisse hatte, wusste ich. Ranjana und Jiji, Anjans ältere Schwester, hatten ihm erlaubt, sich auf sie zu legen, auch das wusste ich. Wenn Subodh in den Ferien kam, verbrachten sie die Nacht bei uns. Im Sommer schliefen wir im Innenhof, umweht vom Duft des Jasmins. Großvater und Papa legten sich auf die vordere Veranda und schalteten einen Tischventilator ein. Mai schlief bei uns. Wir lagen in einer Reihe, zuerst Mai, dann ich, dann Subodh, dann Anjan, dann Ranjana und in der Ecke Jiji. Unter irgendeinem Vorwand zog sie Subodhs Kopf zärtlich zu sich und drückte ihn an ihren prallen Busen. Subodh hatte mir einmal gesagt: »Suni, wenn ich mich zum Schlafen lege, dann kommt sie zu mir ins Bett und schiebt meine Hand unter ihr Hemd.«

Das alles erzählte ich Mai nicht. Auch nicht, dass mich der ölig glatte Beri Maharaj, wenn er Papa besuchte, mit den Worten: »Komm, mein Fräulein!«, zu sich rief und, indem er mich scheinbar unschuldig am Arm packte, meinen Busen zu tätscheln versuchte. Einmal rief er mich zu sich und sagte: »Lies mir diese Zahlen vor. Ich kann sie nicht lesen.« Als ich ihm die Ziffern auf Englisch vorlas, sagte er: »Auf Hindi, Töchterchen!« Ich las also auf Hindi: »Eins, sieben, zwei, zwei – ek sath do do«, was auch bedeutet »Wir beide zusammen«. Er lachte, und seine Augen glichen glühenden Kohlen. Mai verstand nicht, warum ich ihm aus dem Weg ging und warum Subodh, sobald er ihn sah, wie ein bissiger Hund auf ihn losging.

Großvater und Papa erlaubten mir praktisch nie, irgendwohin auszugehen. Es war mir daher unmöglich, die Nacht außer Haus zu verbringen, sie hatten eine namenlose Angst vor der Nacht. Wovor sie mich retten wollten, weiß ich nicht. Aber weder gute noch schlechte Taten lassen sich hinter Gittern festsetzen.

Papa und die Großeltern wollten mich vor der ganzen Welt verstecken. Ich sollte weder sehen noch gesehen werden.

Einmal kam Jiji, ja, genau diese Jiji, um uns ihr neugeborenes Kind zu zeigen. Mai küsste das Baby auf die Lippen.

»Um Himmels willen ...«, sagte Papa schockiert. Er schrie nicht, seine Stimme klang nicht zornig, aber der Vorwurf war unverkennbar. »Und das noch vor den Kindern!«, sagte er zu Jiji. Als würden wir jetzt losgehen, die Leute packen und auf den Mund küssen.

Einmal stieß einer von Großvaters Besuchern sein Glas Sherbet aus Bel-Früchten mit Subodhs Glas an und sagte »*Cheers!*«, als hätten sie Whisky in den Gläsern. Großvater war hocherzürnt: »Vor den Kindern macht man so etwas nicht mal zum Scherz! Nicht einmal der Gedanke daran darf sich in ihren Köpfen festsetzen.«

Dabei machten wir uns längst einen Spaß daraus, abends, wenn Mai dabei war, vielmals mit den Wassergläsern anzustoßen: »*Cheers!*« Papa selbst hatte uns oft Schokoladenzigaretten mitgebracht, die wir als Kinder in den Mund steckten und deren imaginäre Rauchwolken wir in die Luft bliesen.

Bei uns war es nicht üblich, »echte«, das heißt alkoholische Drinks zu trinken oder anzubieten. Es kursierten allerdings Gerüchte, dass Großvater früher einmal getrunken habe. Er selbst hatte von feuchtfröhlichen Schmausereien mit seinen englischen Freunden erzählt. Papa trank im Club und manchmal in seinem Zimmer mit Phuphaji oder einem anderen Gast, ganz selten auch einmal allein, aber so, dass wir nichts davon mitbekamen. Nachdem Großvater und Großmutter gestorben waren, sahen wir ihn allerdings auch außerhalb seines Zimmers »Medizin« einnehmen.

Das Komische ist, dass wir als Kinder wirklich glaubten, es sei Medizin. Wir hatten keine Ahnung, dass es Alkohol sein könnte. Schon das Wort »Schnaps« war bei uns genauso tabu wie »Kot« oder »Urin«. Wir machten ein kleines oder großes Geschäft. Auch Hardeyi und Bhondu drückten sich in unserer Gegenwart so aus, auch wenn sie ansonsten sicher eine andere

Sprache gebrauchten. So wurde also auch das Wort »Schnaps«
nie verwendet.

Noch seltsamer ist, dass bei uns selbst von der »Medizin« nie
die Rede war. Die »Medizin« stand fest verschlossen im Wäscheschrank in Papas Zimmer. Mai nahm sie manchmal heraus, gab
sie Hardeyi, die sie an Bhondu weiterreichte, der sie auf einem
Tablett zusammen mit Gläsern, Wasser und Eiswürfeln ins vordere Wohnzimmer trug, wo Papa sich jetzt mit seinen Freunden
unterhielt. Wenn Hardeyi mit der Flasche an uns vorbeiging, ver-
hüllte sie, ich weiß nicht, warum, erschreckt von unseren glot-
zenden Augen, die »Medizin« noch sorgsamer mit ihrem Sari.

Es hatte uns auch niemand gesagt, dass die »Medizin« etwas
Schlechtes sei, aber ich wusste sehr wohl, dass ich sie nie bekommen würde. Ich frage mich, woher ich wusste, dass die »Medizin«
bitter war, und wann ich bemerkt hatte, dass sie übel roch. Jedenfalls schwebte ein Geheimnis um die »Medizin«. Auch damals,
als Bua eines Tages mit uns zusammensaß, während Mai mit
Hardeyis Hilfe Papas Wäscheschrank zur Seite rückte und aus
dem Schrank das Klirren zerbrechenden Glases ertönte und eine
stark riechende Substanz herausfloss. Da wurden wir beide der
Tante gegenüber so verlegen, dass wir verharmlosend fragten:
»He, was ist das? Komisches Zeug!« Und in der Sorge, wir könnten darauf eine Antwort bekommen, zogen wir uns schleunigst
aufs Dach zurück.

Einmal, als Papa nicht im Haus war, hatte ich sogar ein leeres
Glas mit dem gleichen Geruch neben Mai bemerkt.

Ich weiß nicht, was wir in jenen Kindheitstagen gedacht
haben. Damals hatten wir noch nicht begonnen, über unsere
Gedanken zu reflektieren. Ein paar Filme und Theaterstücke
werden wir wohl gesehen und einige Bücher gelesen haben, und
manchmal hatten wir uns zum Spaß mit dem Bleistift Bärte
und Schnurrbärte ins Gesicht gemalt, hatten uns Wasser oder

Sherbet in die Kehle gegossen und dann dösig, mit schwerer Zunge, taumelnden Schritten, nach oben verdrehten Augen betrunken gespielt und uns dabei kaputtgelacht.

Als wir diese Komödie spielten, kam uns nicht in den Sinn, dass es irgendwo in der Nähe echten Schnaps geben könnte. Wir brachten auch den Schnaps nicht mit »Medizin« in Verbindung oder Papa mit Mai oder Mai mit dem Geruch aus einem Glas oder den Geruch mit der Luft, die irgendwoher in jemandes Leben wehte.

15

Mai konnten wir nur in Verbindung mit uns selbst sehen. Wir füllten uns selbst in ihre leere Hülle ein. Wir wollten ihr schwaches, ängstliches Naturell mit unserer Courage durchdringen.

Allmählich waren wir für Mai so etwas wie treue Wachhunde geworden, die sich schützend neben ihr postiert hatten. Früher, als wir noch ängstlicher waren, hatten wir bestürzt und mitfühlend zu ihr aufgeschaut, sobald jemand etwas Unfreundliches zu ihr sagte. Jetzt hatten wir begonnen, drohend zu knurren. Und wenn nötig, zu bellen. Und äußerstenfalls bissen wir auch zu!

Wir machten uns ständig Sorgen um Mai und wollten sie befreien. Wir wollten zusammen mit ihr fort von zu Hause.

Deshalb waren wir maßlos erschrocken, als sie eines Tages zusammenbrach. Wir bekamen rasendes, lange anhaltendes Herzklopfen.

Mai war ohnmächtig geworden. Sie wurde aufgehoben und aufs Bett gelegt, Papa eilte los, um einen Arzt zu holen, Großvater lief nervös im Kreis herum, Großmutter begann zu jammern und zu lamentieren.

Unversehens war Mai erkrankt.

Ich kann mich nicht erinnern, dass sie jemals zuvor krank gewesen wäre. Ich weiß nur, dass sie sich bei der Arbeit immer gebeugt hielt, dass sie auf jeden hörte und alles akzeptierte. Auch wenn sie an ihren Fastentagen manchmal Kopfschmerzen hatte, verzog sie allenfalls ihr Gesicht ein wenig und sah etwas blasser aus. Aber ihre Arbeit machte sie trotzdem wie sonst. Wahrscheinlich hatte sie auch an anderen Tagen Kopfschmerzen, denn wenn wir sie drängten, gegen Kopfschmerzen Aspro oder Saridon zu nehmen, lehnte sie das wegen ihres Fastens ab. Das musste doch wohl heißen, dass sie diese Tabletten ansonsten durchaus genommen hatte. Aber da ihre Kopfschmerzen die tägliche Routine nicht beeinflussten, vergaßen wir die Sache schnell. Daher die Vermutung, dass Mai nie zuvor krank gewesen sei. Es war Großmutters Privileg, ein- oder zweimal im Monat zu stöhnen: »Oh weh, mein Gott, erlöse mich von diesem Leben! Ich ertrage sie nicht, diese schrecklichen Schmerzen!«

Als Mai zusammenbrach, waren wir daher leichenblass.

Sie sagte, ihre Beine seien auf einmal zittrig geworden. Überhaupt habe sie oft Schmerzen in den Beinen und auch im Rücken.

Der Arzt klopfte Mai den Rücken ab und sagte zu Papa, sie müsse geröntgt werden, aber nicht sofort, zunächst müsse sie einige Tage rund um die Uhr ohne Kissen auf einem harten Bett liegen, nicht auf einer Liege mit Baumwollgeflecht, und für den Rücken und die Beine Schmerztabletten einnehmen. Dies sei eigentlich keine Krankheit, sagte der Arzt beruhigend, es komme von der gebückten Haltung.

Großmutter wiederholte immerfort, dass es keine Krankheit sei, sondern von der gebückten Haltung komme. Ihre Stimme ließ Mitgefühl und Erleichterung erkennen, aber auch den Vorwurf, warum so viel Aufhebens gemacht werde und alle um Mai herumsprängen, wenn es doch keine richtige Krankheit sei.

Papa erledigte für Mai eilige Gänge zum Hospital, zum Markt, hierhin und dorthin. Großmutters Herz schmolz bei seinem Anblick dahin: »Ach, wie viel Mühe mein armer Raja hat. Er muss sich um seine Büroarbeit kümmern, ums Haus, muss für den Doktor herumrennen. Ach, wie müde und erschöpft mein Sohn aussieht!«

Der Sohn war arm und die Mutter dieses Sohns erst recht! Denn jetzt hatte Großmutter zum ersten Mal die Verantwortung für die Küche. Ich musste morgens zur Schule, Hardeyi allein konnte man das Kochen nicht überlassen. Also musste Großmutter die Arbeit selbst in die Hand nehmen, beziehungsweise dafür sorgen, dass sie gemacht wurde.

Großmutter brachte unter reichlicher Verwendung von Ghee üppige Mahlzeiten zustande. Für Mai bereitete sie leichtere, aber schmackhafte Kost zu: Sago, Flaschenkürbis, Gurkensaft, einen Eintopf aus Reis und Mungbohnen.

Den ganzen Tag war ihre Stimme zu hören: »He, du dumme Gans! Wie viel Cumin hast du reingetan? Für vier Annas auf einmal!«

»Ach mein Gott! Hast du keine Augen im Kopf, du Eselin, die Milch ist übergekocht, das rieche ich doch von hier. Mindestens eine Rupie ist vergeudet!«

»Oh weh, so eine Verschwendung. Ist es das Geld deines Mannes?«

Von morgens bis abends Kalkulationen: wie viel Geld Hardeyi gefressen hatte, wie viel Geld Bhondu geschluckt hatte. Und dann auf Heller und Pfennig, wie viel Großmutter ausgegeben hatte, um die beiden täglich zweimal zu beköstigen.

»Ihr alle esst ihn ja nicht, also musste ich den Dal von heute Morgen ihnen geben, mit mindestens fünfzig Gramm Ghee darin.«

»So teurer Spinat, zerstoßen auf einem Stein, der absichtlich nicht sauber gewaschen war. Es knirscht zwischen den Zähnen, und man muss alles ihnen geben. Was für ein Luxus für sie!«

Mai brauchte völlige Ruhe. Der Doktor hatte gesagt, dass sie große Schmerzen habe. Als sie wieder aufstehen durfte, bestellte Papa ein Taxi, um sie zum Röntgen in die Klinik zu bringen.

Der Arzt sagte, das sei das Los aller, die ständig in gebeugter Haltung arbeiteten. Dadurch würden die Bandscheiben überstrapaziert und übermäßiger Druck auf die Nerven ausgeübt. Man habe am Ende immer Schmerzen, ob in gebeugter oder aufrechter Haltung.

In seinem Fachjargon sagte der Arzt, dass in der Wirbelsäule die »intervertebralen Scheiben« degeneriert seien. Auf deren Außenseite gebe es eine Substanz namens »anulus fibrosus«, auf ihrer Innenseite ein weiches, gallertartiges Gewebe, den »nucleus pulposus«. Diese Polsterung verleihe der Wirbelsäule Flexibilität, aber durch Sitzen, Stehen oder zu viel Arbeiten in falscher Haltung, durch Überanstrengung nutzten sich die Bandscheiben übermäßig ab. Sie rutschten dann aus ihrer korrekten Position heraus, verformten sich und übten Druck auf die Nerven aus.

Der Schmerz werde folglich bleiben, sagte der Arzt. Ja, er empfehle Mai, einen Stützgürtel zu tragen, die von ihm beschriebenen Übungen zu machen, und sie solle schon, bevor sie sehr müde werde, eine Zeit lang ausruhen, und wenn die Schmerzen sich dann nicht legten, ein Schmerzmittel nehmen.

Im Grunde, sagte er, sei es keine Krankheit. Besonders Frauen litten oft darunter.

Und Großmutter atmete erleichtert auf und wiederholte das. Was sie durchgemacht habe, das könnten wir Kinder uns nie vorstellen: sein Leben lang mit einem künstlichen Gelenk herumhinken zu müssen.

Und wir? Wir hatten ja schon immer gewusst, dass Mai ein schwaches Rückgrat hatte.

Wir bemitleideten sie für ihre Schwäche, wir beschützten sie, und eines Tages kam ein bisschen Abscheu vor ihrer Hilflosigkeit dazu.

16

Eines Tages« ist mir spontan herausgerutscht, aber wann genau
dieser Tag war, kann ich nicht mehr sagen.

Es muss sich über einen längeren Zeitraum hingezogen haben,
aber wenn ich mich jetzt zu erinnern versuche, kommt es mir vor,
als ob sich so vieles im Haus mit einem Schlag geändert hätte.
Mai trug nun beim Gehen einen Stützgürtel, aber sie lief noch
mehr als vorher. Weil sie nämlich nun auch das Haus verließ,
auch vors Haus ging, wo heute nur noch die Erinnerungen an
Großvater herumschweben. Auch innerhalb des Hauses hatte
sich ihr Wirkungskreis erweitert, seitdem Großmutter sich nicht
mehr in die Haushaltsangelegenheiten einmischen konnte, weil
sie von uns gegangen war.

Als Mai alt wurde, erlangte sie mit einem Schlag den Status
einer Herrin des Hauses.

Großmutter war glücklich als verheiratete Frau gestorben. Sie
hatte oft gesagt: »Ich habe nur eine Bitte an den da oben, dass
er mich zu sich nimmt, bevor er ihn nimmt.« Ihr Kinn, dessen
Knochen längst spröde geworden und eingeschrumpft war, wa-
ckelte, wenn ihre Lippen zitterten. Ich fand es lachhaft, dass sie,
obwohl Großvater damals noch höchst lebendig war, mit ihm
absolut nichts zu tun hatte.

Wie auch immer, Großmutter blieb sich selbst treu. Sie pfiff
auf die Verbote des Arztes und aß weiter heimlich, was ihr
schmeckte, ohne dass sich ihr Leben dadurch verkürzt hätte.
Sie starb zu der ihr bestimmten Zeit, nachdem sie die siebzig

weit hinter sich gelassen hatte. Wenn jetzt jemand behauptet, dass jeder zu seiner eigenen, ihm gemäßen Zeit stirbt, widerspreche ich nicht. Kurzum, Großmutter starb, und Großvater weinte bitterlich. Einige Jahre später folgte er ihr nach.

Von alledem ist mir nicht viel im Gedächtnis geblieben. Ich erinnere mich an die Blumen, an die Rezitation des Pandits, an die Menschenmenge. Ich weiß noch, dass ich an dem Tag, als Großvater oder Großmutter starb, zu irgendeiner Veranstaltung in den Club gehen sollte und bedauerte, nicht gehen zu können. Es war schon dunkel, und ich war gerade draußen, als ich Papa eiligen Schrittes ins Haus kommen sah. Ich wusste, dass es Papa war, aber in der Dunkelheit sah man nur seine strahlend weißen Kleider. Es war, als tauchte ein kopfloses Gespenst auf, und auch ich ging ins Haus. Ich erinnere mich auch, dass eines Tages einer von uns sagte: »Wenn du das Foto von Großvater im Wohnzimmer konzentriert anschaust, hörst du von hinten seine Schritte.« Von da an ging ich oft ins Wohnzimmer. Und ich erinnere mich, einmal stieg ich allein auf die Dachterrasse, wo ich Großmutters blauen Kissenbezug zum Trocknen an der Wäscheleine hängen sah, und ich musste weinen.

Mai fing nun an, sich mit dem Personal außerhalb des Hauses zu unterhalten. Jetzt wurden die Henna-Sträucher vor Großvaters Wohnzimmer zurechtgestutzt, die im März von weißen Blüten und grünen Knospen übersät waren. Als Kinder hatten Subodh und ich ihre Blätter zu einer Paste zerstampft, mit der wir uns kunstvolle Muster auf die Handflächen zeichneten. Das Unkraut zwischen den Hennasträuchern wurde gejätet und bündelweise weggeschafft. Die Erde wurde umgegraben und mit einer Walze eingeebnet. In der Regenzeit wurde eine robuste Sorte Gras angepflanzt, und wir weihten Mais Rasen ein. Es wurden Blumenbeete angelegt, und englische Rosen begannen zu blühen. Weitere Beete kamen hinzu, und verschiedene Blumensorten wiegten sich sanft im Wind: immergrüne Schleifenblumen, Phlox, Petunien, Brunnenkresse.

Auf dem Rasen gab es eine Sitzterrasse, von der Großvater gesagt hatte, dass im Schutz des hohen Grases ringsherum Schlangen ungesehen dorthin kriechen könnten. Nun sprengte der Wasserträger an jedem Spätnachmittag dort den Rasen. Bhondu stellte vier Sessel und einen runden Tisch auf. Darauf wurde ein Tischtuch ausgebreitet und ein schwerer Aschenbecher aus Messing gestellt. Dorthin ließ Papa für sich und seine Besucher Tee kommen. Sherbet war jetzt weniger gefragt.

Wenn keine Besucher da waren, ließ sich Mai mit ihren Näh- und Strickarbeiten dort nieder. Dorthin kamen auch die Lohnarbeiter, um sich von Mai ihre Anweisungen zu holen. Auch ich setzte mich oft zu ihr und ließ die Beine baumeln. Wenn das Gartentor aufging, stand Mai prompt auf und ging ins Haus.

Dennoch verschob sich das Verhältnis von innen und außen erheblich, sodass Mai jetzt häufiger außerhalb des Hauses als drinnen zu sehen war: im Vorgarten, auf den Feldern, gebeugt über die Blumentöpfe und Beete.

Obwohl ich damals kein Kind mehr war, erinnere ich mich nicht sehr gut, wie Großvater und Großmutter starben, dafür umso besser, wie es danach im Haus war. Die Zeit des strengen Regimes war beendet.

Auch das Gefängnis der Küche öffnete seine Pforten einen Spaltbreit. Papa litt an chronischen Magenbeschwerden, aß nicht viel und nur einfache Kost. Aber so wenig, dass Mai hätte müßig herumsitzen können, war trotzdem nicht zu tun. Kachaudis und Pakodis brauchte sie jetzt nicht ständig zu machen, dafür einfache geröstete Reisflocken mit Erbsen oder Obstsalat mit Salz und Gewürzen. Auch fertige Snacks vom Markt machten ihr das Leben leichter. Wenn Papas Freunde auftauchten, wurde ihnen salziges Knabberzeug aus gerösteten Linsen, Kekse, Frucht-getränke und Tee serviert.

Dies alles führte dazu, dass Mais Welt sich ausweitete.

In den strahlend frischen Stunden des frühen Morgens gab Mai, das Ende ihres Saris über den Kopf gezogen, auf den Feldern Anweisungen, pflückte Hibiskus-, Tagetes- und Jasminblüten für die Puja und legte sie auf ein Bananenblatt, das als Körbchen diente, wässerte ihre Pflanzen mit der Gießkanne oder dem Gartenschlauch, brach vertrocknete Blüten und Zweige ab.

Einmal saßen wir damals mit ihr auf der niedrigen Umfassungsmauer eines Feldes duftender Senfpflanzen.

»Wie schön sie sind, Mai, nicht wahr?«, sagte Subodh, der ferienhalber zu Hause war. »Wenn man Blumen sieht, wird das Gemüt immer froh.«

Mai lächelte und sagte scherzhaft: »Nicht immer. Papayablüten zu sehen, ist eher deprimierend. Die Pflanze ist männlich, sie bringt keine Früchte hervor.«

Zum Anwesen gehörte ziemlich viel Land, mehr als drei Hektar. Darauf wurden Weizen, gelbe Erbsen, Mais angebaut: im April, wenn alles reifte, eine goldene Ährenpracht. Hinter dem ummauerten Hof wuchsen verschiedene Sorten Gemüse, außerdem Bananen, Amla-Früchte, Kirschpflaumen, Magnolien-, Papaya-, Jackfruit- und Zitronenbäume. Bananen wurden zum Reifen bündelweise in sämtlichen Räumen des Hauses aufgehängt. Man brauchte nur hochzuspringen, zuzupacken, und schon hatte man eine Frucht in der Hand.

Wir hatten auch Caranda-Sträucher, aus deren Beeren Mai ein so köstliches Chutney zubereitete, wie niemand sonst es konnte.

Vorne, vor dem Wohnzimmer, hatte Mai ein Spalier setzen lassen, an dem sich Weinreben hochrankten. Im Mai und Juni hatten wir reife gelb-grüne Trauben in Hülle und Fülle.

Vorher waren die Felder Großvaters Domäne gewesen. Zu seiner Zeit hatte es auch Gemüse, Getreide, Mangos und Guaven gegeben. Jackfruit wurde als Gemüse frisch gegessen oder als scharfe Pickles eingelegt. Aber als Mai den Garten in die Hand nahm, bekam er eine feminine Eleganz.

Nach diesen »frühen Tagen«, als die Familie noch komplett war, sah ich Mai zufrieden, aber in sich gekehrt durch das Anwesen gehen. Wenn ich rechtzeitig aufstand, wurde auch ich vom überirdischen Zauber der Morgendämmerung berührt. Eine makellose Harmonie, in der sich die Rufe des Kuckucks mit dem Zwitschern der Vögel mischten. Zusammen mit dem Duft der Rosen und verschiedener Arten von Jasmin schwebte das zarte Aroma von Neem-Blüten in der Luft. Ein ganz leichter, kühler Windhauch, eine frische, strahlend reine Unschuld. In der Ferne arbeiteten die Ochsen am Brunnen, und von dort wehte der berückende Geruch von Heu und Kuhdung herüber. Vor den Häusern der Bediensteten hörte man, wie mit Reisigbesen gefegt wurde, und man sah, wie einige sich mit Neem-Zweigen die Zähne putzten. Mai mit ihren schönen, sanften Augen war ein Teil dieses frühmorgendlichen Zaubers.

Dennoch fand ich keineswegs, dass für Mai die Welt jetzt völlig in Ordnung gekommen wäre. Ob der Herd nun mit Holz, Kohle oder Gas befeuert wurde: Es war im Wesentlichen die gleiche Geschichte, die sich endlos wiederholte.

Uns war der Ausbruch aus dem Haus gelungen, jetzt ging es darum, sie herauszubringen. Großvater hatte gesagt: »Die Welt außerhalb des Gartentors ist böse, voller Gift. Hüte dich davor.« Schon früher hatte ich mich gefragt, wie er sich wohl davor gehütet hatte. Was für eine Art Gift war das, dem keiner entgehen konnte außer ihm? Gut, wir waren Kinder und konnten das vielleicht nicht verstehen, aber wie stand es mit Mai und Großmutter? Warum waren sie auch so unwissend, dass sie nichts kapierten und daher ebenfalls drinnen bleiben mussten, um sich vor dem Gift zu retten?

Aber jetzt waren wir keine Kinder mehr. Unsere Kindheit war vorbei. Großvater und Großmutter lebten nicht mehr. Wir hatten das Haus verlassen, und Papa allein konnte die Ausbrecher unmöglich wieder zurückholen. Jetzt wurde auch die Hintertür kaum noch benutzt – weder schleppte Bhondu Kohlesäcke in die Kohlekammer, noch brauchte ich heimlich aus dem Haus zu schlüpfen, mit Mai als meiner einzigen Mitwisserin. Auch trat jetzt nicht mehr der Fall ein, dass Papa mich erwischte, wenn ich nach Hause kam, und dass er verlangte, ich solle die Erwachsenen fragen, bevor ich aus dem Haus ging, worauf ich früher trotzig erwidert hatte, ich hätte Mai gefragt. Aber aus Angst, Mai könnte ausgescholten werden, hatte ich, um sie zu schützen, die Lüge hinzugefügt, ich hätte mich auf die Prüfung vorbereiten müssen und eine Mitschülerin sei mit dem Auto gekommen, um mich abzuholen, deswegen hätte Mai mir erlaubt zu gehen.

Diese Zeiten waren jetzt vorbei. Aber auch jetzt noch glaubten wir, Mai zu beschützen und sie retten zu müssen.

17

Als wir sie nicht retten konnten, begannen wir, uns zu ärgern, dass Mai so wenig kooperativ war. Wenn sie gerade mit uns irgendwohin gehen wollte und dabei einen Blick von Papa auffing, dann kehrte sie sogleich um, wodurch sie manchmal ein nur ihretwegen arrangiertes Programm über den Haufen warf.

So hatten wir sie einmal überredet, zu Freunden von uns in die Berge mitzukommen, und wir befanden uns schon im Aufbruch. Sie war wohl etwas ängstlich, aber die Vorfreude trieb ihr auch eine leichte Röte ins Gesicht. Sie hatte gefragt, ob ein bestimmter Tempel dort in der Nähe sei, und unsere Antwort war: »Ja, mit dem Taxi ist man in einer Stunde dort. Es ist eine berühmte Pilgerstätte.« Wir informierten Papa mit festem Ton über das Vorhaben. Hier gebe es nichts zu verhandeln und zu diskutieren, erklärten wir. Es sei beschlossene Sache, und wir würden jetzt die Fahrkarten kaufen. Als wir mit den Karten zurückkamen, sagte Mai beharrlich: »Gebt meine wieder zurück. Ihr könnt ja fahren, dagegen habe ich nichts, aber ich selbst habe keine Lust. Was hat es für einen Sinn, mich zwingen zu wollen?«

Subodh murrte: »Wer kann irgendjemanden zu etwas zwingen? Wenn sie selbst es nicht will, dann ist sie einfach nicht auf unserer Seite. Suni, she is such a weakling.«

Suni und Subodh waren keine Schwächlinge mehr. Erstens waren sie unverheiratet, und Alleinstehende sind nur für sich selbst verantwortlich. Damit hängt zweitens zusammen, dass man, wenn es nur um einen selbst geht, sich selbst auch besonders wichtig nimmt. Alleine fühlt man sich sehr stark, sehr schlau und für jeden Kampf gerüstet. Wozu also seine einzigartige Persönlichkeit an triviale Angelegenheiten verschwenden? Je komplizierter und verwickelter ein Problem ist, desto prächtiger blüht das Ego des Singles auf. Gewaltige Kämpfe, grandiose Siege, vernichtende Niederlagen.

Aber vielleicht war ich doch noch nicht ganz so selbstständig, nicht ganz so fähig, allein zu sein. Denn wenn ich in den Ferien nach Hause kam und Papa mir die für mich eingegangenen Briefe – geöffnet – reichte, konnte ich viele Tage lang nicht mit ihm sprechen. Ich las nur wieder und wieder meine geöffneten Briefe, und in meinem Herzen wütete ein Sturm.

Trotzdem muss eines Tages etwas geschehen sein, das mit den Briefen nichts zu tun hatte, das vielleicht mit überhaupt nichts anderem verbunden war. Etwas brachte meine Stimme zum Versagen und die Tränen zum Fließen. Als ich zu weinen begann, kamen alle möglichen traurigen Erinnerungen hoch, und eine Flut weiterer Tränen brach unaufhaltsam heftig aus mir hervor. Ich war außer mir, so bitterlich weinte ich. Mai war bestürzt und nahm mich in die Arme, Papa eilte herbei, und ich brachte mühsam stammelnd einige Worte heraus: »Er hat kein Vertrauen zu mir ... Er macht meine Briefe auf.« Und Mai schaute Papa fragend an. Der sagte beschämt: »Ich muss sie aus Versehen geöffnet haben ... Es wird nicht mehr vorkommen, mein Freund.«

Aus Versehen hatte auch ich einen Brief geöffnet, der in der Nische, wo Mai auch Kamm und Haaröl aufbewahrte, in dem Rahmen mit Familienfotos steckte. Subodh hatte eine Kamera gekauft und uns alle tausendmal fotografiert, und ich wollte unbedingt, dass er die Fotos von Großvater und Großmutter mit unseren zusammen rahmte. Als ich den Rahmen mit unseren Fotos öffnete, rutschte ein an Mai adressiertes Papier heraus.

Darüber, dass Mai nie Briefe bekam, hatte ich mich nie gewundert. Wieso wunderte ich mich jetzt über diesen einen an Mai gerichteten Brief? Ein Brief für Mai, wie das?

Ich hatte den Brief, den ich damals nicht verstand, aus Versehen geöffnet. Wer war das, der an Mai dachte und immer an sie denken würde, der ihr seine Segenswünsche für ihr Eheleben sandte, der weiterhin »nach Hause« kommen und dort die Neuigkeiten über sie in Erfahrung bringen würde, der ihr alles Glück im Leben wünschte. Und wenn er ihr einmal an einer unbekannten Biegung des Weges plötzlich gegenüberstehen würde, dann würde ihm die Freude auf ihrem Gesicht verraten, dass sie es sei, auf immer die Seine. Unterzeichnet mit einem unleserlichen Namen.

Der Zettel aus gelbem, schon krümeligem Papier fühlte sich an, als würde er mir die Finger verbrennen. Rasch faltete ich ihn zusammen und begrub ihn wieder in dem Rahmen.

Nie hatte ich den Mut, den tiefen Frieden, der auf Mais Gesicht lag, zu stören.

18

Subodh hatte das Elternhaus freudig verlassen, ohne dass er sich darum hätte bemühen müssen. Nachdem er den Abschluss in seinem englischsprachigen Internat geschafft hatte, ging er für das Bachelor-Studium an die Universität in einer noch größeren Stadt. Er holte dort die nötigen Informationen ein, und schließlich konnte auch ich für den M.-A.-Studiengang nachkommen. Wir waren zwar in verschiedenen Colleges und Wohnheimen, aber es fühlte sich doch so an, als gingen wir wieder in dieselbe »Schule«. Später siedelte Subodh nach England über.

Ich bin Subodh dankbar, dass er mich aus dem Haus herausgeholt hat. Er hatte meinetwegen oft mit Großvater, Großmutter und auch mit Papa gestritten. Ich selbst saß dabei abseits und ließ meine Tränen fließen. Mai saß wortlos daneben, schaute mal den einen, mal den anderen an und hörte sich an, was jeder zu sagen hatte.

Aber Subodh blieb hartnäckig.

Großvater schrie oft: »Ihr Bruder war als Schüler einer der Besten im ganzen Land, aber was hat sie denn geleistet, dass sie große Sprünge machen und fern von zu Hause studieren will? Wir wollen und dürfen die Zukunft unserer Kinder nicht ruinieren, indem wir sie an unbekannte Orte schicken. Die Töchter aller unserer Bekannten studieren hier am Ort, sind die vielleicht alle blöd?« Papa weinte, und Subodh fragte: »Suni, ist das hier ein Bühnenklamauk?« Unter vier Augen bekam ich später von Mai einiges zu hören: »Denk gut darüber nach, Suni! Was, wenn Papa etwas zustößt? Ich will doch auch, dass ihr beide es zu etwas bringt, dass ihr euch einen Namen macht. Aber überlege dir gut, ob es wirklich nötig ist, von zu Hause wegzugehen. Ihr beide seid jetzt erwachsen, ihr versteht die Welt. Wie soll ich wissen, welcher Platz für euch der beste ist? Du bist so versessen darauf, wegzukommen. Warum eigentlich? Denk selbst nach und werde dir darüber klar.«

Auf einmal wurden meine Hände und Füße schwach. Hatte ich mich in eine fixe Idee verrannt? War es wirklich so eine tolle Sache, dort in der Stadt den M. A. zu machen? Was sollte ich werden, konnte ich überhaupt etwas werden?

Woher die Präzisionswaage nehmen, die den eigenen Willen, die Wichtigkeit der Sache, sofort austarieren kann, auf Pfund, Gramm und Milligramm genau? Aber selbst wenn es eine solche Waage gibt, warum zwingst du mich, alles so genau abzuwägen?

»Sie wird dort eine Menge lernen, Mai, sie wird mehr Selbstvertrauen bekommen, das Lernen allein ist nicht alles«, erklärte Subodh mit fester Stimme. »Hier gibt es nur veraltete Studiengänge und verschüchterte, duckmäuserische Mädchen.«

»Wenn eine Frau das Haus verlässt, rennt sie geradewegs in ihr Unglück!«, tönte die alte Devise von den Wänden des Hauses zurück, während Mai sich, wie ich bemerkte, in ein Schweigen zurückzog, das schließlich den Ausschlag gab. Papa ließ nicht locker: »So tu doch irgendetwas. Auf dich hören sie. Du hast sie so verzogen, dass sie auf sonst niemanden hören. Bitte sie, drohe ihnen, erkläre es ihnen. Bewahre die Familie vor dem Ruin. Falle ihr zu Füßen und flehe sie an, schlage sie. Du bist die Mutter, es ist dein Recht … Auf dich werden sie hören.«

Papa hatte diese geheime Wahrheit verstanden, er wusste, auf wen ich hören würde. Aber mir selbst war das nicht klar. Ich dachte, ich würde das Haus verlassen, weil Subodh mich herausholte. Er war es doch, der ihnen allen offenen Widerstand ent-gegensetzte. Mai sagte ja nichts, sie tat überhaupt nichts.

Mir fehlten der Abstand und die Gelassenheit, mir klarzu-machen, dass auch sie einen Verdienst am Gelingen meines Planes hatte: indem sie sich weigerte, irgendjemandem wie ein bloßes Echo zuzustimmen. Stattdessen hörte sie seine Komman-dos einfach stumm wie eine Steinfigur an. Hätte Mai nur einmal gesagt: »Lass es bleiben, Sunaina!«, dann wären Sunainas Beine sofort von einer Lähmung befallen worden, und Subodh hätte nur noch hilflos gemurrt. Aber das konnte ich nicht begreifen.

Mai schwieg weiter.

Ich zog aus.

Großvater starb.

Papa machte Mai sein Leben lang Vorwürfe.

Wir waren oft wütend auf ihn: »Warum schiebst du die Schuld auf Mai? Wir sind dafür verantwortlich.«

Subodh war jünger als ich, aber er hatte bereits die Welt gesehen. Er reiste selbstständig, er hatte Leute jedes Schlages kennengelernt, er fuhr Papas Motorroller. Großvater und Groß-mutter hatten seine Meinung als die eines Erwachsenen ernst genommen. Es lag also durchaus in seiner Macht, mich heraus-zuholen.

Als ich das Haus verließ, weinte ich. Aber als ich im Zug saß und der Mann gegenüber seine Schuhe auszog, sein Porte-monnaie in einen steckte, sich ausstreckte und die Schuhe als Kopfkissen benutzte, da fingen wir beide an zu lachen. Spontan erfasste mich die freudige Erregung, ein neues Leben beginnen zu können. Als der Zug sich in Bewegung setzte, blieb das Haus weit hinter mir zurück. Vor mir lockte das ungeduldige, freudige Flattern von vielen Tausend Vögeln.

Während dieser ersten Abwesenheit dachte ich kaum an zu Hause. Ein Schatz frisch geprägter Münzen regnete mir in den

Schoß, Bangigkeit und Hemmung lagen im Widerstreit mit Hochgefühl und Staunen über all das Neue. Alles ängstigte mich, alles zog mich an. Auf mich selbst gestellt und erwachsen zu sein, kam mir lange wie eine bloße Rolle in einem Theaterstück vor. Erst nach rechts und links zu schauen und dann die Straße zu überqueren, mich auf die Zehenspitzen zu stellen, die Klappe des Briefkastens anzuheben und die Hand hineinzuschieben, um einen Brief an Mai einzuwerfen, mich in eine Motorrikscha zu setzen und innerlich zu rekapitulieren: »Fahren Sie dorthin … Wie viel kostet es? … Hier, bitte, Ihr Geld.« Es war auch eine Freude, die vielen unbekannten Mädchen kennenzulernen, die sich am Morgen die Gesichter wuschen und die Zähne putzten.

In unserem Heim gab es eine Art Aufnahmeritual. Eins von meinen Höschen, die Mai genäht hatte, aus weißer Baumwolle, mit Spitze und einem Schnürband, wurde wie eine Flagge an einen langen Stab gebunden, und ich musste damit militärisch paradieren: links-rechts, links-rechts. Einige ältere Studentinnen stoppten mich, wie es ihnen gefiel: »Halt! Eins-zwei. Achtung! Was ist das, Frischling?«

»Mein Höschen.«

Auch ich musste lachen und schrieb Mai ausführlich über meine Erlebnisse.

Subodh war in einem anderen College. Dort waren die Regeln weniger strikt, deshalb war er es meist, der mich besuchen kam. Über die Regeln, die bei uns herrschten, könnte ich ein ganzes Buch schreiben. Alles war geregelt: wann man ausgehen durfte und wie oft pro Woche, wie lange man an Feiertagen fortbleiben durfte, was alles verboten und was erlaubt war. Gib vorher Bescheid! Zeige beim Zurückkommen der Aufseherin den Erlaubniszettel! Geh nicht allein aus, es sei denn, du besuchst den »local guardian«, den von deinen Eltern ernannten Vormund in der Stadt! Und wenn du zu dem gehst, lass dir das von ihm unterschreiben, bevor du zurückkommst! Über alles und jedes hatte man Bericht zu erstatten, über jedes Haar, jeden Seufzer, jede Träne, jeden Hüftschwung.

Schnell genug wurden wir alle unsere eigenen »local guardians« und präsentierten so viele Unterschriften wie gewünscht. Oder wir verließen das Heim grüppchenweise, gingen dann jede unserer eigenen Wege und kamen zusammen wieder zurück. Natürlich waren wir immer etwas in Sorge, auf dem Markt oder sonst irgendwo plötzlich einem unserer Gesetzgeber gegenüberzustehen. Was dann? Aber es war eine große Stadt, so groß, dass sie nicht nur ihr eigenes Territorium, sondern die ganze Welt umfasste. Genauso groß wie unsere Courage.

Unsere Sicherheit wurde nicht nur durch das mächtige Eingangstor zum College-Gelände gewährleistet. Um acht Uhr abends gab es eine Anwesenheitsüberprüfung, und sofort danach wurde der einzige Zugang zum Wohnheimgebäude, das vom College-Tor weit entfernt war, von einem Nachtwächter verschlossen. Von außen.

Die Zimmer gruppierten sich im Karree um einen Innenhof. In der Haustür gab es ein etwa fünfundvierzig mal fünfundvierzig Zentimeter großes Fensterchen, durch das man den Kopf stecken und nach dem Wächter rufen konnte. Aus der Stromleitung über dem Haus sprühten manchmal Funken, was uns alle so erschreckte, dass wir uns wie eine Herde Schafe an der Tür zusammendrängten und in Panik schrien: »Macht die Tür auf, macht die Tür auf! Hier bricht Feuer aus!«

Auch innerhalb des Wohnheims gab es zahllose Regeln zu unserer Sicherheit: Wer beim Rauchen erwischt wurde, musste das College verlassen. (Weiß der Himmel, wer immer wieder haufenweise Zigarettenkippen in den Papierkorb warf.) Wer mit Jungen Kontakt hatte – und es gab trotz der mit Glassplittern bestückten Mauern und des winzigen Fensters an der Tür zahllose

Romanzen –, flog ebenfalls. Verbote und Gebote ohne Ende, die sich aber alle irgendwie umgehen ließen.

Einmal bekam ich einen Liebesbrief, ich weiß nicht, von welchem Verehrer. Er schrieb: »In Deinen blauen Augen habe ich nicht nur Schönheit, sondern auch Klugheit gesehen. Ein Tag, an dem ich Dich sehe, ist für mich ein gesegneter Tag. Und wenn ich Dich einen Tag nicht sehe, möchte ich mir fast das Leben nehmen. Vorgestern bist Du nicht zum Badminton-Spielen gekommen. Willst Du mit mir Badminton spielen, willst Du mich treffen? Nur für eine geistige Freundschaft, Liebe muss es nicht unbedingt sein. Das ist das Feuer, von dem Ghalib ...« Ich zeigte den Brief meinen Freundinnen. Hätte er nicht Ghalib zitiert und mir blaue Augen angedichtet, meine schwarzen Augen wären bestimmt ein kleines bisschen ins Schwimmen gekommen. Doch jetzt stand ich wie ein überführter Verbrecher mit hängendem Kopf im Büro der Collegedirektorin. Der Brief lag auf ihrem Tisch, und Subodh, der extra herbeizitiert worden war, stand auf einer Seite. Und niemand weiß, wo in der Welt der so empfindsam liebende Jüngling in seinen Traum von blauen Augen versunken war.

Ich bekam eine Verwarnung.

Ich berichtete Mai davon. Die schrieb besorgt zurück: »Sei immer auf der Hut. Tu nichts, was irgendjemandem Anlass gäbe, mit dem Finger auf Dich zu zeigen. Aber wenn Leute falsche Dinge über Dich verbreiten, dann nimm es nicht wichtig, geh einfach Deinen Weg und halte die Augen offen. Und schreib mir, wenn Du etwas brauchst, schreib mir, wie viel Geld Du brauchst. Hast Du die Knöpfe an Deinen Kurta genäht, oder läufst Du immer noch mit der Sicherheitsnadel herum? Gebt aufeinander acht, Du und Subodh. Wann kommt Ihr? Subodh hat geschrieben, er müsse noch zwei, drei Tage bleiben. Wie wirst Du es schaffen, allein zu kommen?«

Was immer geschah, niemand konnte damals meine Hochstimmung trüben. Gedanken an Mai gingen mir sicher manchmal durch den Kopf, aber wenn ich an zu Hause dachte, war es, als dächte ich an ein Gefängnis.

In den Ferien fuhren wir heim, zu Mai. Jetzt fuhr ich auch wie Subodh nach Hause und wieder fort. Wir standen zusammen auf dem Bahnhof, warteten auf den Zug und waren sogar in dieser schmuddeligen Umgebung so munter wie die zwischen den Schienen umherflitzenden fetten Ratten. Unsere Koffer waren voller Geschenke für alle zu Hause.

Auch ich war endlich Bewohnerin eines Studentenheims. Subodhs Plädoyers und Mais schweigende Nichteinmischung hatten mich dorthin gebracht. Das gab mir die Chance, aufzublühen, etwas zu werden. Mit all meinen Hoffnungen und Erwartungen.

Ich erinnere mich an die Puppe, die ich in dem neu erwachten Eifer, handwerkliche Fertigkeiten zu lernen, im Kunst-Kurs zu basteln begonnen hatte. Ich nähte die Hände, ich nähte die Füße, ich nähte den Rumpf, ich stopfte die Teile mit Watte aus und nähte sie zusammen. Ich brachte den ganzen Körper zustande, wohlgeformt und vortrefflich. Aber als es daranging, den Kopf aufzusetzen, kam mir die ganze Mühe sinnlos vor. Kopf und Rumpf flogen getrennt in irgendeine Ecke.

19

Wir fuhren zu Holi, zu Diwali, in allen Ferien nach Hause, zu Mai, und brachten die frohe Unbekümmertheit unserer Welt draußen mit. Dennoch änderte sich ganz unbemerkt etwas.

Nicht, dass wir unser Vorhaben, Mai herauszubringen, aus den Augen verloren hätten. Aber unsere Entschlossenheit ließ ein wenig nach. Natürlich, Pläne machten wir weiterhin. Wir würden unser Studium abschließen, eine Stelle annehmen, und dann würde Mai zeitweise bei Subodh, zeitweise bei mir leben.

Wenn wir zu Hause waren, nahmen wir Mai viel öfter als früher mit hinaus. Wir schulten sie darin, was alles draußen zu tun war und wie es gemacht wurde. Schließlich hatten wir selbst, erst als wir aus dem Haus waren, gelernt, wie man eine Fahrkarte kauft, wie man Einkäufe macht, wie man in den Bus steigt.

Wir wussten, dass es einige Zeit dauern würde, bis Mai gelernt hätte, sich in der Außenwelt frei zu bewegen. Wenn wir sie mit Mühe und Not herausgezerrt hatten, wurde Mai wieder zu einem kleinen Mädchen. Sie packte uns an der Hand, wenn sie die Straße überqueren musste, Menschenmengen machten ihr Angst, und sie versuchte, sich möglichst hinter unserem Rücken zu verstecken und unsichtbar zu machen.

Unsere Stadt war zwar klein, aber nicht in der Vergangenheit stehen geblieben, auch wenn es ziemlich schwierig ist, ihre Fortentwicklung genau zu beschreiben. Immerfort sprangen neue Dinge ins Auge. Das Frühere war noch nicht verschwunden, da kam ein Zweites hinzu, ein Drittes und Viertes. Und wenn schließlich nach dem Zehnten jemand eine Berechnung anstellte, wie wenig Nutzen und wie viele Nachteile das an zweiter Stelle Gekommene gebracht hatte, dann war es längst unmöglich, das Rad zurückzudrehen.

Keine Frage, auch unser Städtchen konnte sich der zeittypischen Fortschrittsverliebtheit nicht entziehen. Das sah man zum Beispiel schon an den vielen Kinos. Neue prächtige Gebäude, mit spektakulärer Beleuchtung, manchmal mit Klimaanlagen, die allerdings nur so lange funktionierten, bis alle Zuschauer sich gesetzt hatten und der Film begann, manche auch mit Aufzügen. In die stieg Mai nur mit größtem Argwohn, und auf jeder Etage, wenn sich die Tür öffnete, neigte sie ungeduldig ihren ganzen Körper vor, um nur schnell hinauszukommen.

Wie es das Schicksal wollte, musste ausgerechnet Mai eines Tages in einem Lift stecken bleiben. Der Strom fiel aus, und da hingen wir, Mai, ich und ein kleiner Junge, zwischen zwei Stockwerken im Dunkeln und in der Hitze. Wenn ich nur daran denke, bleibt mir der Atem weg. Man fühlte sich wie in der atembeklemmenden Finsternis der Hölle. Ich begann, hektisch an die Eisentür zu hämmern und um Hilfe zu schreien. Dann ging das Licht wieder an, aber der Aufzug hing weiterhin im leeren Raum. Der zehn- oder zwölfjährige Junge weinte und rief fortwährend: »O Gott, mein Gott! Wie sollen Mama und Papa erfahren, wo ich stecke?« Anscheinend drang der Lärm, den wir machten, nicht bis zur Menge der Zuschauer im Kinosaal vor. Zudem war der Film selbst sehr lärmig. Mai nahm den Jungen bei der Hand und sagte ihm: »Mein Sohn wartet oben mit den Tickets. Er weiß, dass wir hier sind. Er lässt die Tür öffnen und, wenn nötig, einen Mechaniker rufen.« Und ich rief, so deutlich ich konnte: »Wir stecken hier im Aufzug fest. Ist da jemand? Subodh!«

Wenn wir Mai irgendwohin mitnahmen, galt ihre größte Sorge indessen nicht den Aufzügen, sondern den Toiletten, nicht nur, weil sie die sehr schmutzig fand. Sie stieß die Toilettentür mit dem Fuß auf und berührte sie beim Hinausgehen nur mit zwei spitzen Fingern. Dann rieb sie sich die Hände buchstäblich mit dem armseligen Tropfen Wasser ab, den es dort gab. Wenn wir irgendwohin ausgingen, wollte sie aus Scheu vor der Toilette am liebsten die ganze Zeit an ihrem Platz sitzen bleiben. Bevor wir das Haus verließen, blieb sie regelmäßig längere Zeit im Badezimmer. Wenn sie trotzdem draußen irgendwann zur Toilette musste, bettelte Mai: »Du kommst doch mit mir!« »Nein«, antwortete ich unnachgiebig. »Geh allein. Du weißt, wo es ist.« Sie drängte dann in einem fort: »Nein, allein finde ich es nicht. Komm mit. Nur diesmal noch, dann nicht mehr.«

Ähnlich streng nötigten wir sie einmal, sich vor einer Kinokasse anzustellen. Sie sollte die Tickets kaufen. Weil sie Angst davor hatte. Das würde sie davon heilen. Sie begann, wie ein Kind leise zu stammeln: »Wenn es sein muss, kann ich es auch, aber warum soll ich das jetzt machen?« Aber wir ließen uns nicht erweichen. »Dann komme ich nie mehr mit euch«, drohte sie. »Geh du!« Aber wir blieben unnachgiebig. Schließlich nahm sie das Geld in die Hand und stellte sich in die Schlange.

Aber sobald der Kassierer sagte: »Was wünschen Sie?«, verschlug es ihr die Sprache. Sie schaute uns mit einem so unbeschreiblich hilflosen Blick an, dass Subodh wider Willen einsprang: »Dreimal Balkon.«

Das war die Mai, die zu erziehen wir uns in den Kopf gesetzt hatten, der wir unbedingt die Chance verschaffen wollten, ihr eigenes Leben zu leben. Bis jetzt klammerten wir uns an diesem Beschluss unserer Kindheit fest: Wir werden sie retten! Wir werden sie hier herausholen!

Aber später änderte sich ganz allmählich doch etwas. Oder war es noch nach dem Später? Und zwar auf völlig unauffällige Weise. Andernfalls hätten wir das gestoppt, oder? Was sich einschlich, war ein leichter Widerwillen, eine Art Ungeduld, eine gewisse Gereiztheit in unserer Sorge um Mai.

Wir hatten den Ausbruch bereits geschafft. Wir konnten uns in freier Luft nach eigenem Belieben entfalten. Wir blickten ja so gründlich durch. Nun wusste auch ich, was der dicke Ganpat Rao tatsächlich war: eine Landplage. Was in der Welt gerecht war und was ungerecht, welche Gleichberechtigung und welche Ungleichheit es gab, das hatten wir alles gründlich durchleuchtet. Befangen in unserer so hochgeschätzten Individualität, sahen wir alles wie aus einer Seifenblase heraus. Uns war alles lieb, was die schillernden Farben unserer Seifenblase trug. Im Übrigen färbten wir das, was wir schön finden wollten, mit diesen Farben ein.

Wenn Mai daher scheinbar stur darauf beharrte, anders zu sein, verunsicherte uns das.

Wir waren ja im Recht, wir blickten durch, und deshalb konnten alle, die nicht genau wie wir dachten, sondern irgendwie anders, nur uneinsichtig und im Irrtum sein.

Mai war letzten Endes doch nicht wie wir.

Mai hielt sich an die Regeln des Parda. Ich sagte ja bereits, Mais Parda bedeutete für uns, sie war einfach jemand hinter einem Schleier. Es kam uns nicht in den Sinn, den Menschen dahinter zu sehen. Für uns war der Parda die alleinige Realität.

Den Parda hatten wir schon als Kinder verabscheut. Und ein wenig von diesem Abscheu mischte sich in unser Mitgefühl für Mai.

Sie konnte das nicht verstehen. Sie war einfach nicht bereit, herauszukommen, sich zu ändern. Wieder und wieder setzten wir uns für sie ein, doch sie selbst fiel uns immer wieder in den Rücken. Wir taten alles, um sie vor Papa zu retten, aber sie selbst unterwarf sich ihm freiwillig. Sie schüttelte ihn allenfalls in Gestalt seiner Hemden und Hosen ab, die er nach Feierabend auszog.

In der Falle. Gefesselt.

Obwohl nach dem Tod der Großeltern viele Besucher Papas ihre Frauen mitbrachten. Daher bekam nun auch Mai Gäste.

Mai war mitteilsamer geworden als früher. Nicht nur Mai, sogar Papa sprach jetzt mehr als je zuvor. Als ob sich durch einen Tod die Gefängnistore geöffnet hätten. Mai ging nun auch öfter mit Papa aus.

Gleichzeitig nahm auch das nächtliche Geflüster zu. Leider waren wir jetzt erwachsen, deswegen konnten wir Mai nicht einfach zu uns rufen. Trotzdem wurden wir unruhig, denn uns schien klar, dass Mai unglücklich war. Wir machten uns Sorgen, aber erlegten uns Zurückhaltung auf. Uns schien, als enthielte das Geflüster Schmerz und unterdrückten Zorn.

Mai und Papa stritten nicht. Selbst die Kämpfe, die früher unseretwegen durchs Haus gedröhnt hatten, waren nie Anlass zu einer direkten Konfrontation der beiden oder einem offenen Gespräch geworden. Wir sahen sie niemals streiten. Wir sahen sie auch niemals zärtlich miteinander.

Aber wir sahen sie nun bisweilen zusammen. Wenn andere Leute dabei waren, sahen wir sie auch zusammen lachen und sich unterhalten. Allein waren sie dagegen nie zusammen – abgesehen von den Geheimnissen der Nacht. Sie schliefen weiterhin in getrennten Zimmern. Wenn wir kamen, logierten wir mit Mai zusammen in ihrem Zimmer, dem Zimmer unserer Kindheit.

Und doch beugte sich Mai wie zuvor in Papas Diensten. Gebeugt mahlte sie, kochte sie, räumte sie auf. Wir machten ihr Vorwürfe, erinnerten Mai an ihren Rücken, aber sie wollte nichts davon hören. Sie erfüllte Papas Wünsche, noch bevor er sie überhaupt äußerte.

Das ging so weit, dass Mai gekränkt aussah, wenn wir uns Papa gegenüber kühl verhielten. Manchmal sagte sie auch: »Ihr seid jetzt erwachsen, ihr lebt allein, was kann man euch noch sagen? Ihr versteht selbst, was für euch gut und schlecht ist.«

Subodh nannte Papa jetzt einen Feudalherrn und warf ihm seine konservativen Ansichten vor: »Du erklärst in aller Selbstverständlichkeit: ›So und so viele Leute sind gekommen, die alle zum Essen bleiben werden.‹ Hast du dir je Gedanken darüber gemacht, wie die Frau drinnen in der Küche damit zurechtkommen soll, der es gar nicht gut geht? Deine Gesundheit ist dir so lieb, dass du jeden Tag den Sonnengruß und wer weiß, was sonst für Übungen machst. Hast du je einen Gedanken an das Wohlergehen der Leute verschwendet, die sich im Haus abrackern?«

Papa antwortete darauf nicht, aber Mais Augen blitzten beleidigt auf: »Ich erwarte ja nicht von dir, dass du wirst wie ich. Aber warum willst du mich mit Gewalt ändern? Meine Welt ist vielleicht auf Sand gebaut und wird in sich zusammenbrechen. Warum trittst du sie dazu noch mit Füßen?«

Einmal bezeichnete Papa Mai in aller Unschuld als Ignorantin. Das ließ die Erinnerung an eine schmerzliche Geschichte aus unserer Kindheit plötzlich wieder hochkommen. Auch damals hatte er Mai einmal im Club »ungebildet« genannt. Aber konnten wir heute solches Gerede über Bildung und Ignoranz schweigend hinnehmen? Wir fühlten uns provoziert: »Du bist hier der Ignorant, auch wenn du studiert hast. Abergläubisch bist du außerdem.« Und auf Englisch legten wir nach: »You talk like a foolish illiterate! – Du redest daher wie ein dummer Analphabet!«

Mai wies uns verärgert zurecht: »Glaubt ihr, in eurem Englisch allen möglichen Blödsinn daherschwätzen zu dürfen? Wenn ihr euren Vater nicht respektieren könnt, dann braucht ihr überhaupt nicht mehr nach Hause zu kommen. Bleibt in England oder wo ihr wollt!«

Stieß Mai uns tatsächlich zurück? Wir hätten heulen können. Wenn sie selbst in ihren Ketten bleiben wollte, was konnten wir dann tun, um sie zu befreien?

Aus einer Ignorantin konnten wir keine Wissende machen. Das sprachen wir nicht aus, wir machten es uns nicht einmal selbst ganz klar, aber als wir schweigend von der Dachterrasse aus den Sonnenuntergang über den stillen Feldern beobachteten, schlich sich dieses Gefühl unmerklich in uns ein.

20

Wir wären im Traum nicht darauf gekommen, dass wir im Grunde ähnlich dachten wie Papa, wenn er Mai als Ignorantin bezeichnete. Schließlich protestierten wir doch immer gegen solche Äußerungen von seiner Seite.

Wir hatten in irgendeiner Angelegenheit einmal gesagt, Mai sei anderer Meinung. Darauf erwiderte Papa, nachdem er sich überzeugt hatte, dass niemand zuhörte, verärgert: »Wer von nichts eine Ahnung hat und keinerlei Erfahrung in der Welt, kann sich zusammendenken, was er will. Solche Ansichten sind dann vielleicht unkonventionell, aber ausgereift sind sie bestimmt nicht. Deshalb«, sagte er, »könnt ihr Kinder Mai alles Mögliche weismachen.«

In der Tat, wir mussten Mai vieles klarmachen.

Noch immer huschte sie wie ein Schatten durchs Haus, gebeugt, aber graziös, immer beschäftigt, aber nun auch mit neuen Tätigkeiten. Es wurden Broschüren über Näh-, Strick- und Gärtnerarbeiten bestellt. Auch die Frauen unserer Feldarbeiter kamen jetzt durch den Hintereingang ins Haus, um zusammen mit Mai auf der Maschine Kleider zu nähen oder um Pullover und Schals zu stricken. Auf der rückwärtigen Veranda bewahrte Mai auch ihren Handarbeitskorb mit Garn, Wolle und Stoffresten auf.

Das Zeitalter des Fernsehens war angebrochen. Wenn Papa nicht zu Hause war, kamen die Arbeiterfrauen mit ihren Kindern, um sich Hindifilme anzuschauen. Sogar die Frau, die den

Hof und die Toiletten ausfegte, fand sich mit ihrer Kinderschar ein.

Unter Großmutters Regime wäre so etwas undenkbar gewesen. Sie konnte einen aus der Kaste der Latrinenreiniger an seinem angeborenen Körpergeruch erkennen. »Die Regierung hat ihnen gleiche Rechte gegeben, na und? Reiben sie sich deshalb jetzt mit Parfüm ein?« Mai sprach mit uns nie über das Thema der »Unberührbaren«. Ihre Frauen und Kinder setzten sich beim Fernsehen ein wenig abseits von den anderen. Aber als Hardeyi einmal in ihr Heimatdorf fahren musste, ließ Mai, ohne Papa davon etwas zu sagen, die mit allerhand Glitzerkram geschmückte Schwiegertochter der alten Fegerin kommen. Mai sah zu, dass sie sich die Hände gründlich mit Seife schrubbte, und übertrug ihr dann bis zu Hardeyis Rückkehr die Aufgabe, die Wäsche zu waschen.

All dies tat Mai sehr unauffällig, wie aus dem Schatten heraus, aber weder verstohlen wie eine Diebin noch demonstrativ wie eine Heldin.

Mag sein, dass Mai unwissend und weltfremd war, aber sie probierte die verschiedensten neuen Aktivitäten aus. Im Club engagierte sie sich zusammen mit anderen Frauen für soziale Arbeit. Einmal wurde im Großhandel Wolle gekauft und daraus Pullover für Waisenkinder gestrickt. Ein anderes Mal wurde im Club ein Basar veranstaltet, Verkaufsstände wurden aufgebaut. Mai verkaufte Karottenhalva. Es gab Wundertüten, eine Lotterie, Musik spielte, Lichter glänzten, an diversen Ständen verwandelten sich die Damen aus dem Club in Krämerinnen. Das eingenommene Geld fiel klimpernd in eine Spendenbüchse und wurde dem Witwenheim übergeben.

Als der Krieg mit Pakistan ausbrach, musste die Moral der Truppen unterstützt werden. Einige Frauen flochten Girlanden aus Rosen und Tagetes, einige kochten Tee in großen Kesseln, einige brachten Puris, andere Kichererbsen-Dal. Alles wurde auf Wagen geladen und von allen Frauen zum Bahnhof begleitet. Die Soldaten in ihrer militärisch grünen Kleidung stiegen lächelnd aus dem Zug, die Frauen tupften ihnen zur Stärkung der Courage rote Glückszeichen auf die Stirn, banden ihnen Rakhis als Zeichen geschwisterlicher Verbundenheit um, hängten ihnen Girlanden um den Hals, bewirteten sie mit Tee und einem Imbiss und verabschiedeten sie aufs Schlachtfeld.

Einmal veranstalteten die Frauen, die *Femina* und *Eve's Weekly* lasen, im Club sogar eine Modenschau. Wir waren nicht dabei, aber Mai erzählte und demonstrierte sogar, wie die zu »Models« transformierten Mädchen hüftschwingend auf die Bühne kamen, sich wie Kreisel drehten, die Enden ihrer Saris fliegen ließen und mit anmutig zur Seite gebogenem Kopf bestrickend lächelten.

Unser Blick hingegen war fixiert und konnte nur das wahrnehmen, was sich ihm seit unserer Kindheit eingeprägt hatte. Das Bild eines gebeugten, entmutigten Schattens, der am Feuer stand, immer etwas kochte und dabei selbst ausbrannte.

Wir setzten ihr ständig zu: »Lass das alles doch bleiben! Lies lieber etwas!« Worauf sie erwiderte: »Lasst mich erst die Arbeit erledigen, dann kann ich in Ruhe lesen.« – »Wozu ist es nötig, diesen Riesenaufwand zu treiben?«, wiederholten wir hartnäckig. »Ein oder zwei Speisen sind schon fertig. Das genügt doch. Wozu musst du jetzt noch Chutney stampfen, Papads rösten, Raita und einen Nachtisch zubereiten?«

Dann betrieb sie ihren »Riesenaufwand« heimlich, vor uns versteckt. Wenn man von einem unartigen Kind plötzlich nichts mehr hört, eilt man los, um zu sehen, was es jetzt wieder angestellt hat. So sprangen auch wir auf, um sie zu suchen, wenn uns auffiel, dass von Mai nichts zu hören und zu sehen war.

Und wir hatten richtig vermutet: Hinter der Tür, die sie unhörbar geschlossen hatte, fanden wir sie, wie sie Chutney stampfte, gekochtes Blattgemüse pürierte oder etwas dergleichen tat.

Wir lachten, schimpften, waren aufgebracht.

Aber es ging uns ernsthaft gegen den Strich, sie mit Papa zusammen zu sehen. Sie sprach ihn nie mit normaler Lautstärke an, erhob kaum jemals die Augen zu ihm. Für ihn allein nahm sie einen ganz besonderen Sprechstil an. Auch wenn sie uns etwa sagte: »Gib dies Papa!«, dann sprach sie in diesem schmerzlichen, leidenden, märtyrerhaften Tonfall.

Sie hatte eine weitere Angewohnheit: Wenn jemand Papa besuchte, sagte sie uns: »Stell den Plattenspieler leise.« Dann beugte sie sich wieder über ihre Näh- oder Strickarbeit oder Stickerei, aber so lange, wie der Gast im Wohnzimmer blieb, lauschte sie aufmerksam. Und wenn Papa etwa zum Thema Ganoventum in der Politik sagte: »Hör mal, heutzutage kann man keinem vertrauen, im Mund fromme Sprüche, hinter dem Rücken ein Dolch!«, dann seufzte Mai, als wäre die Bemerkung auf sie gezielt gewesen. Einmal schwadronierte Papa über die Gesetze und sagte: »He, selbst von Blutsverwandten braucht man nicht alles zu schlucken. Und wenn jemand aus der eigenen Familie mir die Zähne zeigt, dann werde ich doch wohl zur Selbstverteidigung die Hand heben, oder nicht?« Da schrumpfte Mai niedergeschlagen in sich zusammen, als hätte nicht sie selbst, sondern Papa die Musik leise gestellt, damit sie seine Drohung hören und sicher sein könne, dass und aus welchem Grund die strafende Hand niederstürzen würde.

Sie hatte noch eine ähnliche Manier. Wenn Papa, bevor er morgens sein Bad nahm, nach seinem Rasierzeug fragte, war Mai so konzentriert bei ihrer Arbeit, dass sie ihn nicht zu hören schien. Sie antwortete nicht. Wenn er wieder fragte, sagte sie mit niedergeschlagenen Augen und beleidigter Stimme: »Dort, auf dem Regal.« Das Regal stand im Hof, neben dem für Papa bereitstehenden Badewasser. (Im Sommer nahm Papa auch jetzt noch ab und zu draußen sein Bad mit kaltem Wasser aus der Handpumpe.) Aber ihr war klar, dass Papa dachte, sie meinte das Regal drinnen im Badezimmer. Mit einem Seitenblick beobachtete sie, wie Papa zum falschen Regal ging, blieb aber in ihre Arbeit versunken. Einen Moment lang zeichnete sich in ihrem Mundwinkel die Andeutung einer verdächtigen Zufriedenheit ab. Papa sagte dann gereizt: »Wo ist es denn? Hier ist es nicht!« – »Im Hof, das sagte ich doch«, gab sie immer noch in dem abwesenden Ton zurück. »Hier!«, rief ich dann, worauf Papa etwas vor sich hinmurmelnd vom Badezimmer zurückkam. Mai stand gequält auf, griff das Rasierzeug und legte es laut hörbar vor ihn hin. »Sie hören nicht zu!«

Wir fragten uns verblüfft, was dieses ganze Theater zu bedeuten habe. Mai nahm für Papa Fastengelübde auf sich, sie blieb bis spät in die Nacht auf, um seine Gäste zu bewirten, sorgte in allem für seine Bequemlichkeit, und was lief nun hier ab? War das ein Krieg? War das ihre Revanche dafür, dass sie nicht offen kämpfen konnte? Und warum? War es die Wut darüber, immer die Gebende zu sein?

Meine Verwirrung nahm weiter zu. Etwas hinderte mich daran, jemals ganz davon freizukommen. Jedes Mal, wenn ich etwas »gab«, kam mir Mais Bild vor Augen, machte mir Angst und warnte mich: »Werde bloß keine Frau, die sich aufopfert!« Aber jedes Mal, wenn ich etwas »nahm«, musste ich an sie denken und fühlte mich wie eine Verbrecherin. Ich weiß nicht, worum sie eigentlich kämpfte. Ich weiß auch nicht, was eigentlich aus meinem Kampf wurde.

Wir kamen weiterhin nach Hause, um auch sie herauszuholen. Aber sie stieß uns immer wieder zurück, und wir begannen, sie etwas distanzierter anzuschauen, mitleidig und auch ein wenig verachtungsvoll.

Wir waren erwachsen geworden.

Wie Subodh viel früher als ich erwachsen geworden war, so waren wir beide jetzt erwachsener als Mai geworden.

21

Unser Grundstück grenzte an den alten Basar, auf dem wir niemals einkauften. Es gab dort Läden für Holz und Eisenwaren und Stände für Bindis, Bänder und rosa oder grünen Plastikkram. Es war schon seit Langem ein Arme-Leute-Markt.

Aber durch diesen Basar gelangte man zu unserem Anwesen, an dessen Einfahrtstor Papa zu beiden Seiten große runde Lampen hatte installieren lassen. Diese armen Dinger gingen oft aus, weil in unserer Heimatstadt damals die Stromspannung so stark schwankte. Mal regnete es stark, dann erlosch das Licht. Wenn ein kräftiger Wind wehte, fiel die Spannung ab, und wenn es eine Trockenperiode gab, ging das Licht ganz aus. Es kam aber auch vor, dass die beiden Lampen gelblich wie volle Monde strahlten, wenn ich mit einer Rikscha holpernd am Tor ankam.

Hatte man das Tor durchschritten, war vom Basar keine Spur mehr zu bemerken. Zum Haus führte ein Kiesweg, gesäumt von einer Reihe Beerensträuchern. Durch den dichten Bestand an Akazien, Rosenholz-, Pipal-, Neem-, Mango- und Jamunbäumen leuchtete das Haus hindurch. Jedes Jahr zu Diwali wurde es strahlend weiß getüncht.

Wenn ich an zu Hause denke, kommt mir in erster Linie das Essen in den Sinn, um das es damals wohl die meisten Auseinandersetzungen gab. Die Erinnerung kommt still und leise, wie wenn sich jemand von hinten anschleicht, dir die Augen zuhält und fragt: »Rate, wer ich bin.«

Zurückgekommen ist auch die Erinnerung an die Bäume,

auf denen frühmorgens die Ringeltauben gurrten, an den Weg, über den abends die Vogelpärchen hüpften, an die Dachterrasse, von der man sah, wie sich die Ähren im Wind wiegten, und wo wir später das Geknatter der Dieselpumpe hörten, an die Felder, durch die wir jedes Jahr zu Dashehra streiften und dabei sehnlich hofften, einen blau schimmernden Eichelhäher zu sehen. Und wenn wir ihn zu sehen bekommen hatten, priesen wir unser Glück. Wir erinnerten uns an die Palmen, in denen die Webervögel ihre hängenden Nester bauten, an den aromatischen Duft der Akazien- und Rosenholzblüten in den letzten Wintertagen und an den zarten Duft der feinen weißen Blumen unter den Neem-Bäumen und an den honigsüßen Sirup, der aus diesen Blüten zubereitet wurde. An die dunstigen Abende, an denen sich zusammen mit dem Rauch brennender trockener Blätter ihr ätzender Geruch überallhin ausbreitete. Daran, wie im Monsun die Neem-Früchte auf den Boden klatschten und einen süßen, warmen Geruch ausdünsteten. Wie die Nachtigallen, Papageien und eine große rote Waldkrähe die grünen Früchte von den Zweigen des Neem-Baums abfraßen, die sich über der Dachterrasse ausbreiteten. Wie manchmal die vom Aroma der Jackfruit-Blüten geschwängerte Luft, manchmal der zarte Hauch der Kadamba-Blüten herüberwehte. Wir erinnerten uns an den Essig aus dem Saft von Jamun-Früchten, mit dem wir Linsengerichte würzten. An die Paste aus Salz und Senföl, mit der wir uns gut gelaunt mit den Fingern die Zähne putzten. Daran, wie wir im Sommer Okra auf den Feldern pflückten und uns danach stundenlang der ganze Körper juckte. Wie Großvater Wasser trank, in das er geröstetes Erbsenmehl gemischt hatte, und wie er seine Hände über dem Kohlebecken »grillte«, vor das er sich gesetzt hatte. Wie Großmutter anrüchige Wortspiele machte: »Der englische Junge sagt zu seinem Vater: ›Pa, khana lag gaya hai‹ (›Papa, das Essen steht auf dem Tisch‹, auch zu verstehen als ›Pakhana lag gaya hai‹: ›Ich muss kacken‹).« Wie Papa jammerte, nachdem er sich den Magen mit Sirup und Hirse-Rotis verdorben hatte. Und an Mai, die mit allem verflochten ist, was zu Hause war.

Das Haus war alt, aber aus soliden Ziegeln gebaut. Wenn man mit der Rikscha kam, sah man Mai auf der Veranda stehen, Papa neben ihr im Sessel sitzen und auf uns warten.

Papa freute sich und ließ uns zuerst im Living Room Platz nehmen.

Aus Großvaters Wohnzimmer war ein Living Room westlichen Stils geworden. Die beiden Porträts von Großvater und sein Schwert, das in einer Scheide aus Leder steckte, hingen auch jetzt noch an der Wand. Ansonsten hatte Papa englische Landschaften in Goldrahmen einfassen lassen und aufgehängt. Außer im Living Room hingen nur im Pujazimmer Bilder. Der Brauch, auch in anderen Räumen die Wände mit irgendwelchen schmückenden Gegenständen zu behängen, war noch nicht aufgekommen. Im Living Room stand auch der Fernsehapparat. Auf dem alten, eingesunkenen Sofa mit den ausgeleierten Federn lag jetzt eine neue Tagesdecke. An den Türen hingen Vorhänge, und auf dem Tisch standen jetzt neben einer gläsernen Vase zwei Reiher aus Messing.

Papa hatte Großmutters Veranda mit einem Wandschirm unterteilt und dadurch ein Esszimmer gewonnen. Jetzt saßen wir zum Essen am Tisch und benutzten Teller und Löffel. Subodh machte Papa eine weitere Freude, als er Porzellangeschirr und ein Teeservice aus England mitbrachte.

An den Living Room und das Esszimmer grenzten Papas und Mais Zimmer, das Pujazimmer und die Abstellkammer, sie alle bildeten eine Zimmerflucht. Während früher hier im Sommer Matten aus Vetiver-Stroh befeuchtet wurden, um die Räume zu kühlen, waren jetzt überall elektrische Kühlgeräte aufgestellt worden. Wir beide, Bruder und Schwester, begannen, in allen Zimmern kleine und große Dinge aus unserer Vergangenheit zu sammeln, mit denen wir liebevoll unsere Zimmer im Studentenheim dekorierten: die Tonspielzeuge vom Diwali-Jahrmarkt, die von Mai bestickten seidenen Steppdecken, kleine Schemel aus Rattan und Jutegeflecht, Körbchen zum Servieren von Reisflocken, eine Platte aus graviertem Messing, Trinkbecher. Ich nahm sogar den kupfernen Wasserkrug mit. Subodh hängte einen bestickten Brokatschal von Großmutter in England an die Wand seines Zimmers. Er nahm auch die alten bronzenen Thalis und Schälchen dorthin mit, um eine stilgerecht indische Mahlzeit servieren zu können.

Papa hatte ein neues Badezimmer mit WC bauen lassen, auf dem man im neuen individualistischen Lebensstil lange in Kontemplation versunken sitzen konnte. Gegenüber war ein hohes Fenster, durch das man einen wahren Regenschauer aus Licht sah, wenn der Wind im Januar die gelben Gulmohar-Blätter umherblies.

Sogar damit ist irgendwie die Erinnerung an Mai verbunden. Als Mai einmal badete, rief sie mir zu, ich solle ihr das Talkumpuder bringen. Sie hatte die Tür entriegelt, und ich öffnete sie ein wenig, um die Puderdose hineinzustellen. Mai saß auf dem Plastikschemel und trocknete sich gerade ab, und draußen rieselten die Blätter wie ein Lichtregen herab. Auf Mais Rücken glitzerten noch Tröpfchen, während sie sich gerade energisch mit dem Handtuch abrieb. Zu beiden Seiten der vom Schnürband ihres Unterrocks eingeschnittenen Linie in der Mitte ihres Rückens.

Ich weiß nicht, warum mich der Anblick von Mais nacktem Rücken so verwunderte. Als wäre es mir nie in den Sinn gekommen, dass sie unter ihrer Kleidung einen Rücken haben könnte.

Jedenfalls kamen uns auf diese Weise, indem sich eins ans andere knüpfte, die Erinnerungen an zu Hause. Auch wenn es lange, lange her war, dass wir weggegangen waren.

Ist die Kindheit wirklich etwas so Göttliches, dass man ihr, wo und wie immer sie verlaufen ist, einen Tempel errichtet? Wir hatten das Zuhause als ein bedrückendes, erstickendes Gefängnis angesehen. Doch wenn wir nun an zu Hause dachten, kam es uns wie ein Hort Schatten spendender Geborgenheit vor. Es war der Ort, wo es keine Gespenster, keine Ängste gab, die man nicht hätte in die Flucht schlagen, hätte besiegen können.

Zu Hause hatten wir das Gefühl des Erstickens kennengelernt. Draußen in der freien Luft war dieses Gefühl verweht, ohne Spuren zu hinterlassen. Wie soll man sich an etwas erinnern, das spurlos verschwunden ist?

Unabhängig voneinander kamen uns beiden, Subodh und mir, die nostalgischen Erinnerungen an zu Hause.

Bei mir, nur bei mir, änderte sich etwas nach dem ersten Hochgefühl, dem Haus entkommen und ins Freie gelangt zu sein. Die Begeisterung, jetzt alles Neue kennenzulernen, war zu einem moderaten Gleichmut abgeflaut. Ich wurde immer unabhängiger, auch von Subodh, der seinerseits ein unabhängiges Leben führte und in dessen äußerer Erscheinung keine Spur von Ähnlichkeit mit Mai oder Großmutter oder Bua oder mir selbst zu finden war. Ich war frei geworden von dem Wunschtraum, alles zu lernen, frei von so vielen überkommenen Werten, so vielen Bindungen. Von dem Verlangen zu demonstrieren, dass ich etwas geworden war.

Im weiten offenen Himmel flatterte irgendwo der kleine Vogel, den Mai mir gezeigt hatte, auf der Stelle …

22

Das Heimweh überflutete mich wie eine Welle und ergriff vollkommen Besitz von mir.

Wenn in der Regenzeit das Wasser vor unseren Zimmern herunterklatschte, den Boden scheuerte und wieder hochsprang, setzte schlagartig das Heimweh ein. Wenn der Wind durch die Fächerpalmen peitschte und schwarz-weiße Licht- und Schattenmuster hervorrief, schrie es in mir auf: »Mai!« An einen isolierten Gedankenfetzen fügte sich der nächste zu einer ganzen Kette von Erinnerungen an daheim. Wenn ich mir einen Happen Dal in den Mund schob, musste ich an die unreifen Mangostücke denken, mit denen Mai den Dal verfeinerte. Im April brauchten wir uns nur ein Stück weit über die Dachterrasse zu lehnen, um grüne Mangos von dem Baum zu pflücken, auf den an Wintermorgen ein schwarz-weiß gefiederter Specht mit rotem Kopf, tak-tak-tak, seinen Schnabel hämmerte. Um ihn zu beobachten, blieben wir mucksmäuschenstill auf der Terrasse stehen, dort, wo im Februar die Mangoblüten dufteten. Im Schutz seiner weit ausgebreiteten Äste hatten wir immer überblicken können, wer durchs Tor kam oder ging, von dort hatten wir Großvater mit dröhnender Stimme Verse rezitieren und Papa kleinlaut murmeln gehört. Dort hatten wir oft zusammen gestanden, von manchen Rätseln einige Bruchstücke gelöst, anderes noch verworrener gemacht. Ich dachte an die zauberhaften Abende hinter Folien aus goldenem Wasser zu Hause, und über allen Erinnerungen breitete Mais Schatten seine schützenden Flügel aus.

Ich schrieb regelmäßig an Mai. Ich berichtete ihr alles, was passierte, was ich tat, was ich lernte. Und was ich tat, war allerdings so skurril, dass beim besten Willen niemand hätte sagen können: »Ausgezeichnet! Sunaina studiert dies. Sunaina wird das.«

»Wunderbar, wie du das Mädchen erzogen hast!«, klagte Papa. »Sie hat nicht einmal ihren M.-A.-Abschluss gemacht und ist, ohne zu fragen, ohne jemandem ein Wort zu sagen, auf das College für bildende Kunst übergewechselt.«

Als Bua zu Besuch kam, fragte sie: »Willst du vielleicht mit einem Examen vom Kunst-College Ärztin werden?«

Die Leute fragten: »Was macht Sunaina?« Antwort: »Sie studiert Kunst.« Gegenfrage: »Jaja, aber was macht sie?«

Subodh war inzwischen in England.

Trotzdem überwies Papa mir weiterhin die Studiengebühren. Ich malte meine nutzlosen Bilder, in die ich irgendwelche Winkel des Hauses einstreute und durch meine heftigen Pinselstriche etwas Bizarres zustande brachte. Die im Haus umherspukenden Gespenster, von denen einige auch einen Körper hatten, sahen alle gleich aus. Auf der Leinwand tänzelten formlose Gestalten einher. Wer die Gemälde sah, fragte sich verwundert, ob ich nur eine oder mehrere Personen hatte darstellen wollen.

Viel später, als Judith ins Haus gekommen war und sich schon mit den Dingen und Gerüchen darin vertraut gemacht hatte, erstaunte es sie, Subodh und mich zusammen mit Mai zu sehen.

Wir nahmen Judith mit auf die Dachterrasse. Sie sagte: »Ich kann jetzt deine Bilder in diese extrem vertraute und liebevolle, aber auch erstickend enge Umgebung einordnen. Wenn ich die einen oder vielen Wesen darauf sehe, rührt mich das tief, aber gleichzeitig kommt bei mir fast ein Brechreiz auf. Ich bin von den Bildern gebannt, aber wende mich auch angeekelt ab, wenn ich

146

diese stickige Schwüle sehe. Dieses Haus gehört so tief innerlich zu dir wie der Blutstrom in deinen Adern, aber es hat dir auch starre Grenzen gesetzt. Für die Malerei ist es vielleicht in Ordnung«, lachte sie, »aber fürs Leben …? Komm heraus, aus diesem stickigen Loch, sonst wirst du niemals frei.«

Wir hatten gemeint, wir wären schon längst herausgekommen, und nur Mai stecke noch darin fest.

Später kam es zum Bruch zwischen Subodh und Judith.

Wir kamen regelmäßig nach Hause, und wenn wir sahen, wie unflexibel sie war, machten wir Mai heftige Vorwürfe. Wir sahen jetzt alles durch unsere unfehlbare scharfe Brille. Deshalb konnten wir ihre Handschellen sehen und als das benennen, was sie waren. Der Wille, sie herauszuholen und zu retten, war bis nach England mitgereist, wo Subodh schon seit Langem mit einem Stipendium studierte.

Er beschwor mich, auch nach England zu kommen, und Papa fragte Mai: »Soll das mit ihr so weitergehen, dieses ziellose Zigeunerleben?«

In seiner Besorgnis brachte Papa das Thema Heiraten aufs Tapet.

Aber einige Dinge hatten sich für mich bereits von selbst erledigt. Wenn etwa Papa mich irgendwo einem potenziellen Bräutigam vorstellen wollte, weigerte ich mich mitzukommen. Wenn er jemanden zu uns einlud, dann kam ich nicht ins Besuchszimmer. Mai bat mich inständig: »Was soll es denn schaden, ihn zu sehen. Wenn er dir nicht gefällt, kannst du doch Nein sagen. Aber wir wollen doch Gäste in diesem Haus nicht beschämen.« Schließlich ging ich in den Living Room, aber der junge Mann, der mit seinen Eltern und einer fertigen Liste von Mitgiftforderungen gekommen war, um mich in Augenschein zu nehmen und dann zu akzeptieren oder abzulehnen, hatte von vornherein keine Chance bei mir.

Papa bat Mai inständig: »Werde bitte nicht ganz verrückt! Soll so eine Ehe auf den Weg gebracht werden? Wenn alle Mütter sich so wenig darum kümmerten wie du, dann würden alle Töchter in Verruf kommen.«

Mai sagte nichts. Sie hatte langjährige Übung im Schweigen. Ich dagegen war geübt im Weinen. Ich begann zu weinen und zugleich darüber zu lächeln, was für ein tolles Mädchen ich geworden war, allein und unabhängig, aber unfähig, unter all den Tränen auch nur ein einziges selbstbewusstes Wort über die Lippen zu bringen.

»Was willst du denn eigentlich?«, fragte Papa Mai wütend.

Diesmal schwieg Mai nicht. »Hast du das jemals die Kinder gefragt?«, sagte sie ganz ruhig, stand auf und ging.

Ich fand, dass ich im Leben überhaupt noch nichts zustande gebracht hatte, jedenfalls nichts Rühmliches. Dennoch vertraute mir Mai vollkommen, ich weiß nicht, warum. Mit diesem Vertrauen im Rücken hätte ich jede Schmähung ertragen können. Ich hörte auf zu weinen, sprach aus, was ich empfand, und fragte mich bange: »Was soll ich tun, was kann ich tun, um ihr Vertrauen nicht zu enttäuschen? Welche Großtat kann ich vollbringen, nicht für mich, sondern für sie?«

Mai machte sich in der Tat Sorgen. Sie konnte nicht einschätzen, wie fest der Boden unter unseren Füßen war, das beunruhigte sie. Aber nicht, weil der Boden unter unseren Füßen unbekannt gewesen und schon deshalb unsicher erschienen wäre. Trotzdem sagte Mai nie: »Tu dies!«, »Lass das!«

Sicher wünschte auch sie sich, dass ihre Kinder heirateten, dass im Hause die Klänge der Shehnai ertönten und Lichter entzündet würden, dass sie ihre Enkelkinder spielen hörte.

Sicher machte sie sich insgeheim Hoffnungen für Subodh, als sie die schöne und charmante Nutan sah. Nutan war die Tochter eines Bekannten, mit dem sich Mai und Papa häufig trafen.

Wir kannten sie schon von Kindesbeinen an. Nachdem Nutans Vater gestorben war, lebte sie mit ihrer Mutter bei ihrem Bruder und dessen Frau.

Einmal zeigte mir Mai einen Brief von Nutan. »Liebe Tante, mein Bruder und meine Schwägerin setzen mich massiv unter Druck. Meine Mutter kann nichts dagegen machen. Ich kann aus Angst, ihr Schmerzen zu bereiten, nicht rundheraus Nein sagen. Ich möchte einen Jungen aus meinem College heiraten. Mein Bruder sagt, der sei ein Khatri, er würde ihm den Schädel einschlagen … Sie sollen nicht wissen, dass ich auf dem Rücken Flecken wie von der weißen Lepra habe, die noch nicht diagnostiziert werden konnten.«

Mai sagte: »Komm, wir gehen!«

Wir gingen durch den Basar zu Nutan. Mai sprach mit ihrer weinenden Mutter: »Überlegen Sie es sich gut, bevor Sie etwas entscheiden. Heute ist es mit den Kindern nicht mehr wie zu unserer Zeit, dass man sie irgendwo hinstecken kann und sie brav dort bleiben. Wenn die Kinder studiert haben, dann kann es ihnen schaden, sie unter Druck zu setzen. Wenn das Mädchen nicht einverstanden ist, können Sie ihr das Leben zur Hölle machen. Schauen Sie vor allem den Jungen genau an. Die Kaste ist nicht so wichtig. Hauptsache, Ihre Tochter wird glücklich.«

Und Nutan las sie die Leviten: »Lass dich von einem Arzt behandeln. Und versuche nie wieder, deine Ziele zu erreichen, indem du dich selbst erniedrigst. Das ist die Art der Bettler, die Abscheu erregen, indem sie dich mit schmutzigen Händen anfassen und um Geld betteln, damit man ihnen etwas gibt, nur um sie loszuwerden. Lass dich nie wieder so weit herab.«

So offen sagte Mai sonst nie ihre Meinung.

23

Genau das hatte uns schon von Kindheit an Kummer gemacht. »Sag deine Meinung, Mai, und steh dazu! Sei das, was du sein willst!« Aber so war Mai nun einmal nicht. Sie war ein gebeugter, stummer, ängstlicher Schatten und wurde nur aktiv, wenn andere sie dazu aufforderten. Wir bemitleideten sie sehr und verachteten sie ein wenig.

Einem anderen dagegen konnten wir nicht vergeben, dass er Mai zu der gemacht hatte, die sie nun war. Weil Mai für uns der Inbegriff des Fremdgesteuertseins war. Warum erlaubte er Mai nicht, authentisch und ganz zu werden?

Ich würde nie wie Mai werden. Ich würde keinesfalls so »unverwirklicht« bleiben. Daran glaubte ich felsenfest, darum kämpfte ich erbittert, das war mein Leben.

Als auf meinen Bildern an einer silhouettenhaften Gestalt ein altmodischer, formloser, über die rechte Schulter geworfener Sari auftauchte, gab Judith wieder eine tiefschürfende Erklärung: Hinter dieser formlosen Hülle sei eine Persönlichkeit versteckt, die sich nicht habe verwirklichen können. Die kein Recht auf ein eigenständiges Dasein habe. Die ganz in ihrer Schattenexistenz aufgehe. Deren wahres Wesen gerade in ihrem Nicht-Sein liege.

Judith schlug vor, ich solle dieses Bild »Kampf« nennen. Sie wollte, dass ich dem Bild eine weitere undeutliche Figur hinzufügte, die statt eines Gesichts eine leere Fläche hätte, aber auf dieser leeren Fläche solle eine ganz leichte Andeutung eines

Gesichts auftauchen. Sonst brauche nichts klar erkennbar zu sein, nur die Spuren einer tiefen Verletzung. Ein Wundmal.

In meiner Kindheit hatte auch ich einmal eine solche Narbe abbekommen. Der Regen trommelte, und die Blitze zuckten, als plötzlich das Licht erlosch. Es war stockfinster. Im flackernden Licht von Kerzen und einer Sturmlaterne kam mir Unfug in den Sinn. Ich ging voraus, Subodh folgte. Plötzlich sprang ich hinter eine Holzgittertür und versteckte mich, um ihn zu erschrecken. Wie es der Zufall wollte, tauchte noch vor Subodh sein Schatten auf, hervorgerufen vom Licht eines gewaltigen Blitzes. Als ich ihn sah, sprang ich nach vorn und rief: »Buuh!« Im selben Moment öffnete Subodh die schwere Tür, die mir mit voller Wucht an die Stirn krachte.

»Das hat symbolische Bedeutung«, sagte Judith.

Als Judith ins Haus kam, schaute sie sich mit weit offenen Augen alles an. Sie aß die vom Tamarindenbaum hängenden sauren Schoten und verzog das Gesicht. Wenn Mai den Teig für die Rotis ausrollte, war sie begeistert. Wenn Papa sein Feueropfer darbrachte, setzte sie sich neben ihn. Wenn Bhondu seinen Kautabak klopfte und sich in den Mund schob, starrte sie ihn unverwandt an, und als sie kein Toilettenpapier fand, stellte sie viele Fragen. »Ich verstehe«, sagte sie, »dass Wasser am saubersten ist, aber was macht ihr mit dem nass gewordenen Körperteil?«

Wir wunderten uns selbst: Darüber hatten wir uns nie Gedanken gemacht, und uns war nicht einmal aufgefallen, dass Wasser von uns herabtropfte.

Judith blieb viele Tage bei uns, aber sie hatte nie Lust, aus dem Haus zu gehen und die Stadt zu erkunden. Wir schleppten sie mal an den Fluss mit, mal zu einem Bekannten oder in die Altstadt.

In dem Jahr gab es eine fantastische Mangoernte, und Papa nahm uns alle ins Dorf von Onkel Raghav mit. Dort setzten wir uns in den Mangohain, stellten wie Großvater einen Eimer mit in Wasser schwimmenden Mangos vor uns, die wir dann eine nach der anderen herausholten und aussaugten. Papa schnitt die Mangos in Scheiben und löffelte das Fruchtfleisch heraus, aber die Mangos aus dem Dorf haben ihren eigenen Willen: Sie wollen ausgesaugt werden.

Papa war eigentlich glücklich über Judiths Besuch, solange er sich in dem Glauben wiegen konnte, Sunainas englische Freundin sei gekommen. Aber Subodh nahm darauf keinerlei Rücksicht – er zog sorglos lachend mit ihr herum, verschwand mit ihr lange auf der Dachterrasse, schwätzte mit ihr bis spätabends in ihrem Zimmer und kam irgendwann heraus, wenn alle anderen längst schliefen.

Papa setzte Mai mit Fragen zu: »Hast du verstanden …? Du musst herausfinden … es ist dein Sohn. Diese ausländischen Mädchen … gestern hat sie eine Zigarette geraucht.«

Mai fand es nicht heraus. Sie mochte Judiths aufgeschlossenes Wesen. Einmal bat Judith sie: »Gib mir die Teigrolle und das Brett. Ich möchte selbst probieren, Chapatis zu backen.« Mai war hocherfreut und bereitete für sie alle möglichen leckeren Speisen zu.

An dem Tag, als Judith kam, holte Mai das »unzerbrechliche Teeservice«, das Subodh mitgebracht hatte, aus dem Kasten. Papa sagte: »Mach Sandwiches mit Tomaten und Gurken und Brötchen, und hör zu: Koch den Tee nicht zusammen mit Milch und Zucker. Jeder kann sich dann selbst nehmen, was er will.«

Furchtsamen Schrittes brachte Hardeyi alles in den Living Room. Auch sie hatte tausend Anweisungen bekommen, wie sie stehen sollte, von welcher Seite sie servieren, wann und wie sie die Teller wieder abräumen sollte.

Wir waren verlegen. Auf diesen komischen Plastiktellern klapperten die Löffel und Gabeln besonders hohl. Dann versuchte ich, einen Witz zu machen: »Schau mal, Judith, das ist der leere Klang eures Geschirrs. Wenn du von unseren Thalis aus Edelstahl isst, wirst du ein Konzert hören.«

Subodh kritisierte uns später, als wir in die inneren Räume gegangen waren: »Dies Getue ist ja ein komischer Mittelklasse-Brauch, der sich hier eingebürgert hat. Bitte nehmt dieses neue Zeug nicht heraus, solange ich hier bin. Wir essen, wovon wir sonst auch immer essen. Und zwar das übliche indische Essen, keine ›Gemüsekoteletts‹ und dergleichen modisches Zeug.«

Mai schaute Papa an, der stammelte: »I never said …«, und Mai senkte schweigend den Blick.

Papa wollte, dass Mai Fragen stellte und die Situation klärte. Wir wollten, dass Mai sprach, dass sie ihre Meinung sagte.

»Was soll ich denn sagen? Wozu soll das gut sein?«, fragte sie gequält. »Ich habe keine Ahnung, was ich sagen soll.«

»Komm und setz dich zu uns und Judith!«, erklärten wir. »Dann geht das Reden ganz von allein. Sie interessiert sich für alles. Egal, worüber du sprichst. Was du tust, wie du es tust, wie dein Leben aussieht. Hier in Indien haben wir den großartigen Brauch, immer nur zu essen, essen, essen und sonst keine Beziehung zu dem Gast aufzunehmen.«

Aber Mai schuftete weiter in der Küche und redete nicht. Sie fragte auch nichts, dachte vielleicht auch nichts. Wenn Judith vorbeikam, freute sie sich, das war alles. Als sie abreiste, nahm Mai sie in die Arme, nachdem sie ihr ein wenig Joghurt und Zucker zu essen gegeben und das Glück verheißende Arati-Licht vor ihrem Gesicht im Kreis geschwenkt hatte, und übergab ihr einen Sari.

Papa kam wie immer mit zum Bahnhof und setzte sich noch in unser Abteil, um sich unsere Mitreisenden kritisch anzuschauen. Wie immer durchbohrte er sie mit seinen Blicken, als wolle er ihre finsteren Absichten ans Licht zerren. Als ich einmal dagegen Einspruch erhob, sagte er: »Ein allein reisendes Mädchen. Die Welt ist voller Bösewichte. Du musst immer auf der Hut sein!«

An dem Tag schärfte er Judith ein: »This is India. Trust no one.« Dann kam ich an die Reihe: »Wo hast du das Geld hingesteckt, Sunaina? Oder gib es vorsichtshalber Subodh. Ist es am richtigen Platz oder nicht? Wo ist es? Subodh, pass gut auf. Bleibt zusammen. Sag niemandem einen Ton darüber, wo es ist. Habt ihr die Gepäckstücke gezählt? Wie viele sind es? Verlasst an keinem Bahnhof den Waggon.«

In diesem Moment schienen uns Papas Ermahnungen, so leise sie gesprochen waren, viel lauter als nötig.

Dann freundete Subodh sich mit Ritika an. Auch sie kam ins Haus, und Papa saß sorgenvoll herum. Wieder war er hinter Mai her: »Stelle fest, was los ist. Frag sie! Morgen werden Ritikas Eltern uns ihrerseits Fragen stellen. Was sollen wir ihnen dann antworten? Wird das nicht Sunainas Ruf beschädigen? Denk daran!«

Aber Mai antwortete ihm nicht und verlangte keine Erklärungen von uns.

Ritika lachte nicht laut wie Judith. Sie war still und überwand allmählich ihre Schüchternheit. Je mehr sie sich öffnete, desto lieber wurde sie Mai. Mai sah immer nur, was ihr unmittelbar vor Augen stand, und daraus bildete sie sich ihre Meinung. Sie versuchte nicht, tiefere Schichten aufzuschürfen.

Subodh reagierte sowieso allergisch auf gewisse Fragen. Wenn wir nicht dabei waren, ergriff Papa die Gelegenheit und fragte Ritika über ihre Kaste, ihre Eltern, ihre Familie, ihren Beruf und so weiter aus.

Subodh war wütend: »Was soll dieses Verhör?« Papa tat unbekümmert, räusperte sich und ging dann hinaus, um mit Mai unter vier Augen zu sprechen.

Wir waren ja längst über Kasten- und Abstammungsfragen erhaben, nicht wahr? Kaste, Tradition, Nationalität spielten für uns keine Rolle mehr. Wir waren weder gläubig noch abergläubisch, wir steckten nicht in den starren Konventionen der bürgerlichen Mittelschicht fest. Würden wir sonst nicht selbst klinische Studienobjekte auf dem Tisch unseres Forschungslabors werden?

Unsere Freiheit lag darin, dass wir »draußen« waren. Auch im Haus waren wir jetzt nicht auf den inneren Bereich beschränkt, deshalb waren wir dort ebenfalls frei. Im Ausland waren wir ohnehin Außenstehende, deshalb konnten wir auch dort tun, was uns in den Sinn kam. Wir waren überall »draußen«, allein und unabhängig. Wir zogen selbstzufrieden durch die Welt. Und zogen andere zum Sezieren auf den Labortisch.

Heute überkommt mich manchmal der Impuls, den Pinsel wieder in die Hand zu nehmen und noch ein Bild zu malen. Darin steht in einem formlosen Sari bebend eine Gestalt, deren Gesicht unkenntlich ist, nicht, weil dort nichts wäre, sondern weil die Augenhöhlen der vor dem Bild stehenden Betrachter leer sind …

24

Da, wo die Augen sein sollten, war einfach ein blinder Fleck. Daher dachten wir, es gebe da überhaupt nichts uns gegenüber. Und wenn wir doch für einen Moment den Blick auf ein Gegenüber erhaschten, blieben wir, die Betrachtenden, wie gelähmt zurück: Wie konnte die Stelle, wo doch niemand war, sich plötzlich beleben und schmerzen? Wer war gekommen? Und wenn gekommen, warum wieder gegangen? Das erschütterte uns.

Wie damals, als Rajjo auftauchte.

Damals wohnte ich noch im Studentenheim. Als ich von einem Ausgang zurückkam, sagte mir der Bürobote: »Ihr Großvater mütterlicherseits war hier, um Sie zu besuchen.« Ich warf den Kopf zurück und lachte laut auf. »Mein Großvater? Wem überbringst du eine Botschaft von wem, guter Mann? Ich habe keinen Großvater mütterlicherseits, nie gehabt.« Aber er gab mir ein Briefchen. »Töchterchen … sei gesegnet … Ich habe den großen Wunsch, Rajjos Tochter kennenzulernen … Ich komme wieder … Dein Großvater.«

Rajjo? Ich kannte keinen Menschen dieses Namens. Ich schrieb an Mai. Ihre Antwort war: »Geh für einige Tage nicht aus dem Wohnheim, damit dein Großvater nicht unverrichteter Dinge zurückfährt!«

Als ich den unbekannten alten Herrn sah, zog es meine Hände zum ersten Mal im Leben wie von selbst herunter, um respektvoll seine Füße zu berühren. Er hob mich hoch und nahm mich in die Arme.

Subodh und ich hatten einfach nie daran gedacht: Gab es ein Leben Mais vor uns? War sie einmal ein kleines Mädchen namens Rajjo gewesen? Gab es in ihrem Leben noch etwas anderes als uns?

In diesem Dschungel aus Fragen fand ich mich von einer erdrückenden Stille umgeben. Statt Antworten eine stumme, durchdringende Klage.

Dann nahm Nana, Mais Vater, uns mit zu einem Bekannten, in dessen Haus das große Bild eines Tilak tragenden heiligen Mannes thronte, das mit einer Girlande aus Sandelholz behängt war und dessen Gesicht von den flackernden Flammen des davor aufgestellten Öllämpchens beleuchtet wurde.

Lächelnd stellte mich Nana seinem Bekannten gegenüber und fragte ihn: »Erkennst du, wer das ist?«

Nachdem er mich eine Weile unverwandt angeschaut hatte, berührte er leicht meine Wange: »Etwa Rajjos Tochter? Ja, eindeutig. Dasselbe Gesicht. Nur in modernen Kleidern.«

Subodh und ich machten einen Spaziergang. Durch die Gassen, den Hügel hinauf, wo die Glocken eines Tempels tönten und das Abendrot sich gerade in die Nacht verlor.

Auch ich war verloren. Ich war Rajjo, streifte durch vergessene Gassen und entdeckte verstorbene Freunde und Verwandte wieder. An den alten Orten, mit den Leuten, die ich irgendwann verlassen hatte.

Und plötzlich, als ob jemand mich wachgerüttelt und auf die Füße gestellt hätte, blitzte in mir der Gedanke auf: Was, wenn ich sie nie verlassen habe? Wenn ich sie bis hierher mitgebracht habe?

Ich stieß einen Angstschrei aus, als Subodh, der neben mir saß, eine vor ihm stehende, um Almosen flehende Bettlerin ärgerlich vertrieb. Wer weiß, ob vielleicht auch sie … in den alten Gassen, die zu mir gehörten … einmal gelebt hatte … alt … aber nicht vergangen?

Als ich nach Hause fuhr, überlegte ich hin und her: Wenn Mai fragt, was soll ich dann sagen, wie soll ich es sagen? Aber Mai fragte nicht. Ich selbst erzählte, und zwar so, als wäre es das Natürlichste auf der Welt.

Wieder ballte Subodh die Fäuste. Er überredete Nana, wählte unsere Nummer und drückte ihm den Hörer in die Hand. Ich stand in diesem Moment neben Mai.

»Ich bins, Rajjo, … mein Papa …« Aus einer gebeugten älteren Frau brach ihre Stimme von vor fünfunddreißig Jahren hervor.

Beide weinten die ganze Zeit am Telefon.

Bis das Fräulein vom Amt sagte, die drei Minuten seien vorüber.

Zum ersten Mal hatte Mai geweint.

Ich war sprachlos. Wieder hatte ich gedacht, nur das, was sich in meinem Beisein abgespielt hatte, sei überhaupt geschehen. Vor meiner Zeit, von mir unbemerkt, hätte es nichts und niemanden gegeben.

Aber jetzt hatte ich Mai zum ersten Mal weinen sehen. Ich sah in Mai Rajjo weinen, und wer war sie anderes als ich selbst, völlig unverändert, nur in altmodische Kleidung gehüllt?

Subodh brachte Nana mit nach Hause. Gott weiß, wie der gebrechliche Greis und die gebeugte ältere Frau ineinander den vierzigjährigen Mann und das zwanzigjährige Mädchen wiedererkennen konnten.

Papa war bestürzt und saß einigermaßen betreten da. Großvater wäre vielleicht zornrot geworden, aber der war ja nicht mehr da. Großvater war auch einer, der handelte. Papa dagegen ließ lieber andere für sich handeln.

Wir standen ganz weit an der Seite. Wir waren klein geworden, klein, noch kleiner, unsichtbar. Wir hatten Mai in unserem Leben, in dem wir selbst im Zentrum standen, einen Platz eingeräumt. Aber jetzt waren wir selbst nirgendwo. Mai war da, und wir hatten in ihrem Leben keinen Platz. Sie selbst war ins Zentrum zurückgekehrt. Sie fügte ihre zerbrochenen Stücke wieder zu einem Ganzen zusammen.

Niemand sah uns. Wir stahlen uns leise davon, auf die Dachterrasse, wohin wir von Kindheit an zahllose Male gestiegen waren, wenn wir etwas herausfinden wollten. Von wo wir ins Wohnzimmer gespäht hatten, ob dort etwas Geheimes ablief. Von wo wir die Frau durchs Tor hatten gehen sehen, deren Geschichte wir nicht kannten und daher nicht glaubten.

Wir wussten nicht und konnten es daher nicht glauben, dass Rajjo hier einmal von jemandem Abschied genommen hatte … Mit welchen Gefühlen, um wessentwillen, warum …?

Ich glaubte, ich hätte nicht recht gehört, als Subodh sagte: »How could she …? – Wie konnte sie das zulassen?«

Etwas brodelte in ihm. »Kein Mensch ist so ein Tyrann«, brach es aus ihm hervor, »und kein Mensch ist so naiv und hilflos, dass er alles mit sich machen lässt. Sie lässt alles über sich ergehen, als ob es überhaupt keine andere Möglichkeit gäbe. Kein Mensch hat so eine Macht, und kein Mensch ist so schwach.«

Auch in mir brodelte es. Die Mai, die in mir lebte, konnte ich einfach nicht mehr verurteilen. Wie hätte ich mich selbst verurteilen können? Wie hätte ich dann mit mir selbst leben sollen?

Eine Spur von der Lust, meine eigenen Wünsche zu verleugnen, hatte auch ich in mir. Das war die Mai in mir. Gott hatte ich hinter mir gelassen, Brauch und Tradition hatte ich abgeworfen, aber dieser Teil von mir starb nie. Er hatte mich fest im Griff, und auch wenn ich ihn nicht in mir haben wollte, versetzte mich schon die Vorstellung, ihn aus mir herauszureißen, in Furcht.

Wir haben aus der Aufopferung einen Kult gemacht: »Gott,

gib ihm das, nimm dafür von mir dieses Opfer, nimm es und verbrenne meine eigenen Wünsche.«

Subodh bekam in England Ohnmachtsanfälle. Zahllose Tests wurden gemacht. Panik! Judith kam zu mir und brach in Tränen aus: »Hoffentlich passiert ihm nichts.«

Ich betete darum, dass ihm nichts passieren möge: »Bestrafe mich stattdessen, aber so, dass ich allein im Feuer brenne!«

Als es darum ging, ob ein anderer leben oder sterben solle, bat auch ich eine ferne Macht um ihren Segen: »Lass mein Leben verbrennen, aber verschone ihn!«

Judith kam glückstrahlend: »Gutartig!«, sagte sie. »Kein Grund zur Sorge.«

Mai selbst hielt mich an, darum zu beten, Leiden auf mich zu nehmen. Mit dem Resultat, dass ich mich wie eine Kriminelle fühlte, sobald ich mir etwas für mich selbst nahm. Sie stilisierte mich, wenn ich etwas für andere tat, zur Märtyrer-Heiligen hoch. Und mein ganzer Kampf zielte darauf ab, keins von beidem zu werden.

Nana hatte Mai zu sich eingeladen. Anlass war die Hochzeit eines jungen Mannes aus seiner Verwandtschaft. Hieß das nicht auch: ein Verwandter von Mai?

Wir waren bereit, mit Mai zusammen zu fahren, aber Papa schaute Mai nur einmal kurz und bedeutungsvoll an.

Subodh schrie: »Es ist doch Mais Vater! Wer gibt dir das Recht, dich so zu benehmen?«

Papa entgegnete lapidar: »Deine Mai versteht das schon. Zu der Hochzeit kommen auch andere Leute. Das sind Dinge, die euch Kinder nichts angehen.«

Ich beobachtete Mai. Sie schwieg. Sie hörte gar nicht zu.

Ich verstand noch besser als Subodh, dass wir den Fall verloren hatten. Wie kannst du eine retten, die selbst im Feuer verbrennen will? Eine, deren Selbstachtung darin liegt, alles, was ihr der Unterdrücker zufügt, zu akzeptieren, und wenn er etwas milder wird, noch härter gegen sich selbst zu werden. Was sollten wir so einer beibringen?

Wir, die überzeugt waren, dass es die Selbstachtung gebot, in erster Linie für sich selbst zu sorgen, notfalls sogar zu rauben.

Sie war eine Marionette, die wir als Kinder und Jugendliche an so vielen Fäden hatten tanzen sehen. Aber auch wenn so viele an ihr zerrten, hatte sie das nicht in Stücke gerissen. Sie war heil geblieben. Obwohl weiterhin ständig an ihr gezogen wurde, hielt sie doch die Fäden, mit denen sie gesteuert wurde, auch selbst fest. Ihr Rücken beugte sich einfach. Das alles ging über unseren Horizont.

Das alles machte uns wütend. Je mehr sich Mai verschwendete, desto verzweifelter bemühten wir uns, sie zu retten. Und zunehmend sorgten wir uns auch darum, uns selbst vor ihr zu retten. Als wären wir auf diesen sonderbaren Posten berufen worden und hätten mit Leib und Seele unsere Pflichten zu erfüllen.

Als sich Judith und Subodh trennten, war eine der Anschuldigungen, die sie Subodh an den Kopf warf, dass er und seine Schwester nur ein einziges Thema im Leben hätten, nämlich ihre Mutter.

25

Langsam, fast unmerklich, änderte sich Subodh. Ich weiß nicht, wann es anfing. Vielleicht lag es im Grunde an dieser Konstellation, in der wir die Beschützer waren und Mai das Opfer. Er verlor allmählich die Geduld. Wie soll man jemanden retten, der nicht gerettet werden will? Dann lässt man es doch besser sein! Wozu sich zwecklos abmühen, wozu das Blut in Wallung geraten lassen? Soll doch jeder seinen eigenen Weg gehen.

Mai hatte uns oft betrogen. Immer wieder hatte sie mitten in einem Streit die Flinte ins Korn geworfen. Wenn wir um etwas kämpften, stand sie zunächst auf unserer Seite, aber plötzlich sahen wir, dass sie zu unserem Gegner übergewechselt war. Betroffen traten wir den Rückzug an: Mai hatte unsere gemeinsame Sache verraten.

Ein armes Ding, harmlos, schwach, niedergeschlagen, das sich selbst von allem Eigenständigen entleert hatte und vollkommen offen geworden war, sodass andere in sie hineinfüllen konnten, was ihnen passte.

Was sie dann auch taten, und das war absolut unverzeihlich. Subodh erklärte bitter enttäuscht: »Wir hielten das für Mutterliebe und haben aus einem leeren Gehäuse eine Göttin gemacht.«

Wir wollten auch weiterhin, dass Mai sich wehrte und all die Lasten von sich abwarf, die andere ihr aufgebürdet hatten und die sie quälten. Aber nicht, dass ihr eigenes Feuer verlöschte. Sie sollte mit den Fackeln, die wir ihr reichen würden, ihre eigene Flamme entfachen und auf diese Weise zu einer ganzheitlichen Persönlichkeit werden.

Als das Ferngespräch für Rajjo kam, sagte Subodh bestürzt: *»How could she?«*

Rajjo war vollkommen verschwunden. Das machte uns traurig. Aber wütend waren wir darüber, dass Rajjo diese Auflösung ihrer Persönlichkeit zugelassen hatte.

So waren wir, arrogant in unserer Lebensgier, unbeugsam in unseren Wünschen und Hoffnungen. Wir gehörten einer kämpferischen Generation an und hielten nur unsere Art von Kämpfen für bedeutsam. Vielleicht sahen wir sogar außer unseresgleichen niemanden wirklich als einen Menschen an. Dass es auch andere gab, merkten wir überhaupt nicht. Nur wir existierten wirklich.

Wir waren stolz auf die unbeschränkte Kraft des Individuums. Wir bildeten uns etwas ein auf unsere jugendliche Energie. Auch mir machte mein Alleinsein und meine Selbstständigkeit kein bisschen Angst, während um mich herum alles seine Festigkeit und Verlässlichkeit verlor.

Es gab vielleicht eine schützende Hülle, an der wir von Kindheit an gestrickt hatten. Die war uns so lieb geworden, dass wir uns nicht darum kümmerten, welcher Person wir sie überstülpten. Um diese Hülle zu schützen, machten wir nur fortwährend anderen das Leben schwer.

Und das war wiederum sehr leicht. Weil es nicht den einzigen Vater und die einzige Mutter gab, denen wir blind hätten folgen und auf deren Seite wir uns hätten stellen können. Wir wurden von vielerlei Müttern und Vätern beeinflusst, daher wussten wir nicht recht, welches unsere Sprache, unser Essen, unsere Tradition war. In dieser Gemütslage trampelten wir fortwährend auf allen herum, auch auf Mai.

Und das taten wir mit Getöse.

Auch Mai machten wir heftige Vorwürfe. Gerade über die, die wir retten wollten, von der wir wollten, dass sie um ihre eigenen Rechte kämpfte, ärgerten wir uns immer wieder.

Aber es kam auch ein Gegensatz zwischen Subodh und mir auf, so langsam, dass man ihn kaum klar greifen konnte. Es war das Feuer derselben Kindheit, das in unseren Adern glühte. Aber in diesem Feuer hatten auch meine eigenen persönlichen Funken unauffällig zu glühen begonnen. Still und leise.

Unser »wir« war unscharf geworden. Manchmal bedeutete es »wir beide«, manchmal nur »ich«, und schließlich wurden wir zu »ich« und »er«.

Vielleicht lag das ganz unabänderlich an unserem unterschiedlichen Geschlecht.

Auch bei mir schwand die Achtung für Mai. Aber bei mir war das mit Weinen, mit Verzweiflung verbunden. Während Subodh sich ärgerte und seiner eigenen Wege ging. Er hielt es nicht aus, hilflos dabeizustehen.

Ich selbst wurde allmählich lethargisch. Die Fesseln waren in mir selbst. Ich war unfähig, sie zu zerreißen. Sonst hätte es mich womöglich selbst zerrissen.

Subodh hatte es nicht nötig, dergleichen Rücksichten zu nehmen.

Als Mai wieder in einem Streit verstohlen auf die Seite ihres Gegners gewechselt war, stieg ihm die Zornesröte ins Gesicht: »Den wahren Kampf musst du gegen dich selbst führen!«

Danach schwieg er, und als wir am Abend zu dritt in unserem Zimmer waren, sagte er zu Mai: »Ich mache jetzt nichts mehr. Kämpfe selbst. Indem wir uns für dich einsetzten, haben wir dich nur schwächer gemacht. Sprich für dich selbst!«

»Ich habe nichts zu sagen«, antwortete Mai in ihrer ruhigen Art.

Ihre Seelenruhe provozierte bei Subodh einen wahren Sturm. »Du wirst schon den Mund aufmachen müssen!«, schrie er heftig und durchbrach die nächtliche Stille.

Dies war wohl das einzige Mal im Leben, dass ich dachte, so dürfe er nicht mit Mai reden, und ihm gegenüber von der Autorität der älteren Schwester Gebrauch machte: »Shut up, Subodh!«

Manchmal genügt es, dass eine Erfahrung neu ist, damit sie Wirkung zeigt.

Auf der Dachterrasse, wo sich die Zweige des Mangobaums zärtlich über uns senkten und hinter dessen Laub versteckt wir so viel gesehen hatten, war auf einmal alles durcheinandergeraten. Unsere Kindheit hatte sich in diesem Haus abgespielt, und wir hatten ungeduldig darauf gewartet, das Haus verlassen zu können. Wir hatten es verlassen, und immer wieder hatte uns eine Unruhe nach Hause getrieben. In ebendiesem Haus saßen wir jetzt, umgeben von einer seltsam stickigen Schwüle und Unruhe.

Dieses Gefühl war neu. Aber auch alt. Vergangen und doch nicht vergangen.

»Sie hat sich selbst so ausgelaugt. Die eigentliche Schuldige ist sie. Wer sich unterdrücken lässt, der zieht seinen Unterdrücker groß. Sie soll jetzt ihren Kampf selbst ausfechten! Lass uns gehen.«

Ich wollte sagen, dass sie doch bis heute nie gekämpft hatte. Ich wollte sie in Schutz nehmen. Vor Subodh? Aber ich sagte nichts.

»Hier kann sich überhaupt nichts bewegen. Hier ist alles längst verrottet!«, gab Subodh seinen Urteilsspruch ab.

Ich schaute ihn völlig verwirrt an. Sein Gefühl des Erstickens war ja auch das meine. Aber dennoch …

»Was denkst du?«, fragte Subodh.

Es war die Regenzeit, und ich erinnere mich, es war ein nebelgrauer Abend. Hinter dem Haus, wo Bhondu und Hardeyi ihr Quartier hatten, hatte sich ein kleiner Tümpel gebildet, aus dessen schwärzlichem Wasser halb tot aussehende Dornensträucher und nasse, gruselige Aststümpfe herausragten. Am Ufer des Tümpels lag eine umgekippte, zerbrochene Holzbank, an der die Verzweiflung klebte.

Wir hatten gehört, dass Hardeyis und Bhondus Sohn gestorben war. Er hatte Asthma gehabt. Ich erinnerte mich nur vage an ihn, ein kleiner Junge mit kahlem Schädel, aufgeblähtem Bauch und einer immer rotzigen Nase. War er aufgewachsen, um Asthma zu bekommen und daran zu sterben, damit wir davon hörten und doch nicht wirklich etwas von ihm wussten?

»Ich habe an Gopi gedacht.«

»Gopi?«, fragte Subodh einigermaßen unwillig.

»Dass er genau hier lebte, und dass wir trotzdem keine Ahnung hatten, was mit ihm war.«

»Und wennschon?«, sagte Subodh mit einem Achselzucken.

»Es gibt vieles, was wir nicht wissen.«

Mir war, als läge hierin ein Hinweis, aber welcher …?

»I feel confused.«

An diesem nebeltrüben Abend legte Subodh mir sanft die Hand auf den Rücken. »Komm nach England. Hier lässt sich doch rein gar nichts bewegen.«

Und als er mein ernstes Gesicht sah, begann er, mich zu necken: »Das ist das Problem mit dir. You have confusion when you should have vision. – Du bist konfus, wenn du einen klaren Blick haben solltest.«

26

Bua war zu irgendeinem Feiertag gekommen. Sie begleitete Mai oft zu den Frauentreffen im Club. Ansonsten waren die beiden völlig gleich geblieben: Mai gebeugt, trotz ihres Stützgürtels, Bua mit immer denselben Gesprächsthemen.

»Wann bringst du Sunaina unter die Haube?«, fragte sie Mai, als sie mich sah.

Mai lächelte und ging nicht auf die Frage ein. Ich fühlte mich auch jetzt wieder, als gäbe es mich überhaupt nicht. Man unterhielt sich über mich wie über eine abwesende Person.

Teils lähmten mich die alten Rollenmuster, teils überrumpelte mich Buas plötzlicher Redeschwall. Ich schwieg verlegen. Aber ich ärgerte mich auch, weil Mädchen immer schamhaft schweigen, wenn es um ihre Heirat geht.

Wir waren gerade dabei, aus einem Beet Rüben und Rettiche zu ziehen. Da trat Bua wohl mit einem Fuß tief in den Schmutz. Als sie ihre Sandalen abklopfte und sich die Füße wusch, vergaß sie darüber das Thema.

Aber für mich war die Zeit in diesem Moment stehen geblieben. Die kurze Zeitspanne dehnte sich, und ich bastelte innerlich noch immer an einer couragierten, kecken Antwort: »Soll Mai das entscheiden oder ich? … Warum fragst du sie? … Frag doch mich, ich entscheide selbst über meine Angelegenheiten.«

Dann fragte mich Bua direkt: »Was machst du jetzt? Was sind deine Zukunftspläne?« Hinter diesen achtlos gestellten

Nebenfragen klang schrill die nicht ausgesprochene eigentliche Frage durch: »Wann passiert *es?* Wann beginnt dein wirkliches Leben?«

Subodh sprang wütend auf: »Zukunftspläne? Was soll das heißen? Was sie in Zukunft machen will, macht sie auch jetzt schon. Hast du ihre Bilder gesehen?«

Bua lachte: »Die Bilder schaue ich mir an, wenn sie in ihrem eigenen Haus die Wände schmücken.«

Subodhs Stimme klang erhitzt: »Sie hängen bereits jetzt in ihrem Haus an den Wänden.«

»Huh«, sagte Bua starrsinnig. »Weder hier noch dort, wo sie hinfährt und logiert, ist ihr Zuhause.«

Ich rüstete mich zum Kampf, aber wieder bremste ich mich. Ein natürliches, ungekünsteltes Verhalten war jetzt überhaupt nicht mehr möglich. Wenn ich mich auf den Streit einließ, würde es wie eine banale Reaktion aussehen, wenn ich aber schwieg, hätte ich mich wieder unterkriegen lassen. Während ich überlegte: »Was tun?«, verstrich der Moment.

Mai selbst brachte die »liebe Schwägerin« zum Schweigen. »So einfach hört ein Zuhause nicht auf, deins zu sein. Wieso soll dies hier nicht ihr Zuhause sein?«

Der alte Wunsch, mich in Buas Gegenwart in eine Burkha zu hüllen, war plötzlich wieder da. Wenn ich sie sah, wollte ich mich am liebsten davonschleichen, um ihren Fragen nach meinen Plänen zu entgehen. Sogar, wenn ich der Fegerin oder Hardeyi oder sonst jemandem in die Quere kam, fürchtete ich, sie würden es Bua gleichtun und Mai in meinem Beisein, als ob ich abwesend wäre, dieselbe Frage stellen.

Aber Mai ließ sich nicht erschüttern. Sie sagte ganz ruhig: »Das Wichtigste ist, dass man auf seinen eigenen Füßen steht. Wenn man das in der heutigen Zeit gelernt hat, dann kommt alles Übrige schon in Ordnung.«

Ich beklagte mich bei Subodh über Bua. Er klopfte mir freundschaftlich auf die Schulter und sagte: »Don't bother, Suni. Was hast du hier überhaupt noch zu suchen?«

Aber Bua ließ nicht locker. Als sie in meinem Skizzenbuch einen Mädchenakt sah, schlug sie sich mit der Hand auf den Mund: »Mein Gott!«

Subodh konnte nicht mehr an sich halten: »Was stellst du dir denn vor, Bua, was das ist? Du hältst doch noch immer den Schwachsinn, den man dir irgendwann beigebracht hat, für die absolute Wahrheit.«

Das schmeckte Bua überhaupt nicht. »Ach ja, dann willst du mich wohl lehren, was gut und was schlecht ist. Das fehlt gerade noch, dass wir nackt herumlaufen wie die Urmenschen. Dann wären wir wohl deiner Meinung nach erst zivilisiert, was?«

Ihr Streit war voll entbrannt.

»Wenn deine Devi nackt ist, dann macht dir das überhaupt nichts aus. Sie ist eine Göttin, deshalb bemerkst du das nicht einmal«, setzte Subodh nach. Er meinte die Kalender mit aufreizenden Bildern von Lakshmi, Saraswati, Durga in eng anliegenden, durchsichtigen Gewändern.

Buas Gesicht erstarrte, als Subodh fortfuhr: »Ihr Frauen rächt euch für die Grausamkeiten, die ihr von euren Schwiegermüttern erdulden müsst, indem ihr alle jungen Mädchen erniedrigt. Ihr seid leere Blechbüchsen und klappert mit allem, was hineingeworfen wird.«

Mai wies Subodh diskret zurecht: »Sag alles, was du willst, aber drück dich bitte etwas respektvoller aus.«

Ich schaute nur immer abwechselnd die Streithähne an. Das war alles, wozu ich imstande war.

Ich hatte Mai einmal gefragt: »Du bist doch mit Bua befreundet. Warum bittest du sie nicht, sich ein bisschen zurückzuhalten?« Mai erzählte von Buas Schwiegermutter, die einige Tage nach der Hochzeit ihres Sohns das Haus verließ und zu ihren Eltern floh. Als ihr Mann kam, um sie zurückzuholen, weigerte sie sich strikt und erklärte auch nicht, warum. Ihr Mann stellte in seinem Zimmer ein großes Bild von ihr auf, vor dem er täglich das Arati-Licht schwenkte. Er nahm auch Phuphaji mit, seinen Sohn, aber seine Frau ließ sich weder zur Rückkehr bewegen, noch sprach sie mit irgendjemandem. Als ihr Mann, also Buas Schwiegervater, starb, hinterließ er einen verschlossenen Umschlag. Darin stand, dass sie das erste Ritual des Totengedenkens für ihn ausführen solle, was sie auch tat. Bei diesem Anlass traf sie Bua und kehrte in ihr angestammtes Heim zurück. Aber sie schwieg weiterhin beharrlich und herrschte von da an mit eiserner Hand über Bua.

»Zertrampelte Träume geben einem nicht das Recht, zu sagen und zu tun, was man will.«

»Stimmt.«

»Was nützt es, das zu verstehen, wenn man trotzdem nicht entsprechend handelt?«

Mai sagte: »Wenn es ums Verstehen geht, dann muss man alle Standpunkte verstehen. Und wenn man alle versteht, dann wird es schwierig, noch zu handeln.«

Als ich auf Mais Gesicht sah, dass sie sich geschlagen gab, wurde ich wütend, und auch, als ich den Ausdruck des Triumphs auf Subodhs Gesicht sah. Sieg und Niederlage – beide waren mir verhasst. Wenn ich mich auf die Seite des Siegers schlug, würde ich mich wie eine Verbrecherin fühlen, und wenn ich mich auf die unterlegene Seite schlug, wie eine Märtyrerin.

Ich konnte nur abwechselnd beide anschauen.

Eines Tages kam Bua auf dem Rückweg von einer Reise zu uns. Sie sagte, sie wolle mit mir reden. Sie nahm mich beiseite und sagte: »Hör zu, ich weiß, dass du Mai sehr lieb hast. Wenn du so einen Schritt tust, was soll dann aus der Armen werden?«

Mir pochte das Herz bis zum Hals, denn nun war klar, dass man im Haus irgendwie Wind von Ehassan bekommen hatte.

»Mädchen sollten nur mit anderen Mädchen Freundschaft schließen. Erinnerst du dich nicht an Nita …?«

Ich erinnerte mich an Nita, über die Bua sich in meiner Kindheit lustig gemacht hatte. »Oh, die kenne ich, diese Freundschaft unter Mädchen. Wenn du mal erwachsen bist, dann frage ich dich: Wo ist sie geblieben, diese angeblich ewige unverbrüchliche Mädchenfreundschaft? Warum bist du nicht mit der zusammen, mit der du das ganze Leben zusammenbleiben wolltest?«

»Sag mir mal …«, fing Bua an.

»Ich habe nichts zu sagen.«

»Aber du hast eine Mutter. Wenn die mich fragt, was soll ich ihr antworten?«

Auf diese Herausforderung hin bäumte sich mein ganzer Stolz wütend auf. »Meine Mutter wird dich überhaupt nichts fragen, und wenn ich ihr etwas zu sagen habe, dann tue ich das direkt, nicht über dich.«

Als ich das Zimmer zornig verließ, erwischte ich an der Tür Papa, der dort mit besorgter Miene stand.

»Ahaaa, ich verstehe!« Ich durchbohrte ihn mit meinem Blick und ging geradewegs zu Mai. Ich machte den Mund auf, um meine Wut herauszulassen, aber stattdessen brach ich in Tränen aus.

Mai wurde ernst. »Du weißt doch sehr gut, dass ich keinen schicke, um dich auszufragen.« Sie ging in das Zimmer, wo Bua und Papa sorgenvoll saßen. »Wollt ihr euren eigenen Angehörigen weniger trauen als der ganzen Außenwelt?« Sie hob einige Tassen und Teller auf und ging hinaus.

Ich schaute fassungslos zu. Dieser felsenfeste unerschütterliche Glaube. Entweder gab es keinen Ehassan, oder wenn es ihn gab, dann war er sicher nicht schlecht.

Als Subodh kam, hatte ich keine Lust, ihm irgendetwas zu erzählen. Der ließ sich ja von allem und jedem so leicht in Rage bringen.

Aber Bua hatte eine bestimmte Saite angeschlagen, deren Missklang nun die ganze Umgebung erfüllte. Ich war erwachsen geworden, und jetzt war nicht Nita da, sondern Ehassan, und wenn es nach Bua gegangen wäre, dann hätte Nita da sein müssen.

Ich schaute Mai still und prüfend an. Ob Rajjo wohl eine Freundin gehabt hatte?

Und mir ging plötzlich auf, dass es da irgendein Geheimnis geben musste, wodurch die Jugendfreundinnen von Großmutter, Bua, Mai, meine Freundinnen und die aller anderen Mädchen von der Bildfläche verschwanden. Dass hinter Großmutters infamen Unterstellungen, hinter Buas Zanklust, hinter Mais Gelassenheit, hinter meinem zeittypischen Aktivismus ein und dieselbe Grabesstille steckte, in der sich das Gefühl der Ohnmacht angesichts einseitig benachteiligender Regeln breitgemacht hatte und in der Rajjo verloren gegangen war.

27

Papa war sehr zufrieden, dass Subodh in England lebte und auch ich eine Reise dorthin gemacht hatte, aber unser Verhalten verstörte ihn zunehmend. Zu kämpfen war nicht seine Sache, und Großvater, der alle Probleme mit seiner dröhnenden Stimme löste, lebte nicht mehr. Mai, so meinte er, nahm uns alle wahren und verdrehten Geschichten ab, die wir ihr auftischten – als Judith zu uns kam, hatte Papa den Rauch ihrer Zigarette gesehen. Das war ein Beweis. Subodhs freches Mundwerk ein weiterer. Meine Malerei setzte allem die Krone auf, und dies alles waren Beispiele für Mais Dummheit.

Als er von Ehassan erfuhr, geriet er vollends in einen Zustand hilfloser Aufgeregtheit. Immer wieder sagte er zu Mai: »Unterstütze die Kinder nicht auch noch auf ihren Irrwegen. Tu doch etwas!« Wir setzten Mai unsererseits zu: »Wenn du immer schweigst, unterstützt du Papa nur. Sag ihm deine Meinung! Wehre dich!«

Es gab auch manches, was wir ihr nicht sagen konnten und wonach wir sie nie gefragt hatten. Wir waren dabei, als Priyavadan Samant im Club Mai gegrüßt und gefragt hatte: »Wie geht es Ihnen, Mrs Tiwari? Neulich sah ich Mr Tiwari von Weitem in Lucknow mit jemandem zusammen. Ich dachte, das seien Sie, und kam näher, aber es war wohl eine Verwandte von Ihnen.«

Mai erwiderte sehr gefasst: »Nein, da haben wir keine Verwandten.«

Subodh und ich fuhren manchmal auf dem Roller an dem bewussten Haus vorbei, aber Mais handgestrickten Pullover sahen wir nicht noch einmal.

Wir hörten nicht auf, Mai zu predigen, sie solle doch mit uns kommen. Auch nach England. Manchmal verlor Subodh die Geduld: »Ach vergiss es, wir fragen dich nie wieder.« Doch dann wieder: ein Kinoticket, ein Ausflug, ein Buch, sein beharrliches Drängen darauf, sie herauszubringen.

Aber was ging in mir vor? Ich mochte es nie, wenn man sich stritt und herumschrie, auch nicht, wenn es Subodh war. Aber wenn er dabei den Kürzeren zog, wünschte ich mir, er hätte gesiegt. Und wenn er die Oberhand behielt, wünschte ich mir, er wäre unterlegen.

Papa brachte es nicht über sich, selbst mit uns zu reden, aber er hielt Mai ständig vor, sie sei absolut ahnungslos, und deshalb könne man ihr alles Mögliche weismachen. »Du hast überhaupt keinen festen Standpunkt und drehst dich wie ein Fähnchen im Wind.«

Aber nicht er, sondern Mai wusste, dass wir, als Judith bei uns war, zusammen auf dem Dach eine Punsch-Party gefeiert hatten. Er wusste auch nicht, dass Mai Hardeyi freigegeben und uns erlaubt hatte, in der Küche Hähnchen und Fisch zu kochen, unter der Bedingung, dass wir das Geschirr später selbst mit Asche scheuerten und mit den fleischbesudelten Händen nicht das Öl oder die Gewürze berührten. Kurz und gut, Papa meinte, sie sei ignorant und wir hätten sie völlig in der Hand. Er war überzeugt, dass wir sie nach Belieben manipulieren konnten.

Wenn wir etwas von Mai wollten, sagte sie niemals Nein, aber was sie selbst tat, ist eine andere Sache.

Sie sagte nie etwas. Selbst Papa fand dies jetzt besorgniserregend. Er war überzeugt, dass sie uns mit ihrem Nicht-Hinsehen und Nicht-Hinhören nur auf unseren Irrwegen ermutigte.

Papa drängte sie immer wieder: »Finde heraus, wer dieser Ehassan ist.«

Zuerst sagte Mai: »Er wird wohl ein Kollege sein. Sie kommt bestimmt mit vielen Leuten zusammen. Die können nicht alle zur gleichen Kaste gehören.«

Als Papa dennoch immer wieder auf das Thema zurückkam, sagte Mai nichts mehr. Sie tat ihre Arbeit, hörte zu, und ging einige Zeit später still hinaus, um sich anderswo zu beschäftigen.

Ich zeigte Mai ein Foto von Ehassan, auf dem er vor dem Hintergrund einer felsigen Landschaft in Ladakh zu sehen war. »Er ist ein Bildhauer, Mai. Er macht Skulpturen. Er arbeitet in meinem Institut.«

Papa ließ nicht locker: »Man muss doch wissen, wer das ist, was er macht, woher er sie kennt. Schließlich ist er ein Muslim.«

Papa welkte in seiner ständigen Besorgnis geradezu dahin. Als Subodh einmal sagte: »Ich will überhaupt nicht mehr hierherkommen«, dachte ich, das sei vielleicht am besten so, denn Papas Sorgen waren immer dann am stärksten, wenn er uns vor sich sah.

Vielleicht waren diese Befürchtungen der Grund, weshalb Papa immer häufiger Swamis und Sadhus aufsuchte. Noch vor Sonnenaufgang hörte man es bisweilen ans Tor klopfen. Mai stand auf: »Wer ist da?« Der Nachtwächter kam mit der Taschenlampe herbeigelaufen: »Es ist Augarh Baba.« Mai gab ihm den Schlüssel und ließ ihn das Tor öffnen, und herein traten ohne Zögern der große Meister und seine ein, zwei, drei Schüler, oder wie viele immer es waren, mit ihren schwabbeligen Bäuchen. »Heute bleiben wir hier und zeigen Papa den Ausweg aus seiner Drangsal.«

Und Mai machte sich an die Arbeit, die Gäste zu bedienen, damit hierbei nichts zu wünschen übrig bliebe.

Wir saßen dann wie auf glühenden Kohlen. Auch ich machte den Mund auf, aber es war Subodh, der Großvaters mächtige Stimme geerbt hatte. Er polterte los: »Gib ihnen doch einfach, was fertig ist. Warum bereitest du so viele neue Sachen zu? Sag Papa, er solle Bhondu zum nächsten Restaurant schicken und von dort etwas bringen lassen. Wozu dieser Aufwand?«

Mai beruhigte ihn: »Natürlich geben wir, was wir gerade haben … Nur Gemüse haben wir etwas wenig, davon koche ich ein bisschen mehr. Schließlich kommen sie nicht alle Tage … Und sprich bitte leiser …«

Eines Tages kam Papa herein und mischte sich in das Gespräch: »Ich habe nicht gesagt, dass du dies alles zubereiten sollst … Schick doch Bhondu, um Kachaudis und ein Gemüsecurry zu holen. Hier ist Geld.«

Mai wandte sich zu uns um: »Geht bitte. Wenn ihr schon eure eigene Arbeit nicht macht, dann stört mich nicht auch noch bei meiner. Wenn es im Haus etwas zu essen gibt, warum sollten wir Gäste dann mit Essen aus dem Restaurant abfüttern? Lasst mich mal für zehn Minuten allein.«

Subodh knirschte mit den Zähnen. »Let us go, Suni! Hier ändert sich doch nie etwas.«

Mai erwiderte leise: »Macht euch das nichts aus, Bhondu immer wieder loszuschicken?«

Das verschlug mir die Sprache. Offensichtlich war da wirklich nichts zu machen. Der eine gab, der andere nahm, und wir alle waren die Verlierer, wir alle saßen in der Falle, Papa, Mai, wir beide, Bhondu … Es gab keinen Sieger.

Ein Gefühl des Erstickens, eine Verzweiflung legte sich immer überwältigender auf alles, auf unsere unschuldigen Kindheitserinnerungen, unsere Hoffnungen, unsere Überzeugungen. Alle im Haus litten an Atemnot: Großvater, Großmutter, Papa, Bua, Mai, Hardeyi, wir … Die Beklemmung kauerte überall. Hinter den vergilbten Fotos, unter der neuen gestreiften Tagesdecke auf der alten Couch, um die Löcher im Kaschmirteppich, im steinernen Gitter der Oberlichter … Jeden Moment konnte sie sich irgendwo in Staub verwandeln und uns den Atem abdrücken, sich in eine Flut verwandeln und aus unseren Augen fließen.

28

Wir waren erwachsen geworden und konnten nicht länger ein »Wir« bleiben. Auch jetzt hielten wir noch zusammen, aber zugleich spürten wir, dass wir auch unsere jeweils eigenen Wahrheiten hatten. Und dass das weite Feld von Freuden und Leiden, von Freiheit und Gefangenschaft in der Welt von einer Stille und Einsamkeit durchdrungen war, die zwar alle gleich betraf, aber auch für jeden ihre eigene Schattierung hatte. Und dass es darin einen dunklen Farbton nur für uns gab, uns Frauen, nicht für Subodh, nicht für Papa. Dieser Farbton machte mir Angst, weil ich mit ihm schon vor meiner Geburt verbunden war. Diese besondere Stille gehörte schon zu mir, bevor es mich gab.

Die Vergangenheit ist dieser allgegenwärtige Gott – oder Teufel –, dem wir keinen Kult widmen können, der uns vollkommen umhüllt und durchdringt und uns fest in seinen Klauen hält. Wir sind ein winziges Fragment von ihm. Ihm gegenüber sind wir machtlos.

Diese Ohnmacht kannten wir schon seit unserer Kindheit. Es hatte nicht in unserer Macht gelegen, Mai zu retten, wir hatten sie nicht schützen können, und jetzt waren wir dem Ersticken in dieser schreienden Stille ausgesetzt, die unsere Geschichte war, meine und Subodhs Geschichte, jede für sich.

Subodh glaubte, es sei uns gelungen, die Stille zu zerreißen und uns zu befreien. Er war froh, mich als selbstständige Frau zu sehen – ich wohnte allein, fuhr Auto, malte Bilder. Ich war auch nach England gereist, was für mich wie ein Nach-Hause-

Kommen gewesen war. Subodh wollte, dass ich mich dauerhaft dort niederließ. Wenn es in der großen Stadt in unserem Land dunkel wurde und wir eine Freundin mit dem Auto heimbringen mussten, dann sagte er: »Suni, in England ist das alles gar kein Problem, da kannst du auch nachts jederzeit ausgehen, dich in ein Café setzen, Leute treffen. Man hat unbegrenzte Bewegungsfreiheit.«

Er drängte mich hartnäckig, nach England zu ziehen: »Wir arrangieren eine Ausstellung für deine Bilder. Bestimmt ergibt sich irgendetwas. Es gibt dort jede Menge Möglichkeiten. Hier verschwendet man doch die halbe Zeit mit Vorbereitungen und den Rest damit, sich in Sicherheit zu bringen. Was bleibt da noch für die Arbeit?«

Papas Gesicht war jetzt von Sorgenfalten durchzogen: Wohin würde Sunaina sich nun wieder von Subodh dirigieren lassen? Wenn sie erst einmal nach England übergesiedelt wäre, was könnte sie dann noch daran hindern, endgültig vor die Hunde zu gehen?

Mai erhob auch jetzt keinen Einspruch. »Das Leben bahnt sich seine eigenen Wege. Lass es doch geschehen. Sie wird es schon schaffen.«

Wir hörten nicht auf, sie zu drängen: »Komm du doch auch dorthin. Subodh hat seine Wohnung. Schau sie doch wenigstens an!« Aber ohne ein Wort zu sagen, ließ Papa sie wissen, dass es nicht infrage komme, Tausende von Rupien sinnlos zu verschwenden. Subodh sei gegangen, um zu studieren. Das sei eine andere Sache.

Als eine gute Begründung für mein Fortgehen gefunden war, vertieften sich Papas Falten, aber auch er würde es nicht übers Herz bringen, einfach Nein zu sagen. Subodh litt an Schwindelanfällen. Jemand von zu Hause musste ihn begleiten, um ihn zu pflegen. Und deswegen musste Sunaina fahren.

»Das ist in Ordnung«, sagte er, »Subodh hat ja dort sonst niemanden. Einer von der Familie sollte bei ihm sein.« Doch dann meinte er wieder: »Deswegen braucht man sich keine Sorgen zu machen. Auch mir wird manchmal schwindlig, wenn es sehr heiß ist. Trotzdem sollte man damit mal zum Arzt gehen.« Und oft wiederholte er: »Deswegen braucht man nicht zum Doktor zu laufen. Die Ärzte wollen auch ihr Geld verdienen. Daher finden sie bestimmt irgendeine Krankheit und machen aus einem völlig Gesunden einen Patienten. Subodh sollte nach Hause kommen, dann würde deine Mai ihn schon in Ordnung bringen. Dort hat er keinen, der ordentlich für ihn kocht und sorgt. Bring ihn mit zurück.« Und immer wieder sagte er: »Schreib ihm, er solle kommen. Dann brauchst du überhaupt nicht zu fahren.«

Aber die Zeiten, in denen er mich hätte aufhalten können, waren vorbei. Er brachte mich zum Flughafen. Mai hatte mir für Subodh Laddus aus Kichererbsenmehl mitgegeben und einen Brief, in dem stand: »Du musst alle Neuigkeiten sofort schreiben. Hauptsache, Du bist gesund. Wenn Du solche Pullover, wie Du für Bhondu einen mitgebracht hast, noch einmal im Sonderangebot findest, dann bring nächstes Mal drei oder vier mit. Alle haben so etwas gern, weil es aus dem Ausland stammt. Sei gesegnet.«

Papa ließ im Taxi ständig seine Gebetskette durch die Finger gleiten. »Turiyatita Baba … Baba … Baba …« Als er im Flughafen die arbeitslosen Arbeiter sah, die auf der Suche nach einem Job in die Golfstaaten fliegen wollten, bekam er es mit der Angst. »Mit diesen Leuten musst du fliegen … Baba, Baba … Nicht einmal aus dem Flugzeug kann man sie fernhalten. Oh mein Gott.« Zu dem Mann an der Passkontrolle sagte er: »Meine Tochter fliegt allein. Lassen Sie bitte einen Ihrer Mitarbeiter ein bisschen auf sie aufpassen.« Ich lächelte verlegen und zuckte hilflos mit den Achseln. Ich wünschte mir jetzt, so schnell wie möglich ins Flugzeug zu kommen, bevor ich noch selbst anfing, überall Schakale zu sehen.

Bevor ich ins Flugzeug stieg, schleppte ich Papa mit ins Flughafenrestaurant und bestellte zwei Glas frisch gepressten Orangensaft. Papa trank den Saft, aber er machte mir auch wohlgemeinte Vorwürfe: »Warum bist du so nervös? Bewahr deine Ruhe und denk an Baba.« Als wir aufstanden, um zu gehen, sagte er dem Kellner: »Der Tee war lauwarm und ziemlich sauer.« Er war dermaßen aufgeregt, dass er nicht einmal gemerkt hatte, was er trank.

Es war das erste Mal, dass ich in einem Flugzeug saß. Es dauerte nicht lang, und ich war wieder ein quicklebendiges kleines Mädchen. Aber wie viel besser wäre es gewesen, wenn statt des Sheikhs neben mir Mai gesessen hätte. Ich hätte mit ihr über alles gesprochen, was ich sah: Schau mal nach unten. Hier ist das Meer, dort ist das Meer. Wir sind über den Wolken, und darüber ergießt sich das Sonnenlicht. Ist das nicht komisch? Die Wolken sehen so tragfähig aus wie die Erde. Dort ist Dubai, und da die arabische Wüste. Dort ist Kuwait, dort Jordanien. Sieh mal, der ganze Schulatlas liegt offen vor uns. Vorn wieder das Meer, Istanbul, das Schwarze Meer, Bulgarien, Jugoslawien, die Alpen. Der Schnee liegt so dicht auf den Felswänden unter uns, als wären sie in eine weiße Decke gehüllt. Sieh mal, Mai, da ist Linz, die Stadt Hitlers, dieses Schurken, Deutschland, schau, wie grün alles ist. London ... Probiere ein wenig. Das ist Sekt. Nur einen Schluck. Das hätte ich gesagt. Wenn wir zusammen geflogen wären.

Von Kindheit an habe ich immer wieder solche Träume, die wie Wolken aufziehen und durch Türen und Fenster ins Haus eindringen. Einige der Wolken brachten sogar Regen.

Doch die Kindheit lag hinter mir, und Träume waren Wolken, die sich zusammenballten, und Mai war zu einer Belastung

geworden, die wir seit Langem wie ein Bündel mit uns herum-
schleppten, wobei wir manchmal ganz vorsichtig weiterschritten,
manchmal erschöpft anhielten, manchmal das lästig gewordene
Bündel am liebsten abgestellt hätten, und nichts von alledem
fiel uns leicht.

Mai blieb mit Papa zu Hause und wartete auf uns. Wir kamen
weiterhin heim, manchmal getrennt, manchmal zusammen. Das
Haus war still, aber oft kamen Papas Freunde und brachten
auch ihre Frauen mit, die sich sehr freuten, uns zu treffen, da
wir auf dem hochverehrten Boden Englands geschritten waren.
Subodh war natürlich der Held, aber auch ich war für sie keine
geringere Heldin. Weil ich fließend Englisch sprach, durch die
Welt reiste, weil ich unabhängig war – alles, was ihren Töchtern
nicht vergönnt war.

Wir kamen immer wieder. Weil Mai sich einsam fühlen
würde, weil Papa den ganzen Tag außer Haus war und die Felder
und der Garten den Mangel an menschlicher Gesellschaft nicht
würden ausgleichen können.

War in diesen Tagen nicht auch Vikram ins Haus gekommen?
Er war mit »Feldstudien« in einem Dorf in der Nähe beschäftigt.
Subodh war nicht dabei, aber ich hatte ihn ins Haus eingeladen.
Vielleicht hätte Papa lieber behauptet, ein Freund von Subodh
sei dienstlich gekommen, aber auch Heinz war an seinem Projekt
beteiligt und logierte in der Stadt in irgendeinem Gästehaus. Er
kam täglich mit seinem Jeep, holte Vikram zur Arbeit ab, und
manchmal nahm er mich auch mit.

Daher fand Papa keine Ausrede dafür, dass Vikram bei uns
logierte. Er sagte zu Mai: »Wenn die beiden Jungs zusammen
arbeiten, warum wohnt Vikram dann nicht auch in dem Gästehaus?«

Ich wurde schlagartig wütend: »Darf mein Freund nicht bei
uns wohnen?«

Papa stammelte verunsichert: »Die Leu… die Leute finden das nicht gut … Einen Mann solltest du nicht als Freund bezeichnen.« Und weil er sich allein der heiklen Situation nicht gewachsen fühlte, flehte er Mai an: »Erkläre du es ihr. Die Kinder sind jetzt alt genug, dass sie selbst verstehen sollten, was richtig und was falsch ist.«

Und er verließ nervös das Zimmer, ohne jemanden anzusehen.

Mai sagte nichts. Mütterlich liebevoll servierte sie Vikram das Abendessen. Seine zerschlissene Schultertasche warf sie weg und machte ihm eine genau gleiche aus festem Jeansstoff, einen Reißverschluss nähte sie auch ein. Als er abreiste, bat er mich um ein Glas Wasser, und sobald ich mich abgewandt hatte, berührte er als Geste von Respekt und Dankbarkeit Mais Füße.

Sobald Vikram abgefahren war, begann Papa mit seinen endlosen Klageliedern. Er ließ Mai ständig hören: »Es ist jetzt schwierig für mich, überhaupt noch das Haus zu verlassen. Die Leute stellen mir alle möglichen Fragen. Zumindest sollten sie sich hier in der Stadt nicht zusammen sehen lassen.«

Wenn er mich sah, wich er meinem Blick aus und stahl sich von Mais Seite weg. Wenn er mich nicht mehr sah, blickte er sich in alle Richtungen um und trat wieder zu Mai. »Du hast es ihr doch gesagt, oder? Du hast es ihr verboten, nicht wahr?« Und wenn ich zufällig gerade in dem Moment auftauchte, sagte er gleich mit lauter Stimme: »Näh mir den Hemdknopf an. Er ist abgerissen.«

Schon früher hatte uns dieses Benehmen aufgeregt, seine Strategie, immer Mai vorzuschieben, die dann alles sagen und tun sollte. Ich blieb immer in Mais Nähe, um sie nicht mit Papa allein zu lassen. Wenn ich das Haus verließ, machte ich mir ständig Sorgen, was dort wohl geschah, was Papa wohl mit Mai machte. Mai würde natürlich nie etwas erzählen.

Wenn man Mai nur dort herausbringen könnte! Dieser Wunsch war so hartnäckig, dass es uns überhaupt nicht in den Sinn kam, daran könne etwas unrealisierbar sein, oder es bedürfe außerordentlicher Anstrengungen.

Ich lag ihr in den Ohren mit meinem: »Komm heraus, Mai. Subodh ruft dich zu sich. Eine Reise kannst du doch einmal machen. Wenn Papa will, kann er ja auch mitkommen.«

29

Aber hält sich das Leben an die Bahnen, die wir ihm vorzeichnen wollen? Auf eigene Faust schreitet es ständig voran, kommt von den uns vertrauten Pfaden ab und schlägt einen ganz unbekannten Kurs ein.

Papa musste dienstlich öfter nach Lucknow reisen. Einmal war er mit einigen anderen zusammen im Auto gefahren, und gerade als sie auf dem Rückweg in unsere Stadt einfuhren, prallte ihr Auto mit einem Lastwagen zusammen. Papa und seine drei Reisegefährten wurden dabei weit hinausgeschleudert. Es war Nacht, bis zum frühen Morgen blieb der Unfall unbemerkt. Als man ihn endlich entdeckte, stellte sich heraus, dass zwei der Mitreisenden bereits tot waren. Einer lag bewusstlos, aber nur mit einigen Schrammen unter einem ebenfalls herausgeschleuderten Sitz des Autos, und Papa atmete zwar einigermaßen normal, aber sonst war alles an ihm gebrochen und verkrümmt.

Wir eilten, so schnell es ging, nach Hause, und ausgerechnet an dem Tag, wo uns absolut nicht danach zumute war, mit irgendjemandem Schwätzchen zu halten, stießen wir im Zug auf einen von Subodhs Schulkameraden aus der Kindheit. Arif, Jamir, Jivan, oder so ähnlich hieß er. Er war im Sunny Side Convent in Subodhs Klasse gewesen. Jetzt lebte er als Geschäftsmann in Bengalen, und wenn Subodh nach Hause kam, trafen sie sich manchmal.

Während er zum Lachen und Scherzen aufgelegt war, machten wir beide uns die schlimmsten Sorgen. Die wollten wir ihm aber nicht mitteilen, daher mussten wir seinen Wortschwall über uns ergehen lassen.

»Weißt du noch …«, zählte er eine Kindheitserinnerung nach der anderen auf, »wie viel Spaß wir damals hatten, wenn wir in unserer freien Zeit am Bahnhof herumhingen und auf dem Bahnsteig Tschai schlürften? Und erinnerst du dich, wenn dieser Postzug kam, wie wir dann alle hineinstürmten und die Sitze okkupierten und uns freuten, dass die echten Fahrgäste dachten, alles sei besetzt. Wie sie sich überall umschauten und dann auf der Suche nach Plätzen weiterzogen? Sobald wir die Pfeife hörten, sprangen wir zurück auf den Bahnsteig und lachten uns kaputt, dass ein ganzes Abteil völlig leer geblieben war. Weißt du noch, alter Junge …?«

Er schwadronierte immer weiter. Subodh saß da, mit einem gekünstelten Lächeln auf dem Gesicht.

Weil ich ihn nicht gut kannte, war ich nicht an dem Gespräch beteiligt und somit verschont. Plötzlich kam mir die Frage in den Sinn, ob Subodh und ich auch schon zwei separate Kindheiten gehabt hatten.

Aber wir waren als »Wir« gemeinsam nach Hause gefahren, fassungslos angesichts der Unberechenbarkeit des Lebens. So fassungslos, dass wir über den Schrecken hinaus bis an den Punkt kamen, wo Zweifel in Vertrauen umschlägt: Nein, so etwas konnte es nicht geben. So furchtbar, so chaotisch, so sinnlos, so frivol konnte das Leben einfach nicht sein.

Wir waren überzeugt gewesen, das uralte rostige Tor hätte sich knirschend geöffnet, aber nun mussten wir feststellen, dass um Mai herum von allen Seiten plötzlich neue starke Gitterstangen hochgeschossen waren. Und wieder war sie eingesperrt.

Mai hatte sofort alles liegen lassen und begonnen, aus Papas zerzausten Haaren die Glassplitter herauszuklauben.

Papa hatte Brüche am ganzen Körper. Zwar war er bis an den

Hals eingegipst, aber sein Kopf blieb zur einen Seite hin verdreht, seine Schulter zur anderen Seite, und seine Hüfte war ebenfalls verbogen und versteift. Auch die Füße konnte er nicht mehr gerade aufsetzen. Papa schleppte seinen verkrüppelten Körper durchs Zimmer, produzierte mit schwerfälliger Zunge irgendwelche Laute und war nun für alle Tätigkeiten auf Mais Hände angewiesen: fürs Waschen, fürs Anziehen, fürs Essen.

Mai saß in der Falle. Gefangen von ihrem neuen »Kind«, das sie an der Hand hielt und gehen lehrte.

Grund für ein neues bekümmertes Stöhnen von uns. Und wie tief Mai in der Falle saß! Voller Sorgen ließen wir immer wieder unsere Arbeit liegen, nahmen Urlaub und kamen nach Hause.

Im geschäftigen Treiben des Hauses ging ein Schatten um. Schon von Anfang an war er da gewesen. Nun durchdrang alles die lautlose Starre der Vergeblichkeit. Und da war dieser Schatten ...

Papa war selbst ein Schatten geworden.

In diesen Tagen tauchte »sie« auf. Auch ohne den Pullover, den Mai gestrickt hatte, sagte uns eine Art innerer Stimme, dass sie es war. Obwohl ihr Körper unter der Kleidung nirgendwo fett und erschlafft war.

Mai blieb an Papas Seite auf seinem Bett sitzen, wo sie gerade seinen Stirnverband wechselte. Die fremde Frau setzte sich daneben auf einen Stuhl. Der Griff ihres Regenschirms schaute aus einer bunten Plastiktasche.

An einiges erinnere ich mich deutlich: Sie hüstelte vielmals, als hätte sie eine gewöhnliche Erkältung. Nach jedem Husten sagte sie: »Excuse me.« Der Husten saß in ihrem Hals fest, und auch wenn er nicht herauskam, kam auf jeden Fall das »Excuse me«. Wie eben die Schülerinnen englischsprachiger Schulen, wenn sie erwachsen werden, ihre Beine in unnatürlich wirkender

Schamhaftigkeit mit dem Kleid verhüllen, die Knie zusammenpressen, den Oberkörper steif aufrichten, die Hände in den Schoß legen, wo sie ihr Taschentuch zusammenknüllen, und allem, was sie sagen, mit leicht gezierten Bewegungen »Sorry«, »Thank you«, »Pardon«, »Excuse me« hinzufügen.

Es wehte ein kräftiger Wind, und Mai sagte: »Mach das Fenster zu!« Ich stand auf und ging zum Fenster. Die Bäume und das Laubwerk draußen warfen wie verängstigt ihre Glieder hin und her. Ich dachte an mein Institut, hinter dem jetzt das Meer wild toben musste.

Und als ich die Blätter vom Gulmohar-Baum, der »Flamme des Waldes« fallen sah, trat mir Mais Rücken vor die inneren Augen, als er noch nicht so krumm war, auf dem ich die Wassertröpfchen hatte glänzen sehen und in dessen Mitte sich eine glatte, lange, schattige Furche entlangzog wie ein Ast.

Unter diesen zerfahrenen Gedanken blieb ich stehen. Hinter mir lag Papa, krumm und schief, da saß »sie«, diese Frau, und um das Fenster schließen zu können, bemühte ich mich immer wieder, den Vorhang festzuhalten. Der hatte seine Farbe verloren und tobte herum wie die Bäume und Blätter und das Meer, als hielte er sich selbst auch für einen Teil der Natur.

Die Frau muss wohl mit Mai oder Papa gesprochen haben, aber ich erinnere mich nicht daran. Ich hatte nur eine Art Intuition: Auf Mais Gesicht sah ich einen goldenen Frieden, frisch wie die Morgenröte.

Als ich Subodh auf der Dachterrasse traf, war er in trauriger Stimmung: Welch eine Tortur für Mai! Wie unglücklich sie sein muss!

Ich warf ihm einen von meiner »Konfusion« erfüllten Blick zu. Er begann, das ganze Flechtwerk von Geschlecht, Gesellschaft und Tradition zu entwirren – Mai, die verkrümmt war, Mai, die gebeugt war. »Was, wenn nicht Papa, sondern Mai auf dem Bett läge? Meinst du, dann hätte sich auch alles im Haus in gleicher Weise geändert?«

Nun war es noch schwieriger geworden, Mai allein zu lassen. Wir bemühten uns noch eifriger, Mai von dort wegzubringen. Subodh musste nach England zurück. Er ließ mich alle möglichen Formulare ausfüllen, die er mitnahm.

Vorerst zog ich mit meinen sämtlichen Malutensilien wieder ins Elternhaus. Vikram hatte ich aufgefordert, mich regelmäßig zu besuchen, wenn er dort etwas zu tun hatte, oder auch, wenn es nichts zu tun gab.

In Papas Augenwinkeln glitzerten Tröpfchen. Er lallte Mai etwas Undeutliches zu: »A … ba …«

Mai kam in mein Zimmer – sie schlief jetzt in Papas Zimmer – und setzte sich, sagte aber nichts.

Als ich fragte, was los sei, erklärte sie mir, ich solle, wenn möglich, hier im Haus nicht einfach so mit Vikram zusammen logieren.

Sie ging, und statt Blut floss jetzt eine Schwäche durch meine Adern. Ich konnte Mai nicht verlassen, und wenn ich Vikram herzukommen verbot, was dann …?

Blitzartig wurde mir klar, dass Mai zum ersten Mal im Leben etwas von mir verlangt hatte, eigentlich nicht verlangt, nur …

Judith hatte sich abgekämpft, uns klarzumachen, dass Mai von unserer ganzen Existenz Besitz ergreifen würde, wenn wir uns nicht selbstständig machten. Nicht Papa, nicht Großvater oder Großmutter, sondern Mai habe uns eingesperrt. Wir könnten uns nicht entwickeln, könnten nichts werden, würden in diesem klebrig weichen familiären Sumpf stecken bleiben.

Mai sagte nicht: »Heirate ihn oder verlasse ihn!« Wie viel hatte sie wohl verstanden?

Als Vikram kam, war die Atmosphäre bedrückend. Ich wartete sehnsüchtig auf seine Abreise. Ich fürchtete mich davor, mit ihm allein zu sein, denn auch dann kam es mir vor, als stünden wir unter Beobachtung.

Auf meinen Bildern tauchten in geschlossenen, privaten Räumen, in die zwei stumme Augen blickten, immer neue Figuren auf, oder ein stiller Schatten oder das stumm flatternde Ende eines Saris. Die Augen in eine Leere hinein geöffnet. Eine schattenhafte Figur in einer Ecke zwischen Wänden stehend, das Sari-Ende an eine Sessellehne gebunden. Als ob sie die Szene heimlich beobachtete, wodurch sie ihr einen grenzenlos privaten Charakter gab, ihr aber nicht erlaubte, so intim zu bleiben.

Vikram fuhr ab. Aber die unbekannte Frau kam nun öfter.

Und Mai sprach jetzt mit Papa nicht mehr in diesem erstorbenen, gepressten, gequälten Ton. Jetzt lag in ihrer Stimme eine Kraft, in ihren Händen eine Geschäftigkeit, in ihren Bewegungen Effizienz, in ihren Augen Selbstvertrauen. Wenn sie sah, dass Papa etwas falsch machte, sagte sie ihm mit fester Stimme: »Oh ho, was machst du da? Bleib sitzen … Nein, beug dich nicht, bleib sitzen, wo du bist. Das hebt gleich jemand auf … Setz dich!«

30

Mai war meine Wegweiserin: So, wie sie war, wollte ich nicht werden.

Mai saß in der Falle, und sie blieb darin.

Papas Krankheit löschte den Hauch von Verachtung aus, der sich unmerklich bei uns eingeschlichen hatte. Uns überkam ein grenzenloses Elend. Trotz dieser Frau. Oder auch gerade ihretwegen.

Wir hatten nie gelernt, Fragen zu stellen. Also schwiegen wir, standen Mai zur Seite und blickten sie immer wieder voll Bedauern an.

Auch für Papa hatten wir Mitgefühl, aber genau genommen war Papa für uns nur ein Anhängsel von Mai, sonst nichts. Soweit er überhaupt existierte. Er war fest an Mai gebunden.

Und Mai war in unserer Sicht nur an uns gebunden. Allem anderen, was wir gesehen hatten, zum Trotz.

Es gibt ein Gefängnis der Worte, es gibt ein Gefängnis des Denkens, und schließlich eines, das aus einem bloßen Zweifel entsteht. Wenn man in dieser Falle steckt, sieht man alles nur im entsprechenden Licht, auch wenn es in Wahrheit ganz anders ist.

Unsere Sicht der Dinge hatte sich von Kindheit an immer mehr verfestigt. Auch wenn wir unvertraute Geräusche sehr wohl hörten, meinten wir, unsere Ohren hätten sie uns vorgegaukelt. Auch wenn wir eine seltsame Schwingung spürten, meinten wir, das hätten wir uns nur eingebildet. Wenn wir an Mai eine unbekannte Facette aufleuchten sahen, blinzelten wir verwundert mit den Augen und stülpten ihr gleich wieder unser altbekanntes Klischeebild über.

Man könnte auch sagen: Ganz gleich, was wir sahen, was wir hörten, was wir wussten – Mai saß in unserer Wahrnehmung immer in der Falle, sie litt, sie war ein Opfer von Tyrannei, und wir waren dazu geboren, sie zu retten.

Aber wenn wir mit geschlossenen Augen auf der Dachterrasse lagen, wieder einmal unsere altvertrauten Ansichten austauschten und dann die Augen öffneten, erfüllte uns der blendend helle Himmel, und ein ganzer Wust von Fragen bohrte sich wie ein scharfer Gegenstand in uns hinein.

Außerdem ist die Wahrheit ja so verworren, so komplex, dass wir – davon verängstigt – lieber eine dürftige kleine Lüge, nur weil sie so klar und einleuchtend ist, für die Wahrheit nehmen.

Und können wir nicht manchmal auch in einem kaum bekannten Menschen etwas Subtiles erkennen, das, wenn man ihn besser kennenlernt, zwischen seinen vielen anderen Zügen verschwindet und dann nicht mehr zu sehen ist? Hätte der Mann, dem Nana mich gegenüberstellte, mich jeden Tag gesehen, dann hätte er vielleicht nicht gefragt: »Ist das etwa … Rajjos Tochter?«

Wir fürchten uns so sehr vor allem, was nicht ausgemessen ist, fürchten uns vor seinen unberechenbaren Wellen.

Doch warum sollte man das Unbekannte auch nicht fürchten? Erst wenn wir wissen, können wir voranschreiten. Blieben wir ansonsten nicht wie festgenagelt stehen? Das Leben selbst verlangt von uns zu glauben, dass wir Bescheid wüssten und dass wir ständig in Bewegung blieben. Diese ständige Bewegung nennen wir dann das Leben.

Erst später ging uns auf, dass nicht nur wir in Bewegung waren. Das Leben selbst bewegt sich in seinem ihm gemäßen Tempo weiter. Das Tempo ist dasselbe für den, der mitten in seinem Wirbel stehen bleibt, wie für den, der willig mitschwingt.

Nicht wir sind es, die das Leben vorantreiben. Und auch für den, der stehen bleibt, kommt das Leben nicht zum Stillstand.

Wir sahen Mai unbeweglich an einem Punkt stehen, und auf diesem Punkt nagelten wir sie quasi für immer fest.

Auch die Besucher unseres Hauses bemerkten nicht, wie die Zeit verstrich, und pressten mich noch immer in die aus meiner Kindheit bekannte und vertraute Form. Ich war für sie immer dieselbe geblieben, und ich selbst hüllte mich vor ihren Blicken verunsichert in den Umhang kindlichen Verhaltens. Meine Körperformen mochten die einer Erwachsenen geworden sein, aber ich selbst hielt daran fest, »klein« geblieben zu sein, und spielte die Rolle des Kindes. Manchmal fühlte ich mich, als wäre ich im Haus zu einer lebenden Lüge geworden, und bekam es mit der Angst: Fliehe von hier, bevor die Lüge auffliegt.

Aber ich konnte nicht weggehen und Mai in den Krallen des Hauses zurücklassen. Also blieb ich. Subodh wollte in England eine Ausstellung meiner Bilder organisieren. Er war überzeugt, dass die Besucher dort, tief beeindruckt von der Persönlichkeit einer indischen Frau, über meine Bilder in Begeisterung ausbrechen würden. Er versprach sich davon einen Riesenerfolg.

Aber wie sollte das zu bewerkstelligen sein? Weder konnte ich Mai in dieser Lage allein lassen, noch konnte Subodh zurückkommen, noch konnte ich ewig im Haus bleiben.

Mai erinnerte mich an meine Arbeit: »Braucht eine freischaffende Künstlerin denn keine feste Bindung an ein College oder Institut? Kümmere du dich um deine Karriere. Hier läuft ja jetzt alles.« Als sie hörte, dass Papa mit seinem Stock auf den Boden klopfte, stürzte sie sofort aus dem Zimmer.

Papa verließ das Haus jetzt praktisch überhaupt nicht mehr. Sein Roller stand mit einer Plane bedeckt unter dem Schutzdach und wartete auf Subodh. Papa verbrachte die Tage mit Lesen, falls nicht irgendein Besucher aufkreuzte. Oder er rief Mai, die dann bei ihm sitzen blieb.

Ich ging selten zu Papa. Subodh hatte wenigstens einige Gesprächsthemen mit ihm. Zum Beispiel über die zunehmende Diskriminierung, der Asiaten in England ausgesetzt waren. Er sagte, die Engländer seien äußerst arbeitsam. Und dergleichen mehr.

Mir fiel nichts ein, worüber ich mit ihm reden konnte. Malerei war im Haus geringer angesehen als Staub, daher wurde sie nicht erwähnt. Überhaupt fand Papa, dass ich in meinem Leben nicht das erreicht hatte, was ich hätte erreichen sollen. Nach seinem Unfall fiel es mir auch schwer zu verstehen, was Papa sagte, und ich genierte mich, immer wieder zu sagen: »Wie bitte?«, »Sag es noch einmal«, »Das habe ich nicht verstanden.«

Wir konnten uns weder entschließen zu bleiben noch wegzugehen. Wenn ich ging, kam ich gleich wieder zurück. Wenn Subodh abreiste, bereitete er gleich sein nächstes Kommen vor.

In Wahrheit war das Haus wieder zu einem Zuhause geworden, ob wir es wollten oder nicht. Und in der Mischung aus Sicherheit, Ersticken und Wohlbehagen steckten wir immer tiefer fest.

31

Bisweilen bleibt es uns auch erspart, eine Entscheidung zu treffen. Die Sache erledigte sich von allein. Manch eine friedfertige Seele ist so veranlagt, dass sie die Dinge, wie sie sind, als gegeben akzeptiert und sich stillschweigend damit einrichtet.

Wir waren äußerst besorgt, Mai saß in der Falle, auch ich saß in der Falle. Was war zu tun? Hier, wieder einmal daheim.

Das Leben fand zu einem regelmäßigen Rhythmus zurück. Papa blieb im Haus, aber es ging ihm recht gut. Mai versorgte ihn so aufmerksam, als hätte sie es früher daran mangeln lassen. Einmal half ich Mai, das Essen zu servieren. Ich stellte Papas Essen auf den Teewagen und rollte ihn gerade an sein Bett, als Papa seine Hand nach dem Obstkörbchen neben seinem Bett ausstreckte. Mai sagte: »Nein, iss davon jetzt nichts, hier kommt dein Essen.«

Papa hatte schon angefangen, eine Banane zu schälen. Er hörte damit auf und blickte unsicher von der halb geschälten Banane auf das Obstkörbchen. Dann sagte er in seiner kaum verständlichen, abgerissenen Sprache zu Mai: »Kann ich ... das ... essen?«

Wie etwa ein Kind seinen gestrengen Lehrer fragen würde.

Mai nahm ihm die Banane aus der Hand: »Iss erst deine Mahlzeit, danach kannst du die Banane haben.«

Die Tage gingen dahin, einer nach dem anderen. Im Winter spannte ich meine Leinwand auf der Dachterrasse auf und malte. Mir gefiel es da oben, an dem Ort meiner Kindheitserinnerungen. Von wo ich den Kiesweg zum Tor sah, auf dem man eine

Schlange genau erkennen konnte, von wo man die Spinnweben zwischen den Oberlichtern und den Wänden seidig glänzen sah. Languren waren dort jetzt nicht mehr zu sehen, aber die Pfauen kamen noch und ließen ihre Federn fallen.

Ich malte daheim viele Bilder, aber ich fragte mich deprimiert, ob ich hier etwa bis an mein Lebensende bleiben müsse.

Nein, wir waren alles andere als froh, als Papa plötzlich einen Schlaganfall hatte. Einen so schlimmen, dass auch ein Blinder sehen konnte: Sein Lebenslicht würde nicht mehr lange brennen. Subodh kam so schnell wie möglich. Einmal konnte Papa ihm noch in die Augen sehen, dann verlor er das Bewusstsein.

Mai stand daneben. Auch der Arzt, Hardeyi, Bhondu und wir beide waren da. Papa zitterte heftig, sein ganzer Körper wurde von einem Schluchzen durchgeschüttelt. Auch schien sein hilfloser Zustand ihn sehr aufzuregen. Unfähig, irgendetwas für ihn zu tun, standen wir an seinem Bett und schauten ihn an, erstarrt wie Steinfiguren. Als wären wir der Tod und Papa das Leben.

Sämtliche Schatten aus der Vergangenheit des Hauses gesellten sich dazu und blieben bei uns stehen.

Dann öffnete Papa ein letztes Mal seine Augen und blickte uns durch die Barrikade der Glukose-Infusion und des Sauerstoffschlauchs an. Als er unsere erstorbenen Augen sah, schloss er absichtlich seine Lider.

Dann fiel er in das Koma, aus dem er nicht mehr erwachte.

Wir sprachen nicht miteinander. Wir fühlten, was der andere dachte, und vermieden es, einander anzusehen. Papa war gerade im Begriff, uns zu verlassen, und Mais letzte Fessel würde zerspringen …

Es schnitt uns ins Herz. Wir sprachen es nicht aus. Er mag uns fremd gewesen sein, aber er war doch unser Vater.

In der Kindheit war in uns eine Sehnsucht aufgekeimt, die dann, obwohl stets unterdrückt, mit uns aufgewachsen und aufgeblüht war und sich zu einem übermächtigen Verlangen gewandelt hatte. Nun stand sie an der Schwelle ihrer Verwirklichung. Vielleicht schlugen unsere Herzen sogar heimlich schneller, aber dann gingen uns in der Trauer um Papa doch die Augen über.

Mai dagegen war ganz ruhig. Wir sahen sie sehr selten weinen. Sie ging ganz in ihrer Fürsorge für Papa auf. Sie hörte nun damit auf, alle möglichen Leckereien zuzubereiten, zu nähen, zu stricken, zu gärtnern, an Frauentreffen teilzunehmen.

In England würde sie das alles tun können, und noch vieles mehr und neues dazulernen, sagte Subodh durch die Rauchwölkchen seiner Zigarette hindurch.

Wir waren ja schon immer von der Idee besessen gewesen, dass wir Mai nicht bleiben lassen würden, wie sie war. Unsere große Erfahrung und unsere tiefschürfenden Überlegungen hatten uns zu der profunden Erkenntnis geführt, dass Mai ein Hohlkörper war, weil diese Gesellschaft sie aus eigennützigen Interessen ausgehöhlt hatte. Wir würden sie wieder mit ihrem menschlichen Gehalt auffüllen, würden ihr Gelegenheit geben aufzublühen, damit diese unter jahrhundertealter Tyrannei leidende Hülle abgeworfen werden und Mai – nun nicht länger als Mai – sich zu ihrem vollen Selbst entfalten könne.

Für uns war die Nicht-Mai das eigentlich menschliche Wesen.

Der Arzt mahnte Mai, auf ihre Gesundheit zu achten und ihre Pillen zur Kräftigung der Konstitution zu nehmen. Wenn sie nicht auf sich selbst achtgebe, wie könne sie sich dann um andere kümmern? Auch wir fanden, dass sie sich dringend Ruhe gönnen musste. Aber Mai, krumm, gebeugt und abgespannt, wie sie war, wurde unruhig, sobald sie sich hinlegte, stand bald wieder auf und machte sich eilig mit irgendetwas zu schaffen.

Ich weiß nicht, warum: Wenn ich an jene Tage denke, habe ich immer wieder das Bild vor Augen, wie Mai mit einem holdseligen Lächeln auf den Lippen Papas Haare kämmte.

Vom Dach aus hatte ich gesehen, wie der Bambus hinter dem Haus hochwuchs und in voller Blüte stand. Ich brach davon lange Zweige voller Blüten ab, stellte sie in einen Messingkrug und wollte sie in Mais und Papas Zimmer bringen. Aber Mai hielt mich zurück und sagte: »Wenn die Bambuszweige blühen, heißt das, dass ihre Tage vorüber sind.«

Dann verließ uns Papa.

Eben war er noch da. Jetzt war er gegangen.

Das Haus füllte sich mit Bua, Phupha und jeder Menge von Leuten. Mai organisierte alles. Bua begann zu weinen: »Bhabhi! Schieb ihm ein Kissen unter den Kopf. Das Eis muss doch schrecklich kalt sein.«

Mai sagte nur: »Bibiji!«

Und der Rest des Dialogs schien uns wie aus den Tiefen unserer Kindheit zurückgeweht: »Warum redest du solchen Unsinn?«

32

Wir fanden nicht, dass sich im Haus viel verändert hätte, denn auch in jenen Tagen war Mai so still wie sonst. Alles kam uns genauso vor wie früher. Erst jetzt begreifen wir zwei einfache Tatsachen: erstens, dass im Haus alles deshalb seinen geregelten Gang ging, weil Mai dort das Heft in der Hand hatte, und zweitens, dass wir aufgrund unserer bedingungslosen Liebe zu ihr nie sahen, was hinter ihrer Gelassenheit steckte.

Bua hatte schon lange kommen und ihren Bruder besuchen wollen, aber das war immer nur möglich, wenn Phuphaji Urlaub hatte. Jetzt, nachdem ihr Bruder nicht mehr lebte, gab Phupha seinen Widerstand auf, und Bua ließ sich quasi häuslich bei uns nieder. Oder war auch sie mit zunehmendem Alter unabhängiger geworden und kehrte an die Stätte ihrer Kindheit zurück?

Bua lebte nun mit uns. Auch wenn sie zu sich nach Hause fuhr, kam sie immer sehr bald wieder.

Oft versuchte sie, Mai Arbeit abzunehmen, und sagte dann: »Hör zu! Alles, was es hier zu tun gibt, habe ich schon durchgeplant. Du brauchst mir nichts beizubringen.«

Manchmal ordnete Mai dann in Papas Zimmer dessen Papiere und Briefe.

Sie schickte dieser Frau ein Päckchen, das seiner Form nach weder wie eine Sendung von Papieren noch wie ein Paket mit Kleidung aussah.

Das Haus war, wie die Erde selbst, nicht darauf angewiesen, dass jemand kam oder ging, es folgte wie immer seinen eigenen

Rhythmen. So wie sich mit der Jahreszeit die Speisen und die Pflanzen auf den Feldern und Gärten immer wieder änderten.

Hardeyi half weiterhin in der Küche, aber Bhondu lag jetzt nur noch vor seiner Kammer auf einer Liege und hustete ständig.

Viele Leute, die in unserer Gegend arbeiteten, waren gekommen, um Mai ihr Beileid auszusprechen, der Straßenfeger, ein Tischler, der Briefträger. Dieselben Leute, die sich auch an den Festtagen blicken ließen, und denen Mai dann und auch sonst gelegentlich Zucker, Korn, Kleider und Geld gab, womit sie die feudale Tradition des Hauses fortführte.

Subodh und ich waren zu Hause. Wir warteten noch immer auf den richtigen Moment.

Ich erinnere mich nicht mehr, was vorher und danach geschah, jedenfalls saß an einem Regentag ein kleiner Vogel vor mir auf einem Zweig. Er blieb lange dort ganz still sitzen, mit aufgeplusterten Fittichen und tief eingezogenem Hals. In dem leichten Nieselregen fiel manchmal ein dicker Tropfen auf irgendein Blatt, wodurch es unabhängig von den anderen nass glänzend schaukelte. Plötzlich schüttelte der Vogel heftig seine Federn, sodass alle Blätter zitterten und der ganze Baum sich belebte.

»Es muss unbedingt ein Mann im Haus sein«, ließ sich Bua in gereiztem Ton hören.

Mai verlas gerade Linsen, und wir beide, Subodh und ich, waren auch mit irgendeiner Arbeit beschäftigt.

Aber wie sollte Subodh sich wieder hier niederlassen, und wenn er käme, was sollte er hier tun?

Subodh sagte etwas, woraufhin Bua, ich weiß nicht, warum, mich verärgert anfuhr: »Pah. Zwei Tage war sie mal in England, und mit diesem Orden läuft sie jetzt das Leben lang herum, als ob sie nicht hierhergehörte!«

Ich sagte ganz ruhig: »Was hast du denn, Bua? Ich bin doch hier.«

»Ach, was für ein Blödsinn! Dass du noch hier wohnst, macht doch keinen Sinn.«

Diese Beschuldigung, noch unverheiratet im Elternhaus zu sein, wollte ich nicht auf mir sitzen lassen. Ich erwiderte: »Wieso denn. Ich habe doch schließlich auch ein Recht, hier zu sein. Mai und ich schaffen es auch ohne Mann, hier alles am Laufen zu halten.«

Daraufhin eskalierte das Wortgefecht erst recht.

Subodh versuchte abzuwiegeln: »Wie du meinst. Aber ich kann jedenfalls nicht hierbleiben.«

Bua brauste auf: »Willst du denn, dass hier alles vor die Hunde geht?« Dann ergänzte sie besorgt: »Wenn du England nicht verlassen kannst und lieber deine Mai allein lässt, na gut, dann lass Sunaina hier nach dem Rechten sehen.«

Phupha und Bua schlugen vor, auf einem Teil des Anwesens eine Schule zu eröffnen. Um dem Gesetz über die Höchstgrenze von innerstädtischem Grundbesitz durch die Maschen zu schlüpfen, hatten viele diesen legalen Ausweg genutzt. Auf diese Weise könnten wir Kinder den Besitz unserer Vorfahren erhalten. Subodh würde Schulleiter. Wenn er das nicht wollte, könnte ich es auch werden. Schließlich hätte ich ja sonst nichts zu tun.

»Warum sollte sie das tun, Bua?«, erwiderte Subodh. »Sie hat doch ihre eigene Arbeit.«

»Bilder malen kann sie auch hier«, konterte Bua.

Mai brachte den Dal in die Küche, und Bua sagte: »Denkt doch an Mai.«

»Genau das tun wir«, sagte Subodh.

»Indem ihr sie hier allein lasst?«

»Absolut nicht!«

»Also, Sunaina ...«

»Kommt nicht infrage!«

Bua starrte uns schweigend an, gefasst auf irgendeine unerhörte Mitteilung.

»Mai und wir …«, begann Subodh, doch dann sah er Mai zurückkommen und unterbrach sich. Verstummte schlagartig gegenüber ebendieser Mai, auf die wir bis heute gewartet hatten, um das zu tun, was wir zu tun hatten, wofür wir aufgewachsen waren, was in uns Raum gegriffen hatte wie ein Gelübde.

Subodh blickte verlegen zu Boden. Ich sagte zu Bua: »Du kannst doch hier eine Schule aufbauen!«

»Was habe ich hier zu suchen?«, sagte Bua, aber auch ihre Stimme klang verlegen.

Wir ließen die Zeit vergehen. Mehr noch als Mai waren wir es, die sich von dem Haus nicht trennen konnten. Uns tat es am meisten leid darum. Fast am Ziel angelangt, bekamen wir es plötzlich mit der Angst: Jetzt … jetzt … ist es so weit.

Phupha kam nun auch öfter. Er kam mit dem Auto, brachte die Söhne mit, und wir machten wie früher gemeinsam, nur ohne Papa, Ausflüge in die Umgebung.

In unserer Stadt gab es einen Bahnübergang, den wir immer überqueren mussten, egal, wohin wir wollten, und sobald wir das Haus verließen, sagte irgendjemand ganz bestimmt: »Wenn bloß die Schranke nicht unten ist!«

Als Kinder hatten wir den anderen oft mit einem ausgestreckten Arm oder Bein den Weg versperrt und gesagt: »Die Schranke ist zu. Die Tschuk-tschuk-Eisenbahn kommt.«

Die Schranke war zu, und die Schlange von Autos, Lastwagen, Rikschas wurde immer länger.

Die Schranke blieb ewig lange geschlossen. Endlich war der Zug zu hören, von ferne sah man seine Lichter, seinen Qualm. Dann ging es vor einem tschuk-tschuk-tschuk-tschuk vorbei, ein fröhliches Pfeifen ertönte, und nichts als eine winzige rote Lokomotive, so groß wie ein Spatz, fuhr vorüber.

Mai lachte. Ich erinnere mich gut an ihr Lachen. Sie konnte nicht aufhören. Ihr ganzer Körper lachte mit, ihr kamen die Tränen, sie musste sich das Ende ihres Saris in den Mund stopfen, und wir sahen sie lächelnd, aber auch verwundert an.

Ein bisschen verlegen sagte Mai: »Wir mussten so lange warten, dachten, ein langer, grandioser Zug würde kommen, und was uns so lange aufgehalten hat, war das.« Sie zeigte dahin, wo die Lokomotive vorbeigefahren war: »So ein tänzelndes kleines Küken!«

Wir lächelten ein wenig mitleidig, aber lachen konnten wir nicht. Auch konnten wir nicht glauben, dass ihr wirklich zum Lachen zumute war. Es war ein unechtes Lachen, nach Papas Tod, fanden wir. Wir meinten, dass sie in jenen Tagen überhaupt nicht mehr lachen konnte. Sie lachte nur dieses eine Mal, unsere grenzenlos einsame, grenzenlos traurige Mai.

Der wir nicht erlauben konnten, hier länger zu bleiben …

33

Später ging uns auf, dass wir überhaupt nicht verstanden hatten, was passiert war. Noch später ging uns auf, dass wir doch etwas begriffen hatten. Der Gedanke, wir hätten gar nichts begriffen, war ein Irrtum. Aber es gab noch viel mehr, das uns damals entging, das wir auch später nicht verstanden, bis heute nicht. Zum Beispiel nutzten wir unsere Augen nur dazu, den Schatten zu sehen, während es doch auch die echte, vollständige Gestalt gab, die den Schatten warf. Wir nutzten unsere Ohren nur, um ihre Stille zu hören, obwohl es doch viele, viele Klänge zu hören gab.

Und dann blieb uns keine Möglichkeit mehr, Mai zu sehen und zu hören. Das unumstößliche Wissen, »Sie ist nicht mehr«, riss uns herab.

Es ist schwer zu sagen, wie viel Zeit verging. Wenn man die Unterlagen über den Verkauf von Teilen des Anwesens öffnet, lassen sich die Daten rekonstruieren.

Die Senfpflanzen wurden von Parasiten befallen. Mai ließ das ganze Feld abmähen. Einen anderen Weg gab es nicht.

Das Gras wurde gemäht, und der Duft des frischen Heus wehte durch die Luft.

Die warmen Kleider wurden im Hof zum Lüften an die Sonne gelegt und dann wieder in die Truhen gepackt.

Im selben Hof holten sich die Streifenhörnchen immer wieder Körnchen für Körnchen von dem auf Charpais zum Trocknen ausgelegten Weizen.

Wo wir mit Kreidestrichen Hüpfkästchen gezeichnet hatten. Das war natürlich früher. Viel früher.

Neben Hardeyis altem Baumwollsari glänzte Mais schneeweißer Sari.

Das »Wann« hatte seine Bedeutung verloren. Es war eine Art Stillstand der Zeit, der sich uns für immer eingeprägt hat.

Die stickige Luft, das stille Haus. Wieder das alte Muster: Wir waren drauf und dran, einander das bis jetzt Unausgesprochene zu sagen, als ich Mai die Tasse Tee brachte.

Ihre Hand glitt aus Subodhs Griff, zugleich fiel mir die Teetasse aus der Hand.

»Mai!«, schrie ich. »Mai, Papa hat uns verlassen!«

Obwohl das schon lange her war.

»Suni«, sagte Subodh bestürzt, »Mai hat uns verlassen.«

Die Bambuszweige standen im Topf noch immer in Blüte.

Wir blieben regungslos stehen. Mai war von uns gegangen. Nichts blieb. Wir konnten absolut nichts mehr tun, um sie zu retten. Sie war gegangen, und wir empfanden nur noch Öde, Leere und Vergeblichkeit. So standen wir benommen neben ihr, und uns war, als rieselte aus ihren Augen die Asche eines erloschenen Lebenslichts. Unverwandt starrten wir auf diese Asche, die sich auf ihrem Schoß aufhäufte.

34

Mai hatte nichts als diese Asche hinterlassen. Und uns.

Wir verbargen die Asche vor dem Blick anderer und bewahrten sie bei uns auf. Wir beide allein stellten sie auf der Dachterrasse zwischen uns und blickten sie schweigend und verständnislos an.

Hier war all das, was wir nicht verstanden, nicht verstehen können, was nicht mit uns verbunden war, was von uns getrennt und außerhalb von uns existierte.

Eine von uns getrennte Person.

Die zu erkennen wir in der Bemühung, uns selbst zu erkennen, ausgelöscht hatten.

Und jetzt quälten wir uns.

Das fürstliche Anwesen verkam zu einer Wildnis. Niemand war mehr da, der sich um das große angestammte Haus, die Felder und Blumenbeete gekümmert hätte. Wir hatten ja unsere innere Bindung daran schon viel früher abgebrochen. Was blieb, hatte Mai genau in dem Moment zerstört, als sie uns verriet.

Sie hatte uns die ganze Zeit getäuscht.

Subodh und ich waren schon seit Längerem nicht mehr ein Wesen, sondern zwei. Jetzt teilten wir uns noch weiter in viele separate »Ichs«. Eines sprach mit dem Vakil, dem Rechtsanwalt, den wir Onkel nannten, wie am vernünftigsten der Grund- und Hausbesitz verkauft werden konnte. Ein anderes, zum Gespenst geworden, zitterte in den Spinnweben der Oberlichter.

Es ging darum, das Anwesen zu verkaufen. Bua war bereit, zu

ihrem Anteil weitere Anteile hinzu zu übernehmen. Testamente wurden studiert und durchgerechnet. Bilder, Teppiche, Spucknäpfe, Krüge und vielerlei Sachen wurden einzeln hervorgeholt und verpackt.

Über uns der verhangene Himmel, unten eine erstarrte Finsternis.

Manchmal vergaßen wir voranzuschreiten, manchmal vergaßen wir einzuhalten. Absurde Vorstellungen kamen uns in den Sinn und vergingen wieder. Als ich das Glas mit den eingelegten Carandabeeren sah, wollte ich Mai vorwerfen, dass sie mir nicht beigebracht hatte, wie man sie würzt. Oder, als ich ein Foto in die Hand nahm, war mir, als hätte ich es nie zuvor gesehen: Mai und Papa auf dem Roller sitzend, wobei sie einander anschauen, der Mann lachend, die Frau scheu lächelnd.

Wann? Wann? Das machte mich ganz schwindlig. Mai lächelte Papa an? Warum? Was war da zwischen ihnen? Und wo waren wir? Waren wir nicht dabei?

Was war mit dem Haus geschehen? Es hatte plötzlich begonnen, uns zuzuflüstern: »Schau auch hierher. Genau hier war es, aber hast du es gesehen?«

Das Essen schmeckte jetzt ganz anders. Das Haus roch anders.

Der Ort, der unser Ersticken verkörperte, lockte mich mit zärtlichen Rufen. Seine Zurufe lösten einen ganzen Wirbel von Gedanken in mir aus. Durch dieses ganze Haus waberte unsere Vergangenheit. Sie glotzte mich an, manchmal mit leeren, eingesunkenen Augen, manchmal mit feuchten, von mütterlicher Liebe erfüllten Augen. Der hilflose Ausdruck dieser Augen wirkte wie ein Vorwurf.

Das Haus war erfüllt von Traurigkeit und Bedrückung. Aber mitten darin war auch unser Lachen wie Wunderkerzen versprüht. Derselbe Ort, wo wir uns als Kinder so eingeengt, erstickt gefühlt hatten, war auch Zeuge unserer fröhlich plappernden, hüpfenden Kindheit gewesen. Wer hätte uns so völlig unterdrücken können, dass es uns vernichtet hätte? Wenn wir nach außen schweigsam geworden waren, war dann im Inneren unsere alte Fröhlichkeit abgestorben? Unsere Lieder, die wir mitten in dieser Enge sangen, hatten überhaupt nichts Ersticktes an sich.

Grausamerweise kam auch in jenem Jahr Diwali. Mai hatte zu Diwali immer in einem kleinen Tontopf Kampfer zu Kajal verarbeitet. Bua verrichtete die Lakshmi-Puja und zündete ein einziges Lichtchen an, das in die Haustüre gestellt wurde, damit unsere Vorfahren aus früheren Jahrhunderten ungehindert kommen konnten.

Wir stiegen bei Dunkelheit auf die Dachterrasse, von wo wir sie in ihr altes Haus zurückkommen sahen und wo wir, still sitzend, ihren geheimnisvollen Erzählungen lauschten.

Noch einmal machten Bua und Phupha den Versuch: »Wir übernehmen die Verantwortung für Sunaina. Einmal muss ihre Heirat doch schließlich arrangiert werden.«

Subodh beherrschte sich.

Aber niemand hatte jetzt mehr das Recht, sich über meine Angelegenheiten den Kopf zu zerbrechen.

Einige Zeit musste vergangen sein. Aber doch nicht sehr viel Zeit, denn noch immer kam Onkel Vakil regelmäßig, und noch immer wurde über den Verkauf des Hauses gesprochen.

Alles ging seinen unbarmherzigen Gang.

Die Blütenpracht war überwältigend. Es wird wohl Februar gewesen sein. Es war windig, und die Blätter flatterten herab wie Vögel. Wenn man am Tag in der Sonne saß, wurde es einem schnell warm. Saß man im Haus, wollte man sich bald Socken anziehen.

Hardeyi kochte das Essen. Im Garten gab es alles: Spinat, Soja, weiße Rüben, Bohnen, Methi, Karotten, Erbsen, Weißkohl. Am Jackfruitbaum hingen kleine Früchte. Der Bottlebrush-Baum blühte karminrot. Mai hatte diese Blüten immer in eine Vase ins Wohnzimmer gestellt. Magnolien und Jasminblüten hatte sie in großzügiger Menge auf einem Thali angeordnet. Die Zweige des Guavenbaums hingen schwer von Früchten herab. Ein Straßenverkäufer kam abends immer mit einer Karre voll frischer grüner Kichererbsen vorbei.

Es wurde früh dunkel. Subodh und ich gingen auch früh ins Bett. Unter der wohlig warmen Steppdecke hörten wir den Geräuschen der Stadt zu. Es war die Hochsaison für Hochzeiten. Bands spielten bis spät in die Nacht ihre schräge Musik. Frühmorgens hörten wir das Pfeifen des Zuges, dann kam das nervös hämmernde Geräusch der Räder auf der Brücke.

Wenn der Abend dämmert, wird einem seltsam zumute. Onkel Vakil trug eine Brille mit sehr dicken Gläsern, und von einem bestimmten Winkel aus schienen seine beiden klaren Augen mit den Gläsern zu verschmelzen, dann sah es aus, als würde er von beiden Seiten seiner Nase aus steinernen Augen glotzen.

Der Wind blies scharf herab, kalt und stechend, und wehte spitzige Sprossen umher. Wir schlossen die Fenster, zogen die Vorhänge zu und verkrochen uns im Haus. Von hier sahen wir Onkel Vakil kommen, ihn zuerst und hinter ihm den Nachtwächter, der ihm mit einer starken Taschenlampe den Weg beleuchtete. Wodurch Onkels Hose transparent wurde und seine Beine wie die Heizelemente eines Elektroöfchens strahlten. Rote, haarige Metallstäbe.

Wir waren deprimiert. Wir waren weder hier noch dort. Wir fühlten uns gelähmt. Als sei unsere ganze Rebellion verpufft. Als könne der Tod sich selbst nicht verstehen, nur das Leben könne ihn verstehen. Selbst du, Mai, verstehst nicht, wir allein wissen, was wir jetzt durchmachen. Uns schien auch der Versuch aussichtslos, die Dinge irgendwie gewaltsam zurechtzubiegen. Warum gaben wir uns nicht einfach damit zufrieden, wie es war?

Wenn Subodh ausgestreckt neben mir lag und etwas sagte, klang seine Stimme weit entfernt, als käme sie aus einer geschlossenen Höhle. Als hätte er einen Tontopf vor seinem Mund.

In jenen Tagen passierte es Subodh, dass er einen Tontopf zerbrach. Hardeyi brachte gerade von irgendwoher Wasser. Subodh sprang auf, um ihr den Topf abzunehmen. Dabei zersprang das Gefäß mit einem lauten Knall in Scherben.

Lange waren Subodh und Hardeyi damit beschäftigt, die Scherben aufzusammeln. Sie putzten den Boden, und Subodh wiederholte immer wieder: »I am sorry. Wie ungeschickt. Sorry. I am sorry. Ich weiß nicht, wie mir das passieren konnte. Sorry!«

Seine grenzenlose Höflichkeit machte Hardeyi ganz verlegen.

Mich irritierte das Ganze: »Ist doch schon gut«, sagte ich viele Male. Und Subodh sah hilflos aus und sagte: »Uff, wie ungeschickt. I am sorry!«

Es war auch ein Telegramm gekommen: »Sorry about Rajjo. May God rest her soul in peace.«

Ein weiteres Telegramm kam aus Kaschmir, von Subhan Miyan an mich gerichtet. Ich hatte mit ihm keinerlei Verbindung und habe keine Ahnung, wie er davon erfahren hatte. Ehassan und ich hatten einmal auf seinem Hausboot einige Urlaubstage verbracht. Das Telegramm verströmte den Geruch vom Holz des Hausboots. Eines Nachts hatte es auf dem Dal-See einen Sturm gegeben, und das Hausboot schien in Stücke zu brechen. Ich hatte zu Ehassan gesagt: »Das ist unsere letzte Nacht.« Aber wir überlebten, und am frühen Morgen kam Subhan Miyan und brachte uns Tee. Das Hausboot hatte einen englischen Namen, und Subhan Miyan hatte sehr ordentlich auf dem Tisch in der Kajüte uralte deutsche, französische, russische und englische Zeitschriften ausgelegt.

Bua hatte es übernommen, Mais Haus zu hüten. Wir schlichen im Haus herum wie zwei Schatten, um die mit unseren

Erinnerungen behafteten Dinge in Kisten zu packen und mitzunehmen. Dabei stutzten wir, wenn wir wieder auf die kalte Asche trafen, die aus Mais Augen gerieselt war. In wie vielen Zimmern, auf wie vielen Dingen? Als würde sie sagen: »Sieh her, dreh dich um und sieh!« Wir blickten uns mit schreckgeweiteten Augen um, und Mai kam in unbekannter Gestalt auf uns zu, mal lachend, mal sprechend, mal blaue Flecken in dem langärmligen Pullover versteckend, mal mit Papa, aber so, wie wir sie nie zusammen gesehen hatten, mal als Rajjo … und weinend, aber nicht unseretwegen, nicht wegen irgendwelcher Dinge, die wir kannten. Ich weiß nicht, weswegen, um wessentwillen. Das blieb ihr Geheimnis.

Wir hatten Mai ja schon seit jeher ergreifen wollen, und jetzt, da es dazu absolut zu spät war, ging uns auf, dass unser Schlüssel ohnehin nicht zu dem Schloss passte, das wir aufsperren wollten und hinter dem sich Mai befand. Wir standen mit leeren Händen da.

Ich stand auf der Dachterrasse und schaute zum Tor, wie ich es als Kind immer getan hatte. Da wehte mich eine merkwürdige Vision an. Wie oft hatte Mai hier gestanden, allein, zutiefst niedergeschlagen, das Kommen und Gehen am Tor von fern beobachtend, in Gedanken verloren, aber welchen?

Aber falsch! Völlig falsch! Mai war nie hier heraufgekommen. Sogar zu Diwali kamen wir allein mit Hardeyi und Bhondu hierher, um Lichter zu entzünden. Wieso dann dieses Bild?

Dann hatte ich plötzlich ein anderes Gefühl: als stünde Mai genau hier, wo ich jetzt stand. Aber ich hatte sie hier nie gesehen. Es war ein Bild aus der Zeit vor meiner Zeit, denn Mai hatte auch vor mir schon existiert, und davor auch, und daran hatten wir beide, Subodh und ich, niemals gedacht.

Das quälte mich jetzt.

Und in mir quälte sich Mai.

35

Das Gefühl, dass Mai in mir selbst stets gegenwärtig war, erlaubte mir nicht, in Ruhe zu leben.

Wenn ich die überall verstreute Asche sah, wehten zahllose Geschichten herauf, blieben unfertig, lösten sich in Nebel auf und verflogen. Wer war Mai letztlich? Die wir immer retten wollten? Die wir dort herausholen wollten?

Was hatten wir ihr an Eigenem geraubt, indem wir ihr das Unsere aufdrängen wollten?

Es schien, als wären wir gerade an der Schwelle wirklichen Verstehens gewesen, als uns diese immense Leere übermannte. Von welchem Punkt aus sollten wir nun wieder anfangen, mit Mai zu leben, sodass wir sie nicht in der von uns aufgesetzten, sondern in ihrer eigenen wahren Gestalt sahen? Eine andere Mai, nicht die von Papa, von Großvater, von uns zurechtgemodelte Mai. Eine von ihrem eigenen Lebensatem durchdrungene Mai.

Wir waren aufgebrochen, um Mai an uns zu ziehen. Die Kindheit war vergangen, vielleicht war sie auch nicht vergangen, jedenfalls war irgendwann eine spätere Zeit angebrochen. Mai hatte aus unserem Verstand ein Sieb gemacht, durch dessen Maschen sie uns immer wieder entschlüpfte. Wir hatten ihr die Hände entgegengestreckt, um sie festzuhalten, aber vor unseren Händen fanden wir immer wieder nur uns selbst. Wir bekamen nichts als einen Zipfel von uns selbst zu packen.

Wir hatten ihren Parda gesehen, und zwar als etwas Lebloses in den Händen anderer, die ihn, wie es ihnen gerade passte, hierhin zogen, dorthin schoben. Wir hatten den Parda mit Mai selbst verwechselt. Die hinter dem Parda aufleuchtende Würde hatten wir nicht bemerkt. Die ganze Lebensfülle in Mais Wehmut hatten wir nicht wahrnehmen können. Wir hatten diesem Leben, das sich hinter dem Parda verbarg, die Farbe genommen.

Wir hatten im Haus an Atemnot gelitten. Wir wollten immer fort von zu Hause, und wir wollten Mai mitnehmen. Subodh war fortgegangen. Mai war gestorben. Und ich saß nun hier irgendwo mittendrin fest.

Während ich die aus meiner Kindheit vertrauten Dinge ordnete, die ich nach England mitnehmen wollte, stockten mir plötzlich die Hände. Mai hatte mir diesen silbernen, farbig emaillierten Schlüsselring gegeben und gesagt: »Du magst solch altertümliche Dinge. Lass dir daraus einen Anhänger und Ohrringe machen.« Früher hatte Großmutter daran ihre Schlüssel gehängt und den Bund an ihrer Hüfte festgesteckt. Mais Gesicht schwebte mir vor den Augen. Ich schloss die Augen, aber das Gesicht kam nicht zurück. Mir blieben die Hände stehen. »Ich will nichts von alledem mitnehmen.«

Auch Subodh stutzte.

»Ich will nicht weg von hier.«

Subodh wurde plötzlich bleich. Er wandte sich um und starrte mit einem seltsamen Entsetzen, als würde unsichtbar jemand auf uns zukommen.

»Bist du verrückt geworden, Suni, oder was ist?«

Aber wir waren jetzt fähig, jeder für sich seine Entscheidungen zu treffen. Daran waren wir schon gewöhnt.

Subodh hielt mit Mühe seine Tränen zurück: »Mai lebt nicht mehr, Sunaina. Papa, Großvater, alle sind tot. Das Haus ist auch weg.« Er schüttelte mich: »Mai lebt nicht mehr, Suni, es gibt keine Mai mehr!«

Nun weinten wir beide.

Ich widersprach nicht. Mai war tot, das Anwesen gehörte uns nicht mehr. Doch überall war die kühle Asche verstreut, erfüllt von einer Seele, die hier gelebt hatte und glücklich gewesen war. Über der trockenen Asche, die hier einem Menschen aus den Augen gerieselt war, brach ich aus tiefster Seele in Tränen aus. Diese Asche war hier, nirgendwo sonst, selbst wenn hier auch das Gefängnis war und nirgendwo sonst.

Subodh hielt es nicht mehr aus: »Suni, lass das alles hinter dir. Sonst bringst du im Leben nichts mehr zustande. In diesem Gefängnis kannst du absolut nichts ausrichten.«

Für ihn war es natürlich einfach. Er brauchte sich nichts zu verkneifen, brauchte sich nicht bis zur Unkenntlichkeit zu verdrehen und verrenken, um dem Gefängnis zu entkommen.

»Du musst dich doch nicht von denselben Fußangeln wie Mai einfangen lassen. Du bist jung. Ich helfe dir.« Er wurde wütend. »Werde jetzt nicht sentimental. Du hattest schließlich gute Gründe, von hier auszubrechen.«

Ich konnte ihm meine heftigen Gefühle nicht begreiflich machen. Ich wollte leben, Subodh, ich wollte intensiver leben. Hier, in dieser stickigen Atmosphäre bin ich bis ins kleinste Äderchen lebendig geworden, habe ich gestöhnt, geschrien. Hier habe ich mich bis ins letzte Härchen aufs Kämpfen eingestellt.

In diesem Winkel war ich frei. Im ganzen Rest der Welt wäre ich dagegen schon gestorben. Aber ich will nicht sterben.

»Hier wirst du garantiert zugrunde gehen. In dieser Gesellschaft kannst du nicht leben, Suni, Suni.« Seine laute Stimme hallte von den Wänden zurück. »Hier kannst du nur untergehen!«

»Dann gehe ich eben unter!«, sagte ich starrsinnig, obwohl ich absolut nichts dergleichen vorhatte.

Und Subodh brüllte wie ein wildes Tier: »Gut, dann geh auch du unter wie Mai, lebe wie sie, gesteh dir kein eigenes Leben zu.«

Falsch! Ganz falsch! Ich konnte nicht erklären, dass Mai keineswegs so ein Nichts war. Vielmehr waren wir es, die sie zu einem Nichts reduziert hatten. Ich wollte nicht zu Mai werden, ich würde Mai nicht ähnlich werden. Mai selbst hatte mich nicht nach ihrem Bild geformt. Selbst wenn ich es wollte, könnte ich keine Mai werden. Diese Wesensart ist nicht in mir angelegt. Ich schüttele Mai von mir ab, ich finde die Entsagungshaltung schlimm, denn eben sie war Mais Bürde. Ich will nicht wie Mai zur immer nur Gebenden, nie Nehmenden werden, ich will nicht wie sie die Aufopferung zu meinem Lebenszweck, Demut und Duldsamkeit zu meiner Lebenshaltung machen. Ich muss gegen ihre Geschichte ankämpfen, ich muss sie verwerfen. Und dazu muss ich zunächst die Nehmende sein, muss empfangen, erst danach werde ich geben, zugleich mit dem Nehmen werde ich geben. Aber bis dahin werde ich kämpfen, gegen sie kämpfen, gegen Mai, die lebt, die in mir ist, die im Feuer, in der Asche immer lebendig sein wird, vor der ich mich verneige, gegen sie werde ich kämpfen.

Subodh gab erschöpft auf: »Dann brenne auch du aus wie Mai.«

Mai hatte sich ihr Leben lang verbrannt, indem sie das Feuer der anderen in sich hineinzog. Aber verstehst du nicht, dass auch sie ein eigenes Feuer hatte? Sie war kein Hohlkörper. Sie war selbst das Feuer. Wir hatten gesehen, wie sie sich für andere verzehrte. Aber dass sie auch für sich selbst brannte, hatten wir nie gesehen.

Ja, in Ordnung! Auch ich werde brennen! Ich werde das lebendige Feuer, das in Mai eingeschlossen blieb, aus mir herausschütteln, herausziehen und es am Brennen halten.

Und das werde ich hier tun. Hier, an diesem Ort.

Weil die Freiheit in einer winzigen Ecke nicht wie frischer Wind pfeift und weil das Gefängnis nicht nur da ist, wo man vergitterte Fenster sieht.

Ich konnte Subodh nicht verständlich machen, dass in meinem Inneren und Äußeren alles wie durch Rauch getrübt war. Aber genau so war es, das war der Rauch, der sich nach allen Seiten verbreitete, der mit zahllosen Sehnsüchten wie auch mit Erstickungsgefühlen verbunden war, deren Süße mich zum Einatmen nötigte und deren Stickigkeit mich zwang auszuatmen. In diesem Rauch pulsierte, bebte meine Seele. Dieser Rauch kam aus dem Feuer, aus Mais Feuer, aus dem Feuer vor ihr, aus dem heutigen Feuer ... Der Rauch, in dem auch jetzt Funken glühten, aus dem auch jetzt Asche rieselte und aus dessen waberndem Dunst sich ein Kopf und ein Rumpf herauskristallisierten, die ich einmal versehentlich weggeworfen hatte, die ich nun auf Leben oder Tod suchen musste, um sie irgendwann wiederzufinden und dann zusammenfügen zu können.

Um uns in unserer Kindheit aus dem Loch zu holen, hatte Mai eine Leiter hinuntergelassen, die Leiter, auf der ich hochklettern und nach draußen gelangen werde. Bis dahin werde ich die Leiter weiter heraufklettern ...

Wir beide hatten uns beruhigt. Wir verließen das Haus. In meiner Hand war nur ein Gegenstand, den ich aus dem Haus mitgenommen hatte: das Stück Papier, das aus dem Bilderrahmen gefallen und zu Staub zerkrümelt war, das sich in kühle silbrige Asche verwandelt hatte, die nun in mir weiterexistierte, die begonnen hatte, durch die Hitze von Mais ungelebtem, unsichtbarem Leben ganz leicht und wohltuend zu glühen.

Nachwort

REINHOLD SCHEIN

Geetanjali Shree zählt zu den bedeutendsten Stimmen der zeitgenössischen Hindi-Literatur. Geboren 1957, wuchs sie als Tochter eines Beamten des *Indian Administrative Service* an dessen wechselnden Dienstsitzen in Nordindien auf. Mit Hindi als Muttersprache und einer englischsprachigen Schul- und Hochschulbildung ist sie in beiden Sprachen vollkommen zu Hause. Sie studierte neuere indische Geschichte und schrieb auf Englisch wissenschaftliche Arbeiten über die Rolle von Intellektuellen und Literaten im Kontext der indischen Unabhängigkeitsbewegung des 20. Jahrhunderts.

Als Medium für ihre erzählerischen Texte wählte sie aber die Muttersprache mit ihren reichen expressiven Möglichkeiten. Seit 1991 hat Geetanjali Shree vier Romane und drei Bände mit Kurzgeschichten veröffentlicht. In ihrem Erstlingsroman *Mai* porträtiert sie drei Generationen einer gut situierten Familie in den 60er- bis 80er-Jahren des 20. Jahrhunderts. Diese Zeitspanne umfasst Kindheit und Jugend der Ich-Erzählerin Sunaina und ihres Bruders Subodh. Im Zentrum steht »Mai«, die Mutter der Erzählerin, die allen anderen aufopferungsvoll dient.

Obwohl sich die Handlung großenteils innerhalb des Hauses abspielt und die Erzählerin ihren Blick vorwiegend auf die familiäre Privatsphäre richtet, entsteht zugleich ein detailreiches Bild der indischen Gesellschaft mit ihren beharrenden und dynamischen Tendenzen. Während die Generation der Großeltern noch ungebrochen den alten Traditionen verbunden ist, sind die Enkel längst in der Moderne angekommen und stehen mitten in einer frühen Phase der Globalisierung. Aus diesem Spannungsfeld ergeben sich viele im Roman dargestellte Konflikte.

Die 2000 erschienene englische Übersetzung machte *Mai* auch außerhalb der Hindi-sprachigen Region Indiens bekannt und verhalf dem Roman zu landesweiter und internationaler Aufmerksamkeit.

Zur zentralen Thematik des Romans gehören die Rollenmuster und Beziehungsgeflechte innerhalb einer normalen, für indische Verhältnisse keineswegs großen Drei-Generationen-Familie. Die innerfamiliären Beziehungen stellen sich für den westlichen Leser zweifellos sehr merkwürdig dar. Während die Figur des autoritären Großvaters als patriarchalisches Familienoberhaupt auch aus der europäischen Tradition bekannt ist, staunt man über den Mangel an Beziehung zwischen den Eheleuten. Die Großeltern leben in verschiedenen Teilen des Hauses und sehen sich fast nie. Auch die Eltern reden wenig miteinander und haben kein gemeinsames Zimmer. Die Mutter teilt sich vielmehr ein Zimmer mit den beiden Kindern. Während es zwischen den Großeltern überhaupt keine direkte Kommunikation gibt, sind bei den Eltern immerhin Ansätze partnerschaftlichen Verhaltens zu erkennen.

Mai, die Mutter, muss sich über weite Strecken des Buches mit der undankbarsten Rolle innerhalb der Familie arrangieren. Sie bleibt jahrzehntelang die *Bahu*, die Braut, bzw. junge Ehefrau, von der völlige Unterordnung unter die Forderungen ihrer Schwiegereltern und ihres Mannes erwartet wird. Sogar der briefliche Kontakt mit ihrer Herkunftsfamilie ist unerwünscht oder sogar verboten. Auf ihr lastet die ganze Verantwortung für Haushalt und Küche, wofür sie aber keine Anerkennung bekommt, sondern die bissigen Kommentare ihrer Schwiegermutter ertragen muss. Diese vergöttert ihren Sohn und kann sich nie damit abfinden, dass es in dessen Leben noch eine andere Frau gibt. Erst nach dem Tod der Großeltern verbessert sich Mais Stellung im Haus und erweitert sich ihr Aktionsradius.

Das Leben im Haus und im Land stagniert jedoch nicht. Die Enkel genießen größere Freiheiten als frühere Generationen. Sie werden auf englischsprachigen Schulen ausgebildet – die daraus resultierende Zweisprachigkeit, bis hin zur Sprachverwirrung, ist auch ein Thema des Buchs – und verlassen das Elternhaus zum Studium in einer fremden Stadt bzw. in England. Sie haben das Recht, von den Eltern vorgeschlagene Ehepartner abzulehnen, und nehmen sich, auch wenn der Vater das höchst ungern sieht, die Freiheit, sich zu verlieben und ihre zeitweiligen Partner bzw. Partnerinnen ins Haus mitzubringen.

Die Enkel leiden schon als Kinder unter den starren Regeln ihres Elternhauses, sie fühlen sich darin dem Ersticken nahe und drängen immer stärker von zu Hause fort, in ein selbstbestimmtes Leben. Und sie sind besessen von der Idee, auch ihre Mutter aus diesem »Gefängnis« herauszuholen. Bis an die Schwelle des Erwachsenenalters bleibt das Geschwisterpaar ein Herz und eine Seele, dann kommt es allmählich zu einer Aufspaltung des »Wir« in zwei »Ichs«, die sich ihrer charakterlichen und geschlechtsspezifischen Unterschiede zunehmend bewusst werden.

Das Haus entspricht den Bedürfnissen und dem Lebensstil einer traditionellen Familie: Es hat einen äußeren, öffentlichen Bereich, den man durch das Grundstückstor von der Straßenseite her erreicht. Dort hat der Großvater sein Wohnzimmer, in dem er Gäste empfängt, dort überblickt er von der äußeren Veranda, wer das Grundstück betritt und verlässt. Der größere Teil des Hauses ist das davon strikt getrennte »Innen«, eine Reihe von Schlaf- und Wohnräumen, die sich zur inneren Veranda und weiter zum Innenhof öffnen. Wirtschafts- und Nebenräume umfassen den Innenhof von zwei weiteren Seiten, und auf der Rückseite wird er von einer hohen Mauer abgeschlossen. Die Abschirmung des inneren Bereichs geht so weit, dass sogar der Hausdiener, wenn er Speisen oder Getränke für den Großvater und dessen Gäste in den äußeren Bereich zu bringen hat, außen ums Haus herumgeht und an der rückwärtigen Tür zum Innenhof seine Bestellung abgibt. Dort nimmt er das Bestellte später in Empfang und bringt es auf demselben Umweg ins Wohnzimmer des Großvaters.

Die Dachterrasse ist Freiraum und Rückzugsort der Enkel. Sie bietet ihnen freien Blick nach allen Seiten und erlaubt es, durch Oberlichter in einige Räume zu spähen, ohne selbst gesehen zu werden. Auch das Haus wandelt sich, den Bedürfnissen und dem Geschmack der Zeit entsprechend. Nach dem Tod der Großeltern werden Umbauten und Modernisierungen vorgenommen. Aus Großvaters traditionell indisch eingerichtetem Zimmer, in dem man sich auf niedrigen gepolsterten Sitzen niederließ, wird ein »Living Room« westlichen Stils mit Sofa, Sesseln und Stühlen.

Der zusammenfassende Begriff für die abgeschlossene Lebensweise der Frauen lautet *Parda* (wörtlich: »Vorhang«). Leben in *Parda* bedeutet, das Haus nicht, oder wenn unvermeidlich, dann nur in Begleitung eines männlichen Familienmitglieds zu verlassen, sich Besuchern nicht zu zeigen, oder zumindest den größten Teil des Gesichts mit einem Kopftuch bzw. dem Ende des Saris zu verhüllen.

Während die Großeltern diesen Lebensstil uneingeschränkt bejahen und auch von ihrer Schwiegertochter einfordern, ist ihr Sohn schon weniger streng. Er nimmt seine Frau gelegentlich außer Haus in seinen Club mit. Die von westlicher Schulbildung geprägten Enkel rebellieren gegen den *Parda* und unternehmen große Anstrengungen, ihre Mutter aus dieser räumlichen und mentalen Beschränkung herauszulösen. Mai selbst setzt solchen Bemühungen jedoch erheblichen passiven Widerstand entgegen.

Mai ist aber keineswegs die grob konturierte Gegenüberstellung zweier Lebensmodelle, eines traditionsverhafteten, Frauen unterdrückenden und somit schlechten, bzw. eines modernen mit der Zielsetzung individueller Selbstverwirklichung und daher guten. Die Dinge liegen doch viel komplizierter. Zum einen werden selbst die Traditionsbewahrer in der Familie ihren eigenen Ansprüchen und religiös fundierten Morallehren nicht gerecht. Sowohl der Großvater als auch der Vater sind aus der familiären Enge ausgebrochen und hatten oder haben außereheliche Beziehungen, und auch Mai bleibt ihr Leben lang einer geheimen Jugendliebe im Herzen treu. Dies alles wird im Roman nur angedeutet. Es zeigt sich aber auch, dass die von allen ausgenützte, »unterdrückte« Mai keineswegs das schwächliche Wesen ist, das ihre Kinder in ihr sehen. Allmählich wird deutlich, dass Mai ein großes Potenzial an Kraft, Kreativität und geistiger Unabhängigkeit unbeschadet über Jahrzehnte in *Parda* bewahrt hat. Andererseits wird zunehmend fraglich, ob das Lebensmodell der Enkel, das unbedingte Streben nach Freiheit und individueller Selbstverwirklichung unter Verzicht auf familiäre Bindung als erstrebenswertes Vorbild dienen kann.

Zur Kultur des Hauses gehören die ausführlich beschriebenen kulinarischen Genüsse der indischen Küche wie auch der Verzicht auf diese Genüsse in selbst auferlegten, religiös begründeten Fastenzeiten – meist fastet die Frau zum Wohl ihrer Familie – und das opulente Brechen dieses Fastens zum Abschluss der vielen Feste des Hindu-Kalenders.

Mai bietet keine kontinuierliche Darstellung der Familiengeschichte oder der Kindheit und Jugend Sunainas im Sinne eines Entwicklungsromans. Häufige Zeitsprünge zwischen Kindheit, Jugend und frühem Erwachsenenalter, Rückblicke in Episoden aus Mais Jugend und aus den Glanzzeiten des Großvaters lange vor dem Ende der britischen Kolonialherrschaft gehören zu Geetanjali Shrees Stil. Es geht ihrer Erzählerin Sunaina in erster Linie darum, sich selbst über die vielschichtige Beziehung zu ihrer Mutter, der wichtigsten Person in ihrem Leben, Rechenschaft abzulegen. Die zeitliche Einordnung in außerfamiliäre Ereignisse ist dem völlig untergeordnet. Wenn etwa von einem Krieg die Rede ist, so wird nicht gesagt, welcher. Es könnte der zweite Kaschmir-Krieg (1965) oder der Bangladesch-Krieg (1971) gemeint sein. Für Sunainas Anliegen spielt das keine Rolle.

Geetanjali Shrees Sprache ist anschaulich, assoziativ, frisch. Sie verwendet die ganze Palette des modernen Hindi-Vokabulars, das sich auch stark aus persisch-arabischen Quellen speist und viele englische Lehnworte aufgenommen hat. Sie nutzt die Möglichkeiten des Hindi, Dinge in der Schwebe zu lassen, statt sie genau zu benennen und eindeutig zuzuordnen. Etwa durch Passivkonstruktionen, bei denen die Person des Handelnden nicht genannt wird, oder durch die Mehrdeutigkeit des Personalpronomens *ham* (wir), das »wir beide«, »wir alle« oder auch »ich« bedeuten kann. Diese Möglichkeiten bietet das Deutsche nicht, weshalb je nach Kontext eine eindeutige, aber nicht unbedingt die einzig mögliche Übersetzung gewählt wurde.

Auch die Sprache der Großmutter – sie spricht Bhojpuri, den vom Standard-Hindi stark abweichenden Dialekt eines großen Gebiets der indischen Bundesstaaten Uttar Pradesh und Bihar – ließ sich nicht sinnvoll in einen deutschen Dialekt übertragen. Ich habe mich bemüht, ihre Sprache bildkräftiger und etwas altmodisch klingen zu lassen.

Für ihre geduldige Hilfe bei vielen Fragen zu Details des Originaltexts danke ich Geetanjali Shree selbst sowie Archana Tripathi (Mussoorie) und Heinz Werner Wessler (Universität Bonn).

Komplexere Hindi-Begriffe (Feste, Riten, Speisen usw.) wurden nicht übersetzt und sind, wie auch Personen- und Ortsnamen, in einem Glossar erläutert.

Worterklärungen

Ahoyi   Fest am 8. Tag des Monats *Kartik* (Oktober/November), an dem viele Mütter für das Wohl ihrer Söhne ganztägig fasten

Alta   leuchtend rote Paste, mit der Frauen sich zu festlichen Anlässen, z. B. Hochzeiten, die Fußsohlen umrahmen

Amla   die etwa pflaumengroße »indische Stachelbeere« (*Emblica officinalis*), die aufgrund ihrer heilkräftigen Eigenschaften vielfache Verwendung im Ayurveda findet

Anna   sechzehnter Teil einer Rupie; heute nicht mehr gültige Währungseinheit

Arati   Verehrungsritual, bei dem zum Abschluss einer *Puja* eine mit Ghee oder Kampfer gespeiste Flamme vor einem Götterbild im Kreis geschwenkt wird; dazu wird meist eine Hymne gesungen

Are Bhai   saloppe Anrede; etwa: »He, mein Freund«

Bahu   Schwiegertochter, jung verheiratete Frau

Baniya   Angehöriger der Händlerkaste

Barfi   Süßigkeit aus Zucker und eingedickter Milch, in vielen Varianten mit weiteren Zutaten, meist in Würfel geschnitten

Bati   mit Ghee in heißer Asche langsam gebackenes Brötchen

Bel   Frucht eines mittelgroßen Obstbaums *(Aegle marmelos)*, deren Fleisch mit Wasser zu einem erfrischenden Getränk gemischt wird

Beti   Tochter

Bhabhi   Schwägerin (Frau des älteren Bruders)

Bibi   Schwägerin (jüngere Schwester des Ehemannes)

Bindi   für verheiratete Frauen obligatorischer roter Punkt auf der Stirn; Bindis können in verschiedenen Größen (heute auch als modisches Accessoire in diversen Farben und Formen) fertig gekauft und auf die Stirn geklebt werden

Bottlebrush   »Karminroter Zylinderputze« *(Callistemom citrinus)*, beliebte Zierpflanze mit zylindrisch-bürstenförmigen Blüten

Brihaspati   vedische Gottheit: der Guru der Götter

Bua   Tante (Schwester des Vaters)

Carrom in ganz Südasien beliebtes Brettspiel; einfache Variante des Billards

Chapati Brotfladen aus Weizenvollkornmehl

Charpai wörtl. »vier Füße«; Liege- und Sitzmöbel, bestehend aus einem mit Stoffgurten bespannten Holzrahmen mit vier Füßen

Chiraunji Nuss der *Buchanania latifolia*, die als Zutat zu vielen Süßspeisen dient. Im Ayurveda wird aus den Nüssen eine Paste zur Reinigung und Verjüngung der Haut hergestellt

Dal Sammelbezeichnung für vielerlei Linsengerichte

Dalmoth knusprige, getrocknete Linsen, gewürzt und in Öl oder Ghee gebraten; beliebte Beilage zum Tee

Dashehra großes Fest, meist Anfang oder Mitte Oktober, am Tag nach Ende der *Navaratri*-Feiern, zur Erinnerung an den Sieg des Gott-Königs Rama über den Dämonenfürsten Ravana

Dhoti traditionelles Beinkleid der indischen Männer. Es besteht aus einem langen Stück Stoff, das in der Taille zusammengeknotet und hosenartig um die Beine geschlungen wird

Diwali mehrtägiges bedeutendes Fest, meist im November, erinnert an die Rückkehr Ramas, seiner Gemahlin Sita und seines Bruders Lakshmana in ihre Hauptstadt Ayodhya nach 14-jähriger Verbannung; wesentliches Element des Festes sind die Lichter: kleine Öllampen, in Reihen an Fenster und Hauseingänge gestellt

Dupatta dünnes langes Schultertuch, das zum *Salvar-Kameez* getragen wird, und mit dem sich nach Bedarf auch der Kopf verhüllen lässt

Ganesh Chaturthi Fest des elefantenköpfigen Gottes Ganesha, das auf den vierten Tag des Hindu-Monats *Bhadrapad* (August/September) fällt

Ghalib, Mirza (1797–1869), Autor klassischer Liebesgedichte (Gazals) in Urdu und Persisch

Ghee reines Butterfett; wird in der indischen Küche viel verwendet

Girija wörtl. »die Berggeborene«; Beiname der Göttin Parvati, der Gemahlin Shivas

Gujhia frittierte Teigtaschen, gefüllt mit verdicktem Quark und Nüssen

Gulgule weiche, in Ghee gebratene süße Weizenplätzchen

Holi   Frühlingsfest am Vollmondtag des Monats *Phalgun* (Februar/ März); dieses »Fest der Farben« wird ausgelassen gefeiert; man besprengt und bestreut sich gegenseitig mit gefärbtem Wasser und gefärbtem Puder

Jackfruit   »Jakobsfrucht«; die Frucht des Baums *Artocarpus hetero-phyllus* wird in der indischen Küche unreif als Gemüse verwendet oder mit scharfen Gewürzen eingelegt; die reife Frucht ist eine Obstsorte; der Baum fällt vor allem dadurch auf, dass die kürbisgroßen Früchte direkt aus dem Stamm und großen Ästen wachsen

Jalebi   frittierte Teigspiralen in Sirup

Jamun   »Nelkenbaum« *(Syzygium cumini)*; seine Frucht ist die dunkelviolette, süß-saure Jambolanapflaume

-ji   Respekt bekundendes Anhängsel an einen Namen oder Titel

Jyutiya   8. Tag nach Vollmond im Monat *Ashwin* (September/ Oktober); in manchen Gegenden Indiens fasten Mütter an diesem Tag für das Wohlergehen ihrer Söhne

Kachaudi   gewürzte, mit *Dal*, Kartoffeln oder Gemüse gefüllte Teigtaschen aus Weizenmehl

Kadamba   *Neolamarckia cadamba*, bis 45 m hoher Baum mit orangefarbenen Blüten

Kajal   auch »Kohl«: schwarzer Lidstrich zur Umrahmung der Augen

Kanya   Mädchen, Jungfrau

Karva Chauth   wörtl. »4. Tag des Tonkrugs«; der 4. Tag nach dem Vollmond des Monats *Kartik* (Oktober/November); verheiratete Frauen fasten vom Vorabend an, sobald der Mond aufgeht, für das Wohl ihrer Ehemänner; erst wenn am nächsten Abend der Mond wieder aufgeht, wird das Fasten mit einem Festmahl beendet

Kashi   alter, heute vor allem in religiösem Kontext verwendeter Name für die »heilige Stadt« Varanasi (Benares)

Kayasthas   eine Hindu-Kaste, deren Angehörige aufgrund ihrer traditionellen Schrift- und Sprachkenntnisse häufig Positionen in der Verwaltung bekleiden

Khan   1. Abdul Karim (1872–1937) Sänger und Instrumentalist in der Tradition der klassischen nordindischen Musik; 2. Fayyaz (1886–1950) Sänger in derselben Tradition

Khanna   in Nordindien häufiger Familienname; Angehöriger
der *Khatri*-Kaste (häufig Unternehmer, Händler, Offiziere,
Verwaltungsbeamte)

Khatri   nordindische Hindu-Kaste, s. *Khanna*

Khir   süßer Milchreis mit Kardamom und Nüssen

Kurta-Pajama   in Südasien verbreitete Kleidung für Männer,
bestehend aus einem langen kragenlosen Hemd (Kurta) und
einer dünnen Hose (Pajama)

Laddus   süße Kugeln aus in *Ghee* geröstetem Kichererbsenmehl

Languren   Affenart mit silbergrauem Fell, schwarzem Gesicht und
sehr langem Schwanz

Litti   in einem Lehmofen gebackene Brotfladen

Malpua   kleine Pfannkuchen aus Weizenmehl mit *Ghee* und
Chiraunji-Nüssen, getränkt mit Sirup

Methi   »Bockshornklee« *(Trigonella foenum-graecum)*; bis 60 cm
hohe Pflanze, deren Blätter als Gemüse und deren Samen als
Gewürz verwendet werden

Navaratri   »neun Nächte«; an neun Tagen und vor allem Nächten
im September/Oktober werden die Manifestationen der Mutter-
gottheit Durga verehrt; wer ein Fastengelübde einhält, beschränkt
sich in dieser Zeit auf eine einzige, streng vegetarische Mahlzeit
am Tag; im Rahmen des Navaratri-Festes, das der Göttin in ihren
verschiedenen Erscheinungsformen geweiht ist, wird sie auch in
Gestalt lebender Mädchen, die noch nicht in die Pubertät einge-
treten sind, als jungfräuliche Göttin verehrt (Kumari-Puja)

Neem   der Neem-Baum *(Azadirachta indica)* enthält in Wurzel,
Blättern, Rinde und Samen Wirkstoffe, die im Ayurveda als
Heilmittel benutzt werden; Neem-Zweige dienen auch statt
Zahnbürste und -pasta zur Mundhygiene

Paan   zusammengerolltes Betelblatt mit Stückchen der Arekanuss
und anderen stimulierenden Zutaten; wird in Südasien häufig
nach dem Essen gekaut

Pakoda   in Öl frittierte Happen aus verschiedenen Gemüsestücken,
Paneer (Frischkäse) oder Kürbisblüten, jeweils in einem Mantel
aus Kichererbsenmehl

Paisa, Plural: Paise   kleinste Einheit der indischen Währung:
hundert Paise sind eine Rupie

Panchamrit   etwa: »fünffacher Nektar«, im Grundrezept bestehend
   aus Milch, Joghurt, *Ghee*, Honig, Zucker; wird im Rahmen einer
   aufwendigen *Puja* zunächst dem Gott/den Göttern dargereicht,
   später von den Anwesenden getrunken

Pandit   gelehrter Brahmane, z. B. Spezialist für religiöse Rituale

Papad   sehr dünner, knusprig frittierter Fladen aus gewürztem
   Linsenmehl

Paratha   Fladenbrot aus Weizenvollkornmehl, oft gefüllt mit einer
   Gemüsepaste

Parda   Vorhang; steht für die traditionell zurückgezogene Lebensweise einer Frau aus guter Familie: Sie verlässt das Haus kaum,
   und wenn doch, nur in Begleitung eines männlichen Familienmitglieds; sie bleibt auch im Haus in den inneren Räumen, zeigt
   sich Besuchern nicht, oder wenn es sich nicht vermeiden lässt,
   verbirgt sie zumindest den größten Teil ihres Gesichts hinter
   einem Kopftuch bzw. dem Ende ihres Saris

Peda   Süßigkeit aus eingedickter, fast karamellisierter Milch,
   zu unregelmäßigen Klumpen geformt

Phulbadi   Blumenkohlstücke in einem Mantel aus Mungobohnen-
   mehl, kurz frittiert

Phupha   Onkel (Mann der Schwester des Vaters)

Pipal   »Pappelfeige«, zur Familie der Feigen gehörender Baum

Prasad   Früchte, Süßigkeiten, auch gekochte Speisen, die im Rahmen einer *Puja* den Göttern dargereicht und anschließend als
   geweihte Speise an die Anwesenden verteilt werden

Puja   (Gottes-)Verehrung; im Ritual der Puja wird eine Gottheit
   mit einem heiligen Text und einer Reihe von Gaben (z. B. Räucherstäbchen, Blumen, Früchte, Reis, Wasser) beschenkt; die
   Puja kann in einem Tempel, im Freien oder in einem Privathaus
   stattfinden; viele Hindufamilien haben in ihrer Wohnung ein
   kleines Pujazimmer als Zentrum der täglichen religiösen Praxis;
   aufwendige Pujas finden an Festtagen statt

Puri   Fladenbrot aus Weißmehl, das sich beim Frittieren ballon-
   artig aufbläst

Purohit   brahmanischer Priester; auch Familienname

Rabr   eine beliebte Süßspeise: durch langes Kochen stark eingedickte Milch mit Zucker, Gewürzen und Nüssen

Rahim Das   Würdenträger am Hof des Mogulkaisers Akbar; obwohl Muslim, verehrte er Krishna und dichtete Lieder zu seinen Ehren

Raita   gewürzter Joghurt mit klein gehackten Gurken, Tomaten oder anderen Zutaten

Rakhi   dekoratives Baumwoll- oder Seidenband, das Frauen und Mädchen jedes Jahr zum *Rakshabandhan*-Fest am Vollmondtag des Monats *Shravan* (Juli/August) ihren Brüdern ans Handgelenk binden; es symbolisiert die geschwisterliche Liebe und die Verpflichtung des Bruders, seine Schwester zu beschützen; durch das Umbinden eines Rakhi können Frauen auch mit nicht verwandten Männern eine quasi geschwisterliche Beziehung herstellen

Ramcharitmanas   »Der See der Taten Ramas«, von dem Dichter-Heiligen Tulsidas (ca. 1532–1623) in Avadhi, einer regionalen Form des Hindi, verfasstes Versepos; eine bis heute sehr volkstümliche Variante des *Ramayana*, das vom Leben des als Gott verehrten Königs Rama handelt; im Zentrum steht die Erzählung von der Entführung und Wiederbefreiung seiner Gemahlin Sita

Roti   allgemein Fladenbrot; speziell *Chapati:* auf einer flachen Pfanne gebackener Brotfladen aus Weizenvollkornmehl. Frisch gebackenes Fladenbrot gehört in Nordindien zu jeder Mahlzeit

Salvar-Kameez   Standardkleidung für Frauen in weiten Teilen Südasiens: Kombination aus einer am Bein engen Hose *(Salvar)* und einem langen Hemd *(Kameez)*

Samosa   frittierte würzige Teigtasche aus Weizenmehl, meist gefüllt mit Kartoffeln und Erbsen

Sarkanda   eine Art Riedgras *(Saccharum spontaneum)*

Saxena   verbreiteter Familienname in Nordindien, der die Zugehörigkeit zur Kaste der *Kayasthas* erkennen lässt

Shehnai   eine Art Oboe; Shehnai-Musik gehört zu einer traditionellen Hochzeitsfeier

Sherbet   gekühltes süßes Getränk aus verdünntem Fruchtsaft

Shivalingam   anikonisches Symbol des Gottes Shiva

Shivaratri   »die Nacht des Shiva«; die in der Neumondnacht des Monats *Magh* (Februar/März) gefeierte Hochzeit von Shiva und Parvati. Hindus feiern mit Fasten, Durchwachen der Nacht und mit Gebeten und Gesängen; vor allem Frauen fasten und erbitten Segen für ihre Ehemänner

Sindur zinnoberrotes Pulver, das verheiratete Hindufrauen auf den Mittelscheitel auftragen

Surdas (ca. 1479–1581) in Mathura lebender Dichter-Heiliger; ein Hauptvertreter der Krishna-Verehrung

Swaha! etwa: »Heil und Segen!«; mit dieser Formel werden bei Opferritualen Gaben ins heilige Feuer geworfen

Teej Fest am dritten Tag nach Neumond im Monat *Bhadon* (August–September); an diesem Tag fasten Hindufrauen für eine glückliche Ehe und das Wohlergehen von Ehemann und Kindern

Thali großer flacher Teller aus Edelstahl mit hohem Rand, auf dem oft in kleineren Schalen *(Katoris)* die verschiedenen Speisen einer Mahlzeit serviert werden

Tilak im Gegensatz zum *Bindi*, einem kleinen, meist roten Punkt, den sich nur Frauen auf die Stirn kleben, ist der *Tilak* ein größeres Stirnzeichen aus einer roten Paste, das jedem Beteiligten nach Abschluss einer *Puja* oder nach dem Besuch eines Tempels aufgetupft bzw. -gemalt wird; ein Tilak demonstriert somit Religiosität und kann durch seine Form auch die Zugehörigkeit zu einer der Hindu-Sekten erkennen lassen

Tulsi indische Basilikumpflanze

Tulsidas (1532–1623) Autor des *Ramcharitmanas*, einer bis heute populären Hindi-Version des *Ramayana*-Epos

Vindhyachal Pilgerort zwischen Varanasi und Allahabad mit einem berühmten alten Devi-Tempel

Louis Bromfield im Unionsverlag

Der große Regen

Der alte Maharadscha in der indischen Provinz Ranchipur weiß, dass auf seine Untertanen Hunger und Tod warten, wenn der Regen ausbleibt. So erträgt er die langen Wochen des Wartens in brennender Hitze, solange er sein Volk nicht sicher weiß vor der Katastrophe. Auch Tom Ransome, der verwöhnte Intellektuelle aus der westlichen Welt, wartet auf das Naturereignis, um es zu malen. Den indischen Arzt Dr. Safka lässt seine Berufs- und Menschenpflicht ausharren. Was aber treibt Lady Heston aus England nach Ranchipur? Dann kommt taifunartig der Regen. Die Macht des Monsuns bringt nicht nur ein Gesellschaftssystem ins Wanken, sie bietet auch eine Chance für die Liebe – über sämtliche Klassenschranken hinweg.

»Dies ist kein gewöhnlicher Roman. Er ist eine Meisterleistung.«
The New York Times

»Gewaltig, informativ, ernst und richtig gute Unterhaltung.«
New Statesman

Mehr über Autor und Werk auf *www.unionsverlag.com*

Vom Dunkel ins Licht

Im Alter von sieben Jahren von der Mutter im Stich gelassen, wächst Baby Halder in armen und zerrütteten Familienverhältnissen auf. Mit zwölf Jahren muss sie einen doppelt so alten Mann heiraten. Mit dreizehn – selbst noch ein Kind – wird sie zum ersten Mal Mutter. Ihr Ehemann behandelt sie schlecht und schlägt sie.

Baby Halder entschließt sich, ihren Mann zu verlassen. Sie steigt mit ihren Kindern in den Zug nach Delhi und findet eine Stelle als Haushaltshilfe. Obwohl sie nur wenige Jahre selbst zur Schule gegangen ist, beginnt sie, ihre Lebensgeschichte zu schreiben – ermutigt durch ihren Dienstherrn Prabodh Kumar, der ihr Erzähltalent entdeckt. Ihr Buch wird eine Sensation und geht um die Welt.

»Baby Halder – eine indische Frau, die für andere Leute Fußböden fegt und scheuert, wird über Nacht zur Bestsellerautorin.« *BBC News*

»Es gibt jene Bücher, die nicht ihres geschliffenen Stils wegen faszinieren, vielmehr durch die starke Persönlichkeit ihrer Autorin. Dies ist so sein Buch.« *rbb*

Endlose Felder

Im Deltagebiet des Mekong, zwischen Wasser und Land, leben Fischer, Entenzüchter, Erntehelfer, alte, schweigsame und skurrile Männer, unglückliche Frauen und allein gelassene Kinder. Sie verkaufen Gemüse, Fische, Lotterielose oder das Versprechen auf einen kleinen Moment der Freude.

Ihre Boote, die Sampans, sind ihre Heimat, auf ihnen kämpfen sie ums Überleben, und würden sie doch für kein Geld der Welt verlassen. Und alle sind sie für immer verbunden durch den Fluss, den Mekong – der sie ernährt und von dem alles Übel ausgeht, aber auch das seltene Glück.

»Nguyen Ngoc Tu erzählt keine verzopften Provinzgeschichten, sondern legt hier vierzehn Erzählungen vor, die antiken Tragödien in nichts nachstehen. Es geht darin um nichts weniger als um Leben, Liebe und Tod. Nguyen Ngoc Tus Erzählungen haben existenzielle Wucht. Stets erzählt sie davon, wie zart und verletzlich die Menschen in ihrem Innern sind und wie hart die Schale ist, die sie sich über die Jahre zulegen müssen. Tragische Familien- und Liebesgeschichten, die in ihrer stilistischen Knappheit und Präzision tief berühren.« *Deutschlandfunk*

»Wer die fein beobachteten und intensiven Geschichten liest, wird Neues und Fremdes erfahren – vor allem aber feststellen, dass sich Menschen ähneln, überall auf der Welt.« *Frankfurter Allgemeine Zeitung*

Eka Kurniawan im Unionsverlag

Schönheit ist eine Wunde

Einundzwanzig Jahre nach ihrem Tod erhebt sich Dewi Ayu aus ihrem Grab. Die einstmals beliebteste Prostituierte Halimundas findet, es sei an der Zeit, ihre jüngste Tochter kennenzulernen. Wieder in der Welt der Lebenden, muss sie feststellen, dass ihre Töchter grausame Schicksale erdulden müssen. Alle, bis auf die jüngste – denn die ist mit unsagbarer Hässlichkeit gesegnet.

Dewi Ayu begibt sich auf die Suche nach der Ursache für den Fluch, der auf ihrer Familie lastet. Eine Suche, die im Zweiten Weltkrieg beginnt, über einen despotischen Herrscher führt und dem Aufstreben einer jungen Nation beiwohnt. Zwischen fliegenden Frauen, rachsüchtigen Geistern und besessenen Totengräbern spinnt sich ein Netz der Wahrheit, das die Geschichte einer Familie und eines ganzen Landes einfängt.

»Ähnlich fantastisch, brutal, erotisch und traumgleich wie das Frühwerk von García Márquez – aber sehr viel drastischer. Dieses Buch ist ein wilder, mitreißender Albtraum über die jüngere Geschichte Indonesiens, voller menschlicher Monster und böser Geister – Figuren, die man nicht vergisst.« *Deutschlandradio Kultur*

»Grotesker Witz durchwebt den ganzen Roman. Eka Kurniawans Prosa hat etwas Subversives: Wendungsreich illustriert er die blutige Geschichte seines Landes im 20. Jahrhundert am Beispiel einer Familie. Kurniawan erzählt indonesische Geschichte von unten.« *Neue Zürcher Zeitung*

»Informative Brisanz und erzählerische Dichte.« *Neues Deutschland*

Mehr über Autor und Werk auf *www.unionsverlag.com*

Im Schatten des Banyanbaums

Die Kindheit der siebenjährigen Raami endet jäh, als die Roten Khmer in Kambodscha die Macht übernehmen und sämtliche Bewohner aus der Hauptstadt vertreiben. Die behütete Welt der Adelsfamilie bricht zusammen. Das Mädchen und ihre Angehörigen erleben die Grausamkeit der neuen Machthaber, aber auch die unermessliche Großzügigkeit der Menschen draußen auf dem weiten Land.

Aus der Perspektive eines fantasiebegabten Mädchens, das unbeirrbar und mutig an seinen Träumen festhält, erzählt Vaddey Ratner eine unfassbare Lebensgeschichte, die auch die ihre ist.

»Was für ein Leben! Was für ein Buch!« *USA Today*

»Was an Vaddey Ratners Roman überrascht, ist die unglaubliche Poesie und Strahlkraft, mit der die Autorin aus der Sicht des Kindes erzählt. So erleben wir unerwartete Glücksgefühle gemeinsam mit der kleinen Protagonistin, bis schließlich auch ihre Fantasie angesichts des Kampfes ums nackte Dasein kapitulieren muss. Hier ruft keine aufgebrachte Stimme nach Vergeltung und Sühne, sondern ein verwundertes Kind fragt sich, wie Menschen einander so etwas antun können.« *Jungle World*

Die acht Leben der Frau Mook

Sklavin, Fluchtkünstlerin, Mörderin, Terroristin, Spionin, Geliebte, Mutter, Hochstaplerin – wer ist diese Frau, die sich durch ein ganzes Jahrhundert mogelt? Dass die Bewohner des Pflegeheims Golden Sunset Geschichten erfinden, ist nicht ungewöhnlich, doch was die geheimnisvolle Frau Mook über ihr Leben erzählt, kann kaum wahr sein: Geschichten von Gefangenschaft, Freundschaft, Mord und Spionage, die von Nordkorea über Südkorea bis nach Indonesien und China führen – Geschichten so bunt und vielfältig, dass unmöglich alle in das Leben einer einzigen Frau passen können. Oder etwa doch? Im Spiegel eines Menschenlebens erzählt Mirinae Lee ein asiatisches Jahrhundert.

»Mirinae Lee ist das Unmögliche gelungen: Aus einem zerbrochenen Jahrhundert hat sie einen Roman von ungeheurer Schönheit und Spannung gewoben.« *Junot Díaz*

»Faszinierend, bewegend und unmöglich aus der Hand zu legen. Dieses brillante Buch bringt noch das härteste Herz zum Schmelzen.« *Independent Book Reviews*

»Mirinae Lee wagt in ihrem packenden Roman den wohl kühnsten Trick: Sie lässt die Lesenden bis zum Schluss rätseln, was wahr ist.« *New York Times Book Review*

»In erzählerischem Können und historischem Einfallsreichtum kaum zu übertreffen.« *Financial Times*

Das rote Kornfeld

Rot sind die endlosen Felder um das Dorf Gaomi. Rot sind auch die Vorhänge der Sänfte, in der die schöne Dai Fenglian zu ihrem zukünftigen Ehemann getragen wird. Aber als sie den Sänftenträger Yu Zhan'ao sieht, entbrennen sie in Liebe zueinander.

Die Knoblauchrevolte

Die Bauern in Gaomi erwarten die alljährliche Knoblauchernte – doch die Gemeinde weigert sich, den Knoblauch abzunehmen: Es gibt einfach zu viel in diesem Jahr. Statt des würzig-herben Dufts legt sich erstickender Modergeruch über die Dörfer. In ihrer unbändigen Wut revoltieren die Bauern gegen die Misswirtschaft der korrupten Behörden.

Der Überdruss

Ein ehemaliger Großgrundbesitzer kehrt nach seinem Tod in Tiergestalt in das Dorf zurück, dessen Herr er einst war. Als schelmischer Erzähler führt er den Leser durch die Höhen und Tiefen der chinesischen Geschichte. Mo Yans zutiefst menschlicher Roman ist ein funkelnder Bilderbogen, sprühend vor Komik und berührend durch Anteilnahme.

Die Schnapsstadt

Ein Ermittler wird in die »Schnapsstadt« entsandt, um einem Gerücht auf den Grund zu gehen: Dekadente Parteikader sollen dort kleine Kinder nach allen Regeln der Kochkunst zubereiten lassen. Doch Ding sieht sich konfrontiert mit einer Welt, die von Anmaßung und Gier beherrscht wird.

Mehr über Autor und Werk auf *www.unionsverlag.com*